U0115243

文學研究叢書・現代詩學叢刊

心靈新詩學
——新詩學三重奏之三
The New Poetics of Spirit

蕭蕭　著

〔新詩學三重奏〕總序

　　萬卷樓版〔新詩學三重奏〕，實際上包含了《空間新詩學》、《物質新詩學》、《心靈新詩學》三書。三重奏，通常指使用三種不同樂器如大、中、小三種提琴，或樂器與人聲如男女高音、中音、低音的搭配演奏與演唱的團體或曲目。此處借用三重奏這個術語，討論新詩中空間的書寫、物質的選擇，心靈的探索等題材論、內容論，顯示大面向相同而趨勢有異的詩學研究。另一方面，以〔新詩學三重奏〕為名，其實也是為了與爾雅版《臺灣新詩美學》（2004）、《現代新詩美學》（2007）、《後現代新詩美學》（2012）合稱的〔新詩美學三部曲〕有所呼應。

　　爾雅版《臺灣新詩美學》、《現代新詩美學》、《後現代新詩美學》的〔新詩美學三部曲〕，在八年間，協助我從講師升等為助理教授、副教授、教授，在論文寫作上有著深厚的革命情感。在明道大學專任的這十四年，除了按部就班的這三本著作外，我還寫了不少論文，如今彙集成書，發現幾乎都聚焦在「境」、「物」、「心」三類元素的追索上，以三重奏為名，其實也有符應〔三部曲〕的頻率。

　　〔新詩學三重奏〕與〔新詩美學三部曲〕合而觀之，都是我在明道十四年的學術研究成果，維繫著汗血般的情義，特別假借七十虛度的名義，付梓問世，一方面感謝明道大學提供我研究、教學、服務、輔導的平臺，更感謝近三年協助我建設人文學院的十二位顧問，他們的捐資義舉，護持善行，銘感五內：李阿利（中美兄弟製藥公司人事經理、大愛電視臺〔茶的幸福告白〕主持人）、李清冠（衛生福利部

健康照護司技正）、呂培川（員林高中、臺中女中校長）、蔡榮捷（社頭朝興國小校長退休、體育博士）、龔華（詩人、作家）、張譽耀（唯心聖教桃園道場住持）、楊朝麟（立善關懷基金會執行長）、杜文賢（新加坡詩人）、林永晟（臺中市偉聯報關公司總經理）、謝建東（漳州長泰龍人古琴村創始人、村長）、張錦冰（漳州長泰龍人古琴村副村長）、曾勝雄（臺灣農業改良場研究員）。同時，我也藉著這次出版，反思自己的學行缺憾，尋找「才開始」的奮起點、更廣遠的挺進空間。

〔新詩學三重奏〕的英譯，沒有採用習用的 Trio，而以 3S 代替，定名為：〔The New Poetics of 3S〕，蓋因空間為 Space，物質是 Substance，心靈可以使用 Spirit，巧合的三個詞彙都以 S 為首，以 3S 為名，說不定可以留下討論的空間。詩學的研究不外乎時與空的選擇及其顯示的意義，時間的討論已多，本書首重空間的觀察，或許可以找出詩人應用空間時自覺或不自覺的潛意識傾向，有助於詩歌內涵的理解。詩作書寫內容可以約簡為心與物的接合、感通、交流、晤談、激盪、糾葛、融會、內化……，因此再追索物質的最基本存在，金木水火土的元素所可能造就的繁複情意，更深入追索心靈的神秘性，那又是一個更廣闊的世界，可能及於浩瀚、無極，但卻樂趣橫生，因此以《空間新詩學》、《物質新詩學》、《心靈新詩學》為名，輕觸端倪，企圖窺見繽紛，首途出發，沿路奇觀疊現，相信新詩發展百年，會有更多繼起之秀，秀出極光瑰麗。

二〇一七年三月寫於明道大學〔蕭蕭玄思道〕旁

目次

第一章
緒論：
新詩學的軟實力

　　新詩學的探討在「空間」、「物質」之後，我們更該去探視「心靈」不可拘囿的力量。「空間」、「物質」都屬於硬體設備，即使是空間裡的曠野、高山、平原、海洋，看似沒有範圍限制，沒有人為設施，其實仍有土地、岩石、沙漠、海水這些物質的襯托或制約，仍然是外在的、實物的、具象的「硬體」在與讀者醞釀、溝通，是誰選擇了它們，運用它們、裝置它們？那是「心靈」──新詩學的軟實力、真能量。

　　心靈，在科學的認知裡，那是相對於肉體的另一種存在，關係著大腦和神經系統、神經活動的整個歷程。在宗教文化上，心靈活動是否專屬於人類、或者廣泛展現在所有動物身上，只是未能相互溝通而已？仍在爭辯中。宗教文化上的心靈，或許會與「靈魂」、「精神」保有相疊合的解釋空間，甚至於跟宇宙學、神祕學相結合，有著前生、來世、穿越的可能。

　　文學上的心靈，既有科學認知的必要，但也無妨加上宗教文化學上的神祕色彩，穿透、超越的想像空間。《文心雕龍‧神思篇》是全書創作論的總綱領，其中最主要的關鍵詞就是「神與物遊」，神是神思，約略等於我們泛稱的心靈，物是物象、物質，包括自然山水、人工製造、社會事件，「神與物遊」是文學藝術創作的源頭、緣由、動機、起點。關於「神思」，劉勰（約465-522）的解釋，可以做為我們對文學「心靈」的認知，劉勰說：「古人云：形在江海之上，心存魏

闕之下。神思之謂也。文之思也，其神遠矣。故寂然凝慮，思接千載；悄焉動容，視通萬里。吟詠之間，吐納珠玉之聲；眉睫之前，卷舒風雲之色：其思理之致乎！故思理為妙，神與物遊。神居胸臆，而志氣統其關鍵；物沿耳目，而辭令管其樞機。樞機方通，則物無隱貌；關鍵將塞，則神有遁心。」（《文心雕龍·神思篇》）劉勰指出：人在江湖河海，心思卻可以全面記掛朝廷宮殿，不受時空限制。如果一個文學家可以靜靜凝聚心神，他的思慮可以在千載間來回穿梭，如果動了感情、動了容顏，他的視力更可以通達萬里。清澈的心神，會有清澈的志氣掌握住關鍵，關鍵如果塞塞、障堵了，心神也會因此黯淡無光；耳目與物相交流，選擇恰當的言語去觸動樞機，樞機一通，萬物任何纖毫細微可以看得一清二楚。這就是心靈玄妙的地方。近人胡適（1891-1962）的〈一念〉詩，或許也可以呼應心靈的這種說法：「我笑你繞太陽的地球，一日夜只打得一個迴旋；／我笑你繞地球的月亮，總不會永遠團團；／我笑你千千萬萬大大小小的星球，總跳不出自己的軌道線；／我笑你一秒鐘行五十萬里的無線電，總比不上我區區的心頭一念！／我這心頭一念，／才從竹竿巷，忽到竹竿尖；忽在赫貞江上，忽在凱約湖邊；／我若真個害刻骨的相思，便一分鐘繞地球三千萬轉！」這首詩有意象、有誇飾、有對比，且將一「念」（或者說是「心靈」）超越時空的能量，說得活靈活現。

《心靈新詩學》的範疇，顯然要比空間、物質寬廣許多，空間詩學可以不指涉時間，心靈詩學則須兼攝時與空；物質詩學可以不指涉精神、靈魂，心靈詩學則須兼攝心與物；而且，空間與物質，有一定、確然的指歸，都是具體可感的存在物，心靈則是難以言傳、不好神會，難以描摹，不好傳達。因此，《心靈新詩學》各論文之間難以聚焦，或許期望的是，各篇論文各有焦點，這樣的焦點可以輻射到其他詩人或詩篇上。

　　《心靈新詩學》論述的詩人，比起前二書幅度更大，一開始是討論日制時代詩人翁鬧、王白淵的三篇論文，其次是跨越語言的世代標竿林亨泰的詩與哲，第三是最受歡迎的抒情詩人席慕蓉對「詩」的珍視與尊崇，隨之而論的是游居在大陸、香港、檀香山的黃河浪的新詩方法學，以及菲華詩人的文化歸屬、精神返鄉，最後以網路世代的可能輝煌作結。世代沿替，年代久遠，在綿長的時間之河裡，詩人心靈的關注若此繽紛，令人目眩神迷。

　　翁鬧（1910-1940），一直被視為是「幻影之人」，歸之於「新感覺」派，但從他的詩與小說中，我們卻容易讀到他對家鄉的牽掛，因此我們以〈舊記憶與新感覺的激盪：翁鬧詩作中的土地意象與生命感喟〉為題，調用他的戶籍、學籍，查看他的成績紀錄，證明他是真真實實的存在，間雜著新感覺與新寫實的筆法，游移在雙父之鷹與雙鄉之狐的掙扎中，詩與詩觀的數量不多，卻頗有可觀性。王白淵（1902-1965）在純樸的八卦山腳長大，卻依存於基督教義下，撰成具有基督意涵的《蕀の道》（《荊棘之道》），詩集中，有〈生命之谷〉、〈生命之道〉、〈夜〉、〈真理的家鄉〉、〈仰慕基督〉五首詩，很清楚地應用《聖經》裡的基督教義演繹詩人的哲理，我們據以探詢內化於詩中的無形基督教義，潛藏於詩中的聖經寶訓，確立詩人與神祕詩學的由來與途徑。

　　跨越語言的一代如詹冰（詹益川，1921-2004）、陳千武（陳武雄，1922-2012）、林亨泰（1924-）、錦連（陳金連，1928-2013），他們在詩作風格上都別出心裁，獨樹一幟，但能在詩學觀念上侃侃而論，唯有林亨泰留下眾多資材，享有「臺灣詩哲」之名，為臺灣新詩學的建構奠下礎石，他從八種不同的進向，走入問題的核心，無形中影響紀弦（路逾，1913-2013）以降的「現代派」理論、「創世紀」的超現實主義、「笠詩社」的現實作風。這八爪所留下的痕跡是：借銀

鈴會的變遷找尋自己的靈魂，借現代派的舞臺演出自己的戲碼，借符號詩的實驗樹立自己的形象，借小論文的力量積澱自己的功夫，借笠下影的「引言」傳達現代主義的心聲，借笠下影的「位置」肯定現代主義的價值，借訪問記的挑戰裨補現代主義的闕漏，借座談會的揮灑點化現代主義的精神，讓《笠詩刊》的寫實詩作有著現代主義的洗禮過濾。

相對於土生土長的林亨泰，遠遊蒙古、香港、比利時，出生重慶定居臺北，聲聞遠播華文詩界的抒情大家席慕蓉（1943-），不喜歡談理論，以畫和詩撐起她的藝術天地，有趣的是，在她的前七本詩集中，「夢」字出現八十六次，「雨」字出現五十二次，但都不如她使用「詩」字那麼頻繁，七本詩集中用了一五六次。有些字詞會在席慕蓉詩作中一再重複出現，例如：夢、美、淚、愛、詩、青春、記憶、月光、你、我等等，其中「你、我」成為敘事的主體，可以對晤、對話，虛擬成境，同時又可拉近讀者與作者的距離，彷彿這就是「你和我」的故事，虛擬成真。其他各字「夢、美、淚、愛、詩、青春、記憶、月光」，則可顯露席慕蓉詩作的風格與特質，構築出席慕蓉的青春王國。

詩集出現眾多的「詩」字，最初代表的應該是席慕蓉珍愛的「詩」、不經思辨的原衷。席慕蓉「一直在被寵愛與被保護的環境裡成長。」所以她「一直相信，世間應該有這樣的一種愛情：絕對的寬容、絕對的真摯、絕對的無怨和絕對的美麗。」所以她要用自己的詩來為它做證明，或者，就讓它永遠存在詩裡。越到近期，席慕蓉詩中的「詩」字可能成為涵容「痛苦」的代詞，「把我的一生都放進你的詩裡吧」！這是愛戀的祈求，卻也是生命的啟示：我的一生是痛苦的，卻是你詩的礦脈。「詩」帶領我們跨越黑暗而又光耀的時空邊界，「詩」讓我們瞥見了生命的原形，「詩」是詩人用一生來面對的荒

謬與疼痛。有機生長的席慕蓉對「詩」的認識。

　　原籍福建長樂，畢業於福建師範大學中文系，曾在福建任教多年，中壯年以後來往於香港與檀香山之間的黃河浪（1941-2012），異於大陸出生、留學海外、定居臺灣、洄游蒙古的席慕蓉，或許擁有「華僑」的身分，評論者以「海外流散詩人」稱呼他，說「回望」是黃河浪長持的藝術姿態，說他是一位挾著文化鄉愁在海外漂泊的孤獨詩人，總是在記憶中清晰地流浪著、寂寞地歌唱著、回望著。所以常在「異域追求」與「精神返鄉」中陷入困境，「體現深厚的歷史餘溫與現實的探索與反思」。這樣的文化心靈，顯然與席慕蓉有所差異，但在寫作的方法論上，「歷史餘溫與記憶」跟「現實探索與反思」，相互對峙、衝撞，形成彈性、張力，詩是在這種彈性、張力中激迸而出，就這點而言，似乎又與席慕蓉的「詩」字，帶領我們跨越黑暗而又光耀的時空邊界，有著相類近的共構效應。黃河浪提倡「彈性詩學」，像撐竿跳一般，「兩極」、「共構」同時呈現，那有形或無形的彈性，自覺或不自覺的詩意，才可能隱隱在字裡行間遊行。那彈性、那詩意的美的最大弧度，取決於「兩極」的距離與穩定。席慕蓉與黃河浪，其實就是兩極頂端的詩人，取一「詩」字與「虛實轉換」相對照，或許也有陽爻「—」與陰爻「--」「兩極」、「共構」的啟示。

　　評論者以「異域追求」與「精神返鄉」中，說黃河浪往往陷入困境，這是一位挾著文化鄉愁漂泊海外的孤獨詩人，如果是移民海外、群居在一起，第二代、第三代的華僑又會如何？泰國、新加坡、馬來西亞、菲律賓的華人，在飄流過海後往往聚居一處，形成特殊的「唐人街」文化族羣，此四地又與臺灣、大陸相距不遠，中間復有香港可左可右的中繼點為之聯繫，緊緊跟隨宗主國的文學進化而有著或斷或續的衍變；四地不同的地主國的文化衝擊、政經趨勢，對當地華人文學也有著或大或小的牽引力量。〈試探菲華詩人的文化歸屬〉就是試

圖以一例四，看看泰華、新華、馬華、菲華詩人的共同處境，及其內在心靈的掙扎。家園的懷思與寄託，應該是華人流寓海外的共同心聲，「亂離詩」的現代版、國外版、海洋版；不同世代的菲華詩人一直再追問：「憑什麼追認我？」這種惟恐失去自我、迷失自我的辛酸，形成菲華詩壇的一大特色，所以詩人創造了許多喻象，雲鶴的野生植物，和權逾淮為枳的橘子的酸澀，王勇的海螺的家何在，文志兩面受煎的煎魚窘境，讓華文世界的讀者強烈地感受到從家鄉到異鄉、骨肉分離的煎熬，珍惜此岸也疼惜彼岸的同理心境。所以，敬謹恪遵父母教訓，承襲傳統生活方式，承襲傳統祭祖儀式，注重下一代的家庭教育，也因而成為習見的題材。所以，實際的生活中不能不菲化，但在理想的文化歸屬卻依然要堅持文化中華，菲華詩人很清楚這樣的拉鋸，也很矛盾於這樣的拉鋸。謝馨的詩〈HALO HALO〉，就以混血兒的美麗來寫一種菲律賓的特殊冰品，「以各式蜜餞、果凍、牛奶、布丁、紫芋、米花等，摻碎冰，冰淇淋攪拌而成。」保留了個別的風味，卻也呈現另一種獨特的、混合的，迷人風味。華人南進，詩歌南向，確實洋溢著特殊的氣息。

最後一篇論文，回到各地相同的網路世代、數位風華，舉蘇紹連（1949-）所主編的《吹鼓吹詩人叢書》前四冊為例，勇於悖反秩序，也能以島嶼為沉思客體，多用變調的唇舌，願意處在中間狀態，追求可能的輝煌。文學與文化隨時代腳步與工具的轉變，會有新視野出現，觀察者不能忽略新景觀出現及其文化格局與氣勢。這就是心靈新詩學的多采多姿，從一九一七到二〇一七的一百年間，從東北亞的日本到東南亞的馬來西亞的海平面，島與半島的心靈新詩浪潮，湧動不已。

第二章
舊記憶與新感覺的激盪：

翁鬧詩作中的土地意象與生命感喟

摘要

　　日制時代的彰化詩人翁鬧，一直被視為「幻影之人」，生平事蹟不甚詳確，因而影響他在臺灣文學史上的評價與地位，本文試圖從他詩中「土地意象」的鑄造，回歸他戶籍所在、真實生存的土地，在文字符碼、土地記憶、與文學技巧之間，找到一個諧和的對應。翁鬧詩作雖不多，但對於自己生長過的土地，卻有真確的描繪，見證了記憶深刻、感覺鮮明，正是新詩創作最直接而有力的要素，見證臺灣新文學之所以存在的必然性，見證臺灣新文學奠基於廣義的現實主義土壤裡，卻能蓬勃開出充滿生命活力的藝術之花。

關鍵詞：土地意象、日制時代、社頭、翁鬧、新感覺派

第一節　翁鬧：八卦山腳下的詩人

　　臺灣最早將日制時代文學作一全盤性介紹的書，是一九七九年三月李南衡（1940-）主編的《日據下臺灣新文學》「明集」五大冊，分別是《賴和先生全集》、《小說選集一》、《小說選集二》、《詩選集》、《文獻資料選集》，[1]此一選集唯一提到翁鬧（1910-1940）的地方是在王詩琅（1908-1984）所撰的〈日據下臺灣新文學的生成及發展──代序〉中，王詩琅在此文中將臺灣新文學的發展分成五個時期：（一）萌芽期，（二）開展期，（三）成熟時期，（四）高潮時期，（五）戰爭時期。翁鬧則出現在（四）高潮時期：「在這一時期臺灣新文學顯然已擺脫初期的暴露式的政治色彩，純站在文學的立場寫作，所以藝術氣味也漸濃厚。主要的作家除了前述（指：張深切、張星建、賴明宏、楊逵、葉陶）之外，中文還有林越峰、謝萬安、蔡德音、繪聲、林精鏐、賴玄影、張慶堂等人，至於日文則有翁鬧、史民、郭水潭、呂赫若、施維堯、江燦琳、楊啟東、吳天賞、陳遜仁等人，此外這些雜誌（指《臺灣文藝》、《臺灣新文學》）還刊有洪耀勳、陳紹馨、郭明昆、蘇維熊等人的學術論文。」[2]在這套書中，小說集、詩選集中均未選錄翁鬧作品，蓋因《日據下臺灣新文學》「明集」只選中文作品，日文作品要等《日據下臺灣新文學》「潭集」才出現，可惜距離「明集」出版已過三十年，目前仍了無蹤影。

　　對於翁鬧生平，首次加以簡介，要等到一九七九年七月由臺灣文學大老有「北鍾南葉」之稱的鍾肇政（1925-）、葉石濤（1925-

1　李南衡主編：《日據下臺灣新文學》「明集」，臺北市：明潭出版社，1979。

2　王詩琅：〈日據下臺灣新文學的生成及發展──代序〉，李南衡主編：《日據下臺灣新文學》「明集1」，臺北市：明潭出版社，1979，序頁6-8。此文在《日據下臺灣新文學》「明集」1-5冊書中均在首篇出現。

2008）所主編的《光復前臺灣文學全集》，其第六卷《送報伕》收錄
翁鬧的五篇小說〈音樂鐘〉、〈戇伯仔〉、〈殘雪〉、〈羅漢腳〉、〈天亮前
的戀愛故事〉，對翁鬧簡介如下：

> 翁鬧，彰化縣人，一九〇八年生，畢業於臺中師範，曾擔任教
> 師，後赴日本，就讀日本大學。翁鬧生活浪漫，不修邊幅，無
> 拘小節，類似現今的西皮，他曾以小說〈戇伯仔〉一作，入選
> 日本「改造社」的文藝佳作。在日本與張文環、吳坤煌、蘇維
> 熊、施學習、巫永福、王白淵、劉捷等人組織「臺灣藝術研究
> 會」，並創辦《福爾摩沙》雜誌。一九四〇年左右，病歿在日
> 本。[3]

　　這套書實際的編輯人員是當時任職遠景出版事業公司的羊子喬
（楊順明，1951-）及全力協助的張恆豪（1950-）、林梵（林瑞明，
1950-）。雖然此一簡介有許多訛誤，卻是最早勾勒出翁鬧年籍與形象
的重要資料。而且此書選入翁鬧五篇小說，率先肯定翁鬧的小說價
值，其後，張良澤（1939-）、許俊雅（1960-）都曾津津樂道此事。
張良澤於一九八五年出版的《臺灣文藝》九十五期，以第六卷《送報
伕》所收十一人、二十篇小說作統計，認為以楊逵（1905-1985）名
聲之響、作品之多，僅得四篇，翁鬧卻以六篇作品被選五篇，躍居全
卷之冠，「可見翁鬧出道雖比楊逵為遲，但其成就在當今年輕評論者
眼中，並不遜於楊逵。憑此一點，即可證實翁鬧在臺灣文學史中所佔
地位之重要。」[4]許俊雅則在《翁鬧作品選集》裡以〈幻影之人──

3　鍾肇政、葉石濤主編：《送報伕》，《光復前臺灣文學全集》卷六，臺北市：遠景出版
　　事業公司，1979，頁287-288。
4　張良澤：〈關於翁鬧〉，《臺灣文藝》第95期，1985年7月。後收入於陳藻香、許俊雅

翁鬧及其小說〉作為「代序」，文中提到「在《光復前臺灣文學全集》第六卷（小說）收錄了十一人、二十篇作品，翁鬧作品居全書之冠，凡有五篇入選，比楊逵作品尚且多一篇，如就目前僅見的六篇小說而言，其入選比例（六分之五）則更是高於任何一位日據作家，足見其成就在當今評論者眼中有舉足輕重之地位。」[5]

　　《光復前臺灣文學全集》小說八卷出版後三年，詩選四卷亦出版，分別是《亂都之戀》、《廣闊的海》、《森林的彼方》、《望鄉》，其中卷十《廣闊的海》收入翁鬧三首詩〈在異鄉〉、〈故里山丘〉、〈詩人的情人〉，對翁鬧的生平沒有新發現，反而簡化為：

> 翁鬧，彰化人，一九〇八年左右生，畢業於臺中師範，曾擔任教師，後赴日本就讀日本大學，加入「臺灣藝術研究會」，並創辦《福爾摩沙》雜誌，一九四〇年左右，病歿於日本精神病院。[6]

生年，從肯定句「一九〇八年生」變成疑惑性的「一九〇八年左右生」；逝世的情景，從不確定的「病歿在日本」，變成為確定的「病歿於日本精神病院」。這三年間臺灣文學研究者對翁鬧是否有重要發現，未從得知，不過，羊子喬為這四本詩選所撰的總序〈光復前臺灣新詩論〉，將日制時代臺灣新詩分為「奠基期」（從一九二〇至一九三二年，也就是從新文化運動中《臺灣青年》的創刊，至《臺灣新民

　　編譯：《翁鬧作品選集》，彰化縣：彰化縣立文化中心，1997，頁252-271。此處引文見於頁255-256。

5　許俊雅：〈幻影之人——翁鬧及其小說（代序）〉，陳藻香、許俊雅編譯：《翁鬧作品選集》，彰化縣：彰化縣立文化中心，1997，序文及目錄頁。

6　羊子喬、陳千武主編：《廣闊的海》，《光復前臺灣文學全集》卷十，臺北市：遠景出版事業公司，1982，頁213。

報》改為日刊為止）、「成熟期」（從一九三二至一九三七年，即一九
三二年四月十五日《臺灣新民報》週刊改為日刊，至一九三七年四月
一日日本政府禁止使用中文為止，前後約有六年）、「決戰期」（從一
九三七至一九四五年止，即一九三七年四月一日日本政府全面禁止使
用中文開始，至一九四五年十月二十五日臺灣光復為止，為期約八、
九年），[7]將翁鬧納入「成熟期」，雖未舉翁鬧詩作為例，但兩次提到
「其中以夢湘、吳坤煌、翁鬧、水蔭萍、李張瑞、林修二、林精鏐、
王登山、董祐峰、黃衍輝等較為重要。」[8]「另外，翁鬧、黃衍輝、
林精鏐等人的作品，亦有精彩的演出。」[9]以新詩數量僅有六首（選
入三首）的翁鬧而言，能得此青睞，一樣令人驚嘆。

　　但就一個愛好新詩的彰化人而言，這樣的簡介當然無法滿足我，
從此我投注心力在彰化縣籍的新詩人研究。從二水、田中，到社頭、
員林的山腳路所屬山林、溪圳、田野，是我青少年遊蕩的勢力範圍，
王白淵（1901-1965）、翁鬧與曹開（1929-1997），正是沿著八卦山
腳，棲息生活於其間，或來自臺北師範、或來自臺中師範，傑出卻不
被重視的三位詩人，自然成為我研究的首要對象。其中尤其是同屬社
頭，有著地緣之親的翁鬧，更是我搜尋的第一目標。

第二節　幻影之人自有其真摯之心

　　很快又很巧的，《光復前臺灣文學全集》詩選四卷出版之後三
年，一九八五年七月，《臺灣文藝》第九十五期出刊「翁鬧研究專

7　羊子喬：〈光復前臺灣新詩論〉，羊子喬、陳千武主編：《亂都之戀》，《光復前臺灣文
　　學全集》卷九，臺北市：遠景出版事業公司，1982，序頁1-37。
8　同前注，序頁20-21。
9　同前注，序頁28。

輯」，其中登載與翁鬧有數面之緣的楊逸舟（楊杏庭，1909-1987）、
劉捷（1911-2004）、巫永福（1913-2008）之文，令人又驚又喜，喜的
是又有了翁鬧的訊息，驚的是這三篇文章頗多驚人的負面之詞。楊逸
舟〈憶夭折的俊才翁鬧〉[10]中的翁鬧，讀師範時，晚間自修時間常發
出怪響，擾亂人家讀書；當教師時，像狂人一樣，不跟人打招呼，不
在意人情世故；赴日留學時，曾發妄大之言：「在銀座遊蕩的這些眾
愚的頭腦集中起來，也不及我一個。」甚至於說翁鬧把書籍、衣服、
被單都提去當掉，在亂七八糟的報紙堆裡凍死了，又說他年富力壯卻
不肯勞動掙錢，白白給餓死。在這篇不到兩千字的散文中，有五處提
及翁鬧對日本女性的迷戀，可能是指三段不如意的戀情：臺灣公學校
日本女教員、東京高圓寺界隈的四十六歲寡婦、內閣印刷局日本女
子。楊逸舟對翁鬧以被殖民者的身分竟然去高攀殖民國女子，頗有微
詞。劉捷〈幻影之人──翁鬧〉[11]則在負面敘述之後會拉回正面評
價，如說翁鬧「一年到頭穿的是黑色金鈕的大學生制服，蓬頭不戴帽
子」，但緊接著說，這種遊學方式，「實際上對於文藝寫作的修練也是

---

10 楊逸舟：〈憶夭折的俊才翁鬧〉，《臺灣文藝》第95期，1985年7月，頁169-172。後收
　入於陳藻香、許俊雅編譯：《翁鬧作品選集》，頁248-251。楊逸舟（本名楊杏庭，另
　有筆名楊行東），生於明治四十二年（1909）臺中州，在臺灣接受公學教育、師範教
　育，一九三四年入東京師範教育研究科，一九四〇年赴中國，於南京汪精衛政權任
　教育部專員，後亦任還都後國立編譯館編譯官、內政部委員等職，一九四七年奉內
　政部長張厲生之命，來臺調查二二八始末，歷時一月，並完成報告書上呈。一九四
　八年國共戰爭情勢惡化，以難民身分抵臺，歷任臺灣銀行特約研究員、教育部特約
　編審、並曾參與縣市長選舉，一九五三年離臺赴日，一九八七年六月五日病逝於東
　京。著有《二‧二八民變》（楊逸舟原著、張良澤譯），臺北市：前衛出版社，1991。
11 劉捷：〈幻影之人──翁鬧〉，《臺灣文藝》第95期，1985年7月，頁190-193。後收入
　於陳藻香、許俊雅編譯：《翁鬧作品選集》，頁276-280。劉捷，日本速記學校畢業，
　明治大學法科研讀，遊走於日本、中國、臺灣之間，二二八事件中被捕入獄，歷任
　《臺灣新聞報》、《臺灣新民報》記者，臺北市證券工會總幹事，擅長文學評論、文
　學觀察、禪學，著有《我的懺悔錄》，臺北市：九歌出版社，1998。

最有效的方法之一，這樣可以自由參加各種有關文學、藝術的集會，多認識圈內文壇人士。」又如說翁鬧受託暫住陳垂映（陳瑞榮）的東京公寓，等陳垂映從臺灣返回，「所有棉被衣服都不見，看家的翁兄亦不知去向」，暗示翁鬧不守信、不盡責，但話鋒一轉，「當時的翁鬧生活浪漫，窮苦到了極端，他那種深刻的人生體驗，鍥而不捨的精神，倘若能夠發揮於文學作品，天再假以長壽的話，翁鬧的成就必然可以期待，更有可觀。」話雖如此，「幻影之人」四個字卻從此成為後世論述翁鬧最常借用之詞。

　　然而，翁鬧真是幻影之人嗎？為什麼會是幻影之人？是不是「他者」回憶四、五十年前的陳年舊事所造成的印象模糊？仔細比對《臺灣文藝》第九十五期「翁鬧研究專輯」中，楊逸舟、劉捷、巫永福三人回憶翁鬧的文章，錯謬、矛盾之處實多。如巫永福〈阿憨伯的形象〉中提到：「記得我與他的認識不是在東京，而是一九三五年我由東京回臺，任臺灣新聞記者時，他由吳天賞陪同，東寶町中央書局訪問臺灣文藝的編輯張星建，經吳天賞介紹認識的。」[12]經查翁鬧赴日是一九三四年，直至一九四〇年未有返臺紀錄。

　　再如劉捷記憶中「翁鬧就是那時日本留學生臺灣藝術研究會的一份子，我和他沒有個人的往來深交。東京市本鄉區元町張文環兄之家每日有文學青年出入，因為那時文環兄與奈美子夫人結婚時，設有伙食，初次來到日本的，在住的常常在此集合，這裏雖然沒有掛上招牌，無形中就是『臺灣藝術研究會』——『福爾摩沙』的集會所。我

---

12 巫永福：〈阿憨伯的形象〉，《臺灣文藝》第95期，1985年7月，頁187。後收入於陳藻香、許俊雅編譯：《翁鬧作品選集》，頁272。巫永福，南投人，日本明治大學文藝科畢業，臺灣藝術研究會、臺灣文藝聯盟成員，光復後曾任臺中市政府秘書、中國化學製藥公司副總經理、新光產物保險公司董事兼副總經理，《笠》詩刊、《臺灣文藝》發行人，創設「巫永福文學獎」著有《巫永福全集》（沈萌華主編，24冊），臺北市：傳神福音文化公司、榮神公司，1995-2003。

和翁鬧常在此地碰面交談，有時候是翁鬧、張文環、我三人，有時候是曾石火、蘇維熊、施學習、巫永福、吳坤煌等多數人。」[13]但根據施學習的文章：「直到民國二十一年三月二十日，再由在東京同仁蘇維熊、魏上春、張文鋁、吳鴻秋、巫永福、黃坡堂、王白淵、劉捷、吳坤煌等氏，另繼續組織『臺灣藝術研究會』的團體。」[14]其後，「民國二十一年五月十日，便假東京本鄉區西竹町張文環氏所經營的茶室兼菜館的 Jrio 集會。那天到會的計有吳坤煌、王白淵、張文環、巫永福、蘇維熊、施學習、陳兆栢、王繼鋁、楊基振、曾石火等十二人。」[15]會中討論的是關於研究會機關雜誌《福爾摩沙》的出版與發行問題。這兩次重要聚會，都不曾提到翁鬧的名字，確證翁鬧並不屬於臺灣藝術研究會的成員，再查《福爾摩沙》雜誌出版了三期，始於一九三二年七月，止於一九三三年六月，翁鬧雖然曾在《福爾摩沙》創刊號發表第一首詩〈淡水海邊寄情〉，但此時翁鬧尚未出國，等到一九三四年翁鬧出國，臺灣藝術研究會則在稍後併合於此年五月六日創立的臺灣文藝聯盟了。[16]因此，當劉捷說：「關於翁鬧的個人生平，我所接觸的只是東京『福爾摩沙』時代一段短時間，所知不多，在我的回憶中，他像夢中見過的幻影之人。」[17]或許有其真意。

又如楊逸舟雖然與翁鬧同為臺中師範首屆畢業生（昭和四年，

---

13 劉捷：〈幻影之人──翁鬧〉，《臺灣文藝》第95期，1985年7月，頁190-193。後收入於陳藻香、許俊雅編譯：《翁鬧作品選集》，頁276-280。

14 施學習：〈臺灣藝術研究會成立與福爾摩沙Formosa創刊〉，李南衡主編：《文獻資料選集》，《日據下臺灣新文學》「明集5」，臺北市：明潭出版社，1979，頁351-361。此段見頁355。

15 同前注，頁360。

16 賴明弘：〈臺灣文藝聯盟創立的斷片回憶〉，李南衡主編：《文獻資料選集》，《日據下臺灣新文學》「明集5」，臺北市：明潭出版社，1979，頁378-391。

17 劉捷：〈幻影之人──翁鬧〉，《臺灣文藝》第95期，1985年7月，頁193。

1929），〈憶夭折的俊才翁鬧〉文章一開始即言：「翁鬧是臺中師範第一屆畢業的高材生，名列全級第六名。」但經查臺灣總督府臺中師範學校學業成績表，翁鬧五學年與演習科的學年成績之席次／人數，分別是58／85、56／85、53／78、44／74、20／65、33／64，所以卒業成績是43／64，頂多只能算是中等。整張學業成績的平均數是「七」級分，卒業成績能達到「八」級分的是國語（日文）讀方、作文、習字、漢文、英語，音樂是唯一達到「九」級分的一科。[18]不過，操行成績第一學年是「乙下」，其後一直是「乙」，未曾甲等，或可稍稍呼應翁鬧三位友人對他的共同評價：「非同流俗」，非屬「循規蹈矩」之輩。

　　翁鬧對他人的評價，其實也有蛛絲馬跡可循，這些蛛絲馬跡又透露什麼樣的訊息？竟也如一般人對他論述之嚴苛嗎？

　　以他在〈新文學三月號讀後感〉[19]的長篇隨想來看，翁鬧對於新進作家如賴明弘，雖然不欣賞他的小說，卻以一千兩百字的篇幅分析他對人性的看法，指陳小說人物塑造的技巧，這種指點迷津、示人金針的古道熱腸，文壇少有。在這篇隨想中，他強調「真正的人性應該更複雜，而且有更多的通融性、自由性，與不羈的奔放性。」他不認為階級應該設定於敵對的位置而相互憎恨，支配階級或地主就應該將他寫成具有卑劣、俗不可耐的人性，因此如果要徹底挖掘這種醜惡，就必須寫出必然性與具象性。這樣的言論出自於貧困的鄉村子弟、潦倒東京的浪人，可以看出他對人性與文學的正確胸襟。對於舊識江燦琳詩作〈曠野〉的隨想，翁鬧選擇以感傷的語調回憶昔日情景：「請恕我抒一抒我的感傷吧！常我想起，曾幾何時，我倆終夜流連在田中、二水的稻田中之往日之時，便使我心頭哽塞，不可名狀。」這才

---

18 參閱附圖一，翁鬧學業成績表，國立臺中教育大學提供。

19 翁鬧：〈新文學三月號讀後感〉，原載於《臺灣新文學》第1卷第3號，1936年4月。後收入於陳藻香、許俊雅編譯：《翁鬧作品選集》，頁201-207。

是朋友之間的溫潤之情，常有這種溫潤之情的人，豈會有乖張之行？
翁鬧心目中的江燦琳形象：「雖眷戀著往來的人影：心牽繫巷中歡樂
之聲，卻只能孤孤零零，沒有朋友，沒有戀人地獨自漂泊在荒野的唯
美主義者。對詩人而言，這世界或許是花叢錦簇、令人眩眼的美麗花
園。其實，那是充滿荊棘與毒草之園呢。就因為他有顆潔美的靈魂，
而使他無心修邊幅，任其蓬頭垢面，任其衣裳襤褸，任其鞋襪歪曲無
形。江君，這就是往來在我心頭的你的模樣。」這種蓬頭垢面，獨自
漂泊在荒野的唯美主義者的形容，或許也是翁鬧自我的寫照，這種惺
惺相惜的場景，令後人感動。對新交關愛，對舊雨難捨，如此重義重
情，翁鬧的形象值得依此方向重新構建。

　　一般認為翁鬧對當時臺灣文壇不夠熱心，很少參與社團活動，但
是如果將翁鬧一生的文學志業列一簡表如次，反而證明了翁鬧對臺灣
文學的熱情與焦急。

表一　翁鬧文學年表

西曆	日紀	年齡	文學大事及著作
1910	明治43	1歲	2月21日：出生於臺中廳武西堡關帝廳社264番地（今屬彰化縣永靖鄉東側），親生父親陳紂、母親陳劉氏春之四男。
1915	大正4	6歲	5月10日：入戶臺中廳線東堡彰化街土名東門359番地翁家為養子（螟蛉仔），父親翁進益、母親翁邱氏玉蘭。養父翁進益原居地應為武東堡社頭庄湳雅185番地，翁進益之母、翁進益夫妻及翁鬧之戶籍，常進出於此地址。
1923	大正12	14歲	4月29日：入學臺中師範學校（今臺中教育大學）。
1929	昭和4	20歲	3月18日：畢業於臺中師範學校（首屆畢業生）。畢業後進入員林公學校（今員林國小）教書2年（1929年3月31日至1931年3月31日）。

西曆	日紀	年齡	文學大事及著作
1931	昭和6	22歲	轉往田中公學校（今田中國小）教書3年（1931年3月31日至1934年3月31日）。
1933	昭和8	24歲	7月：詩〈淡水海邊寄情〉，發表於《福爾摩沙》創刊號。
1934	昭和9	25歲	結束教職後，前往日本東京遊學。
1935	昭和10	26歲	4月：散文〈東京郊外浪人街——高圓寺界隈〉、隨想〈跛腳之詩〉、詩〈在異鄉〉，發表於《臺灣文藝》第二卷第四號。
			5月：譯詩〈現代英詩抄〉發表於《臺灣文藝》第二卷第五號
			6月：小說〈音樂鍾〉、隨想〈有關詩的點點滴滴——兼談 High brow〉、詩〈故鄉之山丘〉、〈詩人的情人〉、〈鳥兒之歌〉等作品，發表於《臺灣文藝》第二卷第六號。
			7月1日：小說〈戀伯仔〉，發表於《臺灣文藝》第二卷第七號。
			8月：小說〈殘雪〉發表於，《臺灣文藝》第二卷第八、九合併號。
			12月28日：小說〈羅漢腳〉，發表於《臺灣新文學》第一卷第一號。
1936	昭和11	27歲	1月：詩〈搬運石頭的人〉，發表於《臺灣文藝》第三卷第二號。
			3月：書信〈明信片〉一，發表於《臺灣新文學》第一卷第二號。
			4月：隨想〈新文學三月號讀後感〉，書信〈明信片〉二，發表於《臺灣新文學》第一卷第三號。
			5月：小說〈可憐的阿蕊婆〉，發表於《臺灣文藝》第三卷第六號。

西曆	日紀	年齡	文學大事及著作
			6月：隨想〈新文學五月號讀後感〉，發表於《臺灣新文學》第一卷第五號。
1937	昭和12	28歲	1月25日：小說〈天亮前的戀愛故事〉，發表於《臺灣新文學》第二卷第二號。
1938	昭和13	29歲	10月14日：詩〈勇士出征去吧〉，發表於《臺灣新民報》8版。
1939	昭和14	30歲	7月4日：中篇小說〈有港口的街市〉，發表於《臺灣新民報》新銳中篇小說特輯，由黃得時策劃。連載至8月20日。
1940	昭和15	31歲	11月21日：逝世。

從這張簡表可以看出，翁鬧的作品大都發表在《臺灣文藝》與《臺灣新文學》，最早與最晚的作品則發表在《福爾摩沙》、《臺灣新民報》上。特別是在《臺灣新文學》的言論，除作品外，總立刻有讀後感（兩篇）、明信片（兩篇），抒發自己對當期作品或短或長的評論與具體建議，並對編輯團隊加油打氣，諸如「新文學日前拜讀。對其嶄新之體裁及內容頗為驚訝。對貴兄之鞠躬盡瘁，不勝感激，遙祝今後之發展與成功。」「對於貴兄的工作，以及新文學之發展，我滿腔熱誠地期待著。無庸置疑，由於貴兄之努力，我堅信必定會產生優秀的作品。願能相互鞭撻，百尺竿頭再進一步。」[20] 如此密集的關切與鼓舞，必然來自一顆真摯、虔敬的心；如此隔期就出現的立即性評語，必然來自對文學的狂熱信仰與狂熱實踐。

　　翁鬧，身或許因困頓而飄忽如影，心對文學卻似磐石穩固。他既

---

20 翁鬧：〈明信片〉一，原載《臺灣新文學》第1卷第2號，1936年3月。後收入於陳藻香、許俊雅編譯：《翁鬧作品選集》，頁76。〈明信片〉二，原載《臺灣新文學》第1卷第3號，1936年4月。後收入於《翁鬧作品選集》，頁77-78。

現代又寫實的兩棲型作品，不論是詩或小說，都集中於一九三五與一九三六年，二十六、七歲的年紀完成。二十八到三十歲的三年，則肆力發展〈有港口的城市〉中篇小說，短短五年的時間，造就翁鬧文學版圖。

翁鬧的身世處境與文學成就，實可與日制時代另一位天才型的短命詩人楊華（楊顯達，1900-1936）相比，相同的是他們都住在褊狹、惡劣的環境裡，窮苦潦倒，享年雖僅三十出頭，卻擁有極高的文學讚譽。不同的是，翁鬧遊學日本，以日文寫作，楊華久困屏東，使用純正中文或臺語漢字為工具；翁鬧以小說得勝，楊華則以小詩擅場；一中一南，既令人欷噓、惋嘆，又令人珍惜、悸動。

第三節　雙父之鷹與雙鄉之狐的掙扎

翁鬧有六篇短篇小說、一篇中篇小說〈有港口的城市〉，中篇小說為成功大學臺灣文學研究所碩士──日籍杉森藍所翻譯，二〇〇七年一月隨其碩士論文《翁鬧生平及新出土作品研究》而面世，但遲至二〇〇九年五月才納入彰化師範大學策劃的「彰化學」叢書，得以印刷出版。

因此，討論翁鬧小說往往依其內容分為兩大類加以討論，先行者如葉石濤：「在『成熟期』裏作品量較多，在小說領域上開拓新傾向的作家是翁鬧。翁鬧已經有了現代知識份子的懷疑精神，用敏銳的感覺捕捉現實世界的複雜現象，用心理分析來剖析內心生活，以嶄新的感覺來描述四周環境，皆有獨到的成就。他是屬於小資產階級的文化人，但基本上是反帝反封建的。他的作品影響到龍瑛宗和呂赫若等人，使得這些作家都多少帶有蒼白的知識份子，世紀末的頹廢。翁鬧的小說分為兩種傾向；其一是以客觀的眼光來凝視臺灣現實的；這便

是〈憨仔伯〉(《臺灣文藝》，1935)和〈羅漢腳〉(《臺灣新文學》，1935)。另一種小說是富於詩精神的，表現現代人複雜的心思和感覺的小說，如〈殘雪〉(《臺灣文藝》，1935)、〈青春鐘〉(《臺灣文藝》，1935)、〈天亮前的戀愛故事〉(《臺灣新文學》，1937)。」[21]這種說法幾乎已成定論。

典型者如張恆豪：「就題材而言，其作品可分為兩類：一是對於農村小人物的關懷，如〈憨伯仔〉、〈羅漢腳〉、〈可憐的阿蕊婆〉，另一是對於現代男女複雜感情心理的剖析。在觀點及表現上，翁鬧對於人類內心世界探索的興味遠甚於外在現實世界的觀察，小說充滿了現代主義的敏銳感、心理分析和象徵手法。」[22]另一典型者許俊雅亦言：「六篇短篇小說，如依題材的不同，大致可分成兩類：一為對愛情的渴望、異性的思慕為主題的〈音樂鐘〉、〈殘雪〉、〈天亮前的戀愛故事〉；二為以臺灣農村生活、農村小人物為描繪對象的〈憨伯仔〉、〈羅漢腳〉、〈可憐的阿蕊婆〉。這兩組剛好各佔三篇。(這些二十七、八歲之作，證明了他早熟而可畏的才華，以及內蘊的自我毀滅傾向。)前組寫出對情戀的憧憬、真誠的追求與失落，唔唔吞吐出自我內在的深層面；後者再現臺灣庶民存在之困境，傳達出殖民社會環境與時代之氛圍。」[23]綜觀新文學以來的小說界，以雙軌並行的方式創作者，唯翁鬧而已，有趣的是，根據上列〈翁鬧文學年表〉，兩組小說的創作，呈現一先一後的交錯方式在進行，並非以時段分裂，也無

---

21 葉石濤：《臺灣文學史綱》，高雄市：文學界雜誌出版、春暉發行，1987，頁53。

22 張恆豪：〈幻影之人——翁鬧集序〉，《翁鬧・巫永福・王昶雄合集》，臺北市：前衛出版社，1991。又見於陳藻香、許俊雅編譯：《翁鬧作品選集》，頁281-283。

23 許俊雅：〈幻影之人——翁鬧及其小說(代序)〉，陳藻香、許俊雅編譯：《翁鬧作品選集》，彰化縣：彰化縣立文化中心，1997，序文及目錄頁。又見於許俊雅〈翁鬧小傳〉，《臺灣文學家年表六種》，臺北縣：臺北縣政府文化局，2006，頁215；但括弧內的字則已刪去。

法以區塊分割。不僅如此，詩與小說的發表也呈現這種夾雜、交錯、共治、同冶的現象。換句話說，翁鬧的思考裡，新詩／小說，現代性／感懷型，具有共時性而不相錯亂，同行而不相悖離，彷彿夫妻之間同床異夢卻又一無爭端。

翁鬧新詩共有七首，依序是：〈淡水海邊寄情〉（1933）、〈在異鄉〉（1935）、〈故鄉之山丘〉（1935）、〈詩人的情人〉（1935）、〈鳥兒之歌〉（1935）、〈搬運石頭的人〉（1936）、〈勇士出征去吧〉（1938）。不似小說那樣可以截然二分，但呈現的仍然是兩股力量的糾纏。這兩股力量不斷在詩中自我糾纏，不是鐵軌式的並駕齊驅，而是鉸剪式的，合則其力能翦除鋼筋，分則自由而行。

但要討論這七首詩之前，需要辨明翁鬧成長的空間。

最早調閱翁鬧相關戶籍以確定其行止的研究者是日籍杉森藍女士，其碩士論文《翁鬧生平及新出土作品研究》於二○○七年面世，[24]對於翁鬧的家庭、遷徙有了明確的釐清。不過，仍有一些解讀上的錯誤，本文無意逐筆加以修正，謹依田中戶政事務所資料為主（參閱附圖三），佐以社頭戶政事務所、彰化市戶政事務之資料，相互辯證，重新敘明。

依田中戶政事務所戶籍部冊冊號「0091」，第00241頁，「戶主翁鬧」之記載，翁鬧（日制時代翁鬧之鬧，都手寫為異體字之「鬧」），生年月日為明治四十三年（1910）二月二十一日，生父母為陳紂、陳劉氏春，出生別為四男，原居住地為臺中廳武西堡關帝廳庄二百六十四番地（今永靖鄉，東鄰社頭鄉），所以，以生父所在地而言，翁鬧應該是永靖人。

大正四年（1915）五月十日，六歲的翁鬧成為翁進益、邱氏玉蘭

---

24 〔日〕杉森藍：《翁鬧生平及新出土作品研究》，臺南市：成功大學臺灣文學研究所碩士論文，2007。

之螟蛉子。翁進益、邱氏玉蘭結婚於明治三十九年，翁進益為招夫，先是住在臺中廳線東堡彰化街土名東門三五九番地（今彰化市東門），後來異動頻仍，有時隨翁鬧讀書、教書而定居留，但在翁鬧成長的過程裡，是以社頭庄湳雅一八五番地（今社頭鄉山腳路）為主要居住地，[25]所以，以養父所在地而言，翁鬧才是社頭人。[26]

昭和四年（1929）翁鬧從臺中州臺中市川端町二番地（讀臺中師範學校時之寄居地），轉往員林郡員林街員林百五十九番地（今員林市鎮上），昭和五年又遷往員林街湖水坑百三十八番地（今員林市百果山湖水里）。[27]昭和四年、五年的異動，是因為翁鬧從臺中師範畢業，前往員林公學校（員林郡員林街員林一四五番地）服務一年，改調至「員林公學校柴頭井分教場」（今員林市柴頭井、林厝，七十六號聯絡道林厝交流道附近）服務。[28]昭和六年至九年，翁鬧服務於田中公學校，戶籍設在田中庄田中字田中四百九番地。[29]依田中戶籍簿冊記載，翁鬧在昭和九年四月四日除戶，可以判讀為在此之後離臺赴日。依彰化市以翁進益為戶主的翁鬧記事，翁鬧的死亡日期是昭和十五年（1940）十一月二十一日。[30]

依以上所記，翁鬧六歲以前生活在永靖農家，六歲以後則在彰化、社頭、臺中成長，師範學校畢業後的五年，擔任公學校教員，活動範圍縮小為員林、社頭、田中所屬八卦山山麓。

---

25 參閱附圖二，翁鬧學籍明細表，國立臺中教育大學提供。明細表上載明：現住所與入學前住所，均為臺中員林郡社頭庄湳雅一八五番地。

26 參閱附圖三至十六。田中、社頭、彰化市戶政事務所提供。

27 參閱附圖三、附圖四，戶主翁鬧之戶籍記載與浮籤，田中戶政事務所提供。

28 參閱附圖三至四、附圖十七至十八。並參考《臺灣總督府及所屬官署職員錄》，昭和四年，頁404；昭和五年，頁431。國立中央圖書館臺灣分館館藏。

29 參閱附圖三至四、附圖十九至二十。並參考《臺灣總督府及所屬官署職員錄》，昭和六年，頁444；昭和七年，頁442；昭和八年，頁457。國立中央圖書館臺灣分館館藏。

30 參閱附圖十四，彰化市戶政事務所提供。

　　翁鬧第一首詩〈淡水海邊寄情〉，與家鄉土地無涉，但與出身有關，可以視為浪漫主義式的情懷，這也是所有詩人最早萌生詩意之動心處。

〈淡水海邊寄情〉

　　清爽的海風徐徐吹來
　　西邊的天際，薔薇色的紅潤
　　閃耀在銀色的光芒中
　　望著小兔般
　　跳耀水邊的白浪
　　我曾經握著妳的纖手
　　出神地望著妳婀娜的倩姿

　　妳住在大都會區畫中
　　陰暗巷中的一隅
　　與妳並肩漫步馬路的夜晚
　　記得，透過高樓大廈
　　望日的月色，顯得格外皎潔

　　某晨，在你的房間
　　醒過來的我
　　透過天窗射入的陽光
　　室中的擺設
　　明暗顯得格外悽愴
　　在圓桌、在衣櫃、在籐椅

甚至在床上

我背著你，偷偷地

灑下了潸潸的眼淚。

如今，憂愁仍陣陣襲擊我心

在含苞待放

未滿十六歲的人生年華中

妳為什麼要步上鬻身的命運？

如今，你在何方？

妳仍然獨處於那寂寥的陰屋中嗎？

啊，那天，那天在海邊的沙灘上

與妳並肩編織著美夢的往日啊！[31]

此詩首段與末段相呼應，翁鬧身在淡水海邊，從淡水暮色的美景中，憶及過去的一段情。首段「薔薇色的紅潤／閃耀在銀色的光芒中」，藉色彩寫夕陽餘暉與滿天霞彩，以「小兔跳耀」形容水邊白浪的起伏波動，視覺上充滿意象之美。末段才讓女主角現身，一個未滿十六歲就賣身的女孩，此刻會在哪一個陰暗的角落？這是翁鬧文學中關懷賣身女孩的開始，直到最後一篇小說〈有港口的街市〉，[32] 仍然持續這樣的關懷。中間二、三兩段則藉光影的變化，回憶兩人相處的情境，第二段以十五號的皎潔月光，襯托女孩住處之陰暗，以高樓大廈襯托女孩的卑微；第三段則以早晨的陽光，襯托女孩住處擺設悽愴，命運坎坷，更以自己偷偷拭淚加深愁緒。這首情詩以養子的身分關心賣身

---

31 翁鬧：〈淡水海邊寄情〉，原載《福爾摩沙》創刊號，1933年7月，頁35-36。收入於
　　陳藻香、許俊雅編譯：《翁鬧作品選集》，頁2-6。

32 翁鬧著，〔日〕杉森藍譯：《有港口的街市》，臺中市：晨星出版有限公司，2009。

的女孩，呼應著〈有港口的街市〉中對孤兒與妓女的悲憫，彷彿是翁鬧所有作品的「序詩」。

從窮鄉僻壤的八卦山鄉野，直抵上國都城近郊，懷鄉情緒飽漲的翁鬧，出國後的第一首詩竟然是〈在異鄉〉，頗值得我們思考：

越過山嶺，涉足谷間
漂過大海，臨淵佇立
幽幽之聲，輕輕呼喚我名
啊！那是巢居我內心之大鷹

「無故鄉者禍也」
尼采曾如此說
我成為，竟成為
顛簸於漫山荊棘之荒野人
寂寞，它在無光的茅屋中
在晚春的暮色裡告別
悲哀在遙遠的雲際
望不到　故里的山姿

分離西東
已輾轉一春秋
爹娘啊！請勿怨恨
吾非鬼魔之子，乃時代之子也

我的途上　暗澹無月
見不到鷗鳥飛翔　只見無涯沙漠

孤伶的異鄉人
在狂風中獨自躑躅

請勿言：希望在握
那是枉費的空言
唉！汝啊！
啊！屬於我的　只是絕望已矣！[33]

這首詩以孤獨的「鷹」自況，鷹是八卦山脈的候鳥，春秋兩季過境八
卦山、大肚山，學名稱為「灰面鵟鷹」，通常清明節前後由南返北，
被稱為南路鷹、培墓鳥，雙十節左右南遷，南部人稱之為國慶鳥。翁
鬧選擇「越過山嶺飄過大海」的灰面鵟鷹的英姿，作為他鄉愁的象
徵，「那是巢居我內心之大鷹」，以「巢居」──結巢而居，暗示愁鄉
之心無法驅離；同時也用灰面鵟鷹的孤傲，自喻飄離故里「在狂風中
獨自躑躅」的孤伶感。

　　〈在異鄉〉這首詩，他引述尼采的話：「無故鄉者禍也」（沒有故
鄉的人是不幸的），極陳異鄉獨處的寂寞與悲哀：「寂寞，它在無光的
茅屋中／在晚春的暮色裡告別／悲哀在遙遠的雲際／望不到　故里的
山姿」。無光的茅屋、晚春的暮色，這是光影的應用；「無光的茅屋」
與「遙遠的雲際」則有對比的效果，而且還有天地之間瀰滿寂寞、悲
哀的誇飾作用。「故里的山姿」，「顛簸於漫山荊棘之荒野人」，顯示社
頭八卦山的記憶，在翁鬧心中遠勝過永靖的田野風光。

　　鳥，在這首詩中，出現了「鷹與鷗鳥」──「孤獨與親切」的對

---

33 翁鬧：〈在異鄉〉，原載《臺灣文藝》第2卷第4號，1935年4月，頁35-36。收入於陳
　　藻香、許俊雅編譯：《翁鬧作品選集》，頁7-11。

比效果。在翁鬧所翻譯的〈現代英詩抄（十首）〉中，有〈逐波飛逝的海鳥〉、〈鵯鳥與鶇鳥〉兩首詩，以鳥為書寫客體，期望自己有一對可遨翔天空的翅膀、慨嘆「毀了的愛的茅屋，靠誰來建造呢？」。[34]呼應著翁鬧心中對自由與愛的渴望。鳥，似乎成為翁鬧心靈的回音：

> 鳥兒，／牠在黎明與黑暗之際叫著／吱吱　吱吱　吱吱／妳是否在悲泣？／悲泣妳飛出了漆黑？／或是在高興？／高興妳迎接了光明？／吱吱　吱吱　吱吱／從天空到山谷／從山谷到原野／在這世上／竟沒有妳憩息的地方／午晝太亮了／子夜太暗了／只在晨曦／那短短的一霎那間／你是幸福的／對人類／雖是一段最不幸的時刻／吱吱　吱吱　吱吱／鳥兒啊！／妳的故鄉究竟在何方？／是山嗎？／是海嗎？／當方形的窗口肚白時／山的靈氣／與海的潮香／吱吱　吱吱　吱吱／隨著妳歌聲／飄揚過來／想來瞧瞧／只為純粹而活的／你的哀思／鳥兒啊！／在世界要揭開／喧囂的序幕之前／吱吱　吱吱　吱吱／我將帶著妳／登上那天庭／把你當做／心靈的回音[35]

此詩以短句寫成，模擬鳥語之短促而響亮，而且擬聲詞「チチ　チチ　チチ」一再重複，是一首以聲取勝的作品。這首詩雖然有「飛出漆黑」或「迎接光明」的疑問，但「在這世上／竟沒有妳憩息的地方」，「妳的故鄉究竟在何方？」仍然隱藏著想家的悲傷情緒。

　　如果說〈在異鄉〉是從反面道出思鄉之情，〈鳥兒之歌〉是從側

---

34 翁鬧譯：〈逐波飛逝的海鳥〉、〈鵯鳥與鶇鳥〉，陳藻香、許俊雅編譯：《翁鬧作品選集》，頁37-39、43-48。

35 翁鬧：〈鳥兒之歌〉，原載《臺灣文藝》第2卷第6號，1935年6月，頁32-33。收入於陳藻香、許俊雅編譯：《翁鬧作品選集》，頁18-20。

面藉鳥寫人，那麼，與〈鳥兒之歌〉同時發表的〈故鄉的山丘〉，[36]則
是正面書寫鄉愁。這三首詩以不同的面向，具體寫出翁鬧對八卦山麓
家鄉的情義，深濃有味。「孤獨在外的翁鬧，其實可能也並非文友所
認為那般狂妄不近人情，〈在異鄉〉一詩就寫出他對故鄉的苦戀和對
父母的思念，以及面對自己的頹廢、寂寞和絕望時的痛苦，雖然也想
力圖振作，但卻似乎無法走出暗巷。」[37]回不去的「鄉」在翁鬧心中
縈繞不去，是一種苦，悲慘的現實在眼前逼迫而來，是另一種痛，苦
與痛的生存壓力之下，無可依傍的虛無感因此在翁鬧心中無限擴大。

　　不過，去國五年，這樣的鄉愁是否會因時空轉換而褪色？劉捷曾
言：「那時為進出日本文壇，畢業後不肯還鄉，在東京苦修流浪的文
藝人，翁鬧是典型人物之一。」[38]翁鬧的土地意象，會不會：社頭逐
漸淡出、東京逐漸淡入？

　　翁鬧最重要的一篇散文〈東京郊外浪人街──高圓寺界隈〉，[39]長
達四千五百字，仔細描繪翁鬧落腳高圓寺一帶的生活實境，特寫活躍
於此的人物，包括新居格、小松清、伊藤整、上脇進、鈴木清、阪中
正夫、直木三十五，以及隱其名姓的 K 氏、G 君、Y 君，[40]多少透露
出翁鬧對東京浪人街的認同與嚮往，他說：「仔細一想，我的性向或
許跟這浪人街恰恰相吻合，不必想再轉移他處呢。」特別是在講論

---

36 翁鬧：〈故鄉的山丘〉，原載《臺灣文藝》第2卷第6號，1935年6月，頁32-33。收入
　　於陳藻香、許俊雅編譯：《翁鬧作品選集》，頁12-14。

37 楊翠：〈追逐幻影的時代之子〉，施懿琳等著：《八卦山文學步道導覽手冊》，彰化
　　縣：彰化縣文化局，2002，頁101。

38 劉捷：〈幻影之人──翁鬧〉，《臺灣文藝》第95期，1985年7月，頁193。

39 翁鬧：〈東京郊外浪人街──高圓寺界隈〉，原載《臺灣文藝》第2卷第4號，1935年
　　4月。收入於陳藻香、許俊雅編譯：《翁鬧作品選集》，頁68-75。

40 杉森藍認為K氏指江燦林，G君指吳天賞，Y君指楊逸君。〔日〕杉森藍：《翁鬧生平
　　及新出土作品研究》，臺南市：成功大學臺灣文學研究所碩士論文，2007，頁81-
　　83。

「今金食堂」時，他說：「在這樣狹窄的小店，卻始終瀰漫著國際人的空氣，中國人，朝鮮人，滿州人，臺灣人，長相、言語都屬多彩多樣。」[41]如此開放的天空，比起閉塞的山腳人家，嚮往自由的鳥或許心中已有選擇。

〈東京郊外浪人街——高圓寺界隈〉與〈在異鄉〉是同時期的作品，一起刊登於一九三五年四月的《臺灣文藝》第二卷第四號，彷彿可以感受到兩個家鄉在翁鬧心中的掙扎與溶接。換句話說，當翁鬧逐漸認同於東京近郊高圓寺界隈的生活情境時，他內心其實非常清楚自己所在之地是「異鄉」。

〈在異鄉〉，翁鬧呼喚著：「爹娘啊！請勿怨恨／吾非鬼魔之子，乃時代之子也」。在《有港口的都市》〈作者的話〉中，翁鬧要把這篇重要的小說獻給「失去父親的孩子、跟小孩離別的父親以及不幸的兄弟。」[42]如此重視親子情緣的翁鬧，對於養子的身分、兩個父親的尷尬，對於亞細亞的孤兒、兩個家鄉的不安，血緣、地緣，翁鬧的抉擇注定是痛苦的。

翁鬧的生父是永靖鄉的貧農，如果不是經濟不好，如何捨得將自己的親生兒子送給別人當養子？翁鬧的養父在戶籍上登錄的職業是「雜貨商」，[43]依其戶籍遷徙之頻繁來看，顯然不是開雜貨店的老闆，而是挑擔子賣雜細的流動攤販。以這樣的家庭背景而言，生父、養父應該都無法供應翁鬧昂貴的留學經費，但是翁鬧執意出國，執意留在東京，即使窮蹙潦倒，凍餓街頭，為友人所不齒，為著心中所追逐的文學理想，為著身體裡燃燒著的文學熱情，他依然選擇內心思念家鄉

---

41 同前注，陳藻香、許俊雅編譯：《翁鬧作品選集》，頁68-71。
42 翁鬧著，〔日〕杉森藍譯：《有港口的街市》，臺中市：晨星出版有限公司，2009，頁94。
43 參閱附圖八，彰化市戶政事務所提供。

所必須忍受的無盡煎熬，他依然面對身體留駐東京所必須忍受的凍餒交迫，這種窘困之境對文學的堅毅決志，實為一般常人所不及。

鷹，高傲盤旋；狐，行蹤如謎。雙父之鷹，雙鄉之狐，翁鬧的情義在面對生父與養父、面對東京近郊與社頭山野，在生活與文學中，同時存在著矛盾、撕扯與掙扎，這種孤寂與掙扎，又豈是旁人、後人所能了解？

第四節　記憶之丘與感覺之界的激盪

〈故鄉的山丘〉，正面書寫思鄉愁緒，但在上一節，我們不曾舉證細說，挪至此節詳論，是因為這首詩最能說明記憶之丘與感覺之界的激盪。〈故鄉的山丘〉，標題的字面意義，很清楚標示出這是懷鄉之作，但仔細檢驗他的書寫技巧卻又不止於思念家鄉的表層寫實而已。

〈故鄉的山丘〉

我繞著雛菊綻開的小丘
追逐著，跳向穴洞的青蛙

陽光在我胸前融化
輕柔得使我瞠目

啊，誰在撥弄天庭之琴弦？
這一天，我們遙遙地遠離了死神

甘蔗園上遍地開滿了花朵

夕陽，她，趕忙來湊上一腳

雙親的家，在墓地的彼方

我吹著口哨，歡迎春的到來[44]

屬於家鄉社頭的寫實景物：雛菊、小丘、穴洞、青蛙、陽光、甘蔗園、花朵、墓地，盡是即目所見，隨手拈來，但在這些具體的鄉村風土之間，翁鬧卻又夾雜著天庭、琴弦、死神這類非寫實的名物。正因為家鄉山丘的舊記憶仍然鮮活，日本文學氛圍裡的「新感覺派」理念方興未艾，如何以新的現代化技巧去處理心頭上的衝撞，或許是剛踏上日本土地，極欲進軍日本文壇的翁鬧，所最想表現的：現實的真與藝術的美。討論到翁鬧的作品，即使是以現實、抗議為主流的日制時代文學，也不能不注意翁鬧的現代性、藝術性與特殊性：「翁鬧的文學，文字凝斂細膩，意象豐富飽滿，手法前衛，特別是關於顏色、氣味、溫度、味覺、觸覺等感官知覺的描寫，在同期臺灣新文學作家之中，可說是既獨特又優異。翁鬧的文學成就，也就因而更形璀璨。閱讀翁鬧，猶如觀看在荒原中一步步朝向幻影的追逐者，他的人與他的文學，都有著這樣的悲劇性格。」[45]試看〈故鄉的山丘〉，第一段「雛菊綻開」、「跳向洞穴」寫的是視覺；其次「陽光融化」、「輕輕柔柔」寫的是觸覺；「撥弄琴弦」、「遠離死神」用的是聽覺加知覺；「開滿花朵」、「夕陽餘暉」又回復了視覺裡的光與色；末段「繫念雙親」、「歡迎春回」，綰結整首詩，呼應題目的故里與山姿，呈現出舊記憶與新感覺相互激盪的歷程。

---

44 翁鬧：〈故鄉的山丘〉，原載《臺灣文藝》第2卷第6號，1935年6月，頁32。收入於陳藻香、許俊雅編譯：《翁鬧作品選集》，頁12-13。

45 楊翠：〈追逐幻影的時代之子〉，施懿琳等著：《八卦山文學步道導覽手冊》，彰化縣：彰化縣文化局，2002，頁107。

　　「新感覺派」如何從舊感覺中汲取新要素，其實並無出人意外之
淫技奇巧，朱雙一在檢驗海峽兩岸的「現代性」時，曾言：「所謂新
感覺書寫是指以悟性活動調動起觸覺、嗅覺、視覺、聽覺等各感官的
機能，以比喻、象徵、自由聯想等手法來突出主觀體驗的文學創作，
常傾向於表現超驗的感覺、變形變態的幻覺、錯覺以及聯覺。」這樣
的說法，其實可以簡約為八個字：主觀獨攬，通覺開放。與任何現代
主義相似度極高。因此他又說：「其與象徵主義、意象派、未來主
義、意識流、表現主義、超現實主義、存在主義等等有著密切關係。
臺灣的新感覺書寫不具備一般文學流派所具有的固定組織和架構，具
有跨地域、跨時段的書寫特性，但其審美感覺方式、思想內涵和寫作
模式上都極為相似，可以『新感覺書寫』概稱之。」[46]

　　稍晚於翁鬧十四年出生的臺灣詩哲林亨泰（1924-），對於日本新
感覺派的一群年輕作家，如橫光利一、川端康成、中河與一等人作品
曾有涉獵，他曾引述橫光利一在〈感覺活動〉文中的話：「我認為未
來派、立體派、表現派、達達派、象徵派、如實派等的某些部分，無
一不屬於新感覺派。」[47]又引述川端康成的話：「必須攝取外國文學的
新精神——如未來主義、立體主義、達達主義的技法與理論，並且以
多采多姿的方式再現現實為目的。」[48]如是，在這樣的釋義下，所謂
「新感覺派」，其實就是採取開放的態度，接納歐美現代文學經驗，
所以翁鬧的小說、新詩，都具有這種「現代性」傾向，「新感覺派」
可以當之無愧。

---

46 朱雙一、張羽：〈新文學早期海峽兩岸的現代主義創作〉，《海峽兩岸新文學思潮的
　　淵源和比較》，廈門市：廈門大學出版社，2006，頁207-208。

47 林巾力：《福爾摩沙詩哲林亨泰》，臺北市：印刻文學生活雜誌出版有限公司，
　　2007，頁142-143。文末附註說是引自橫光利一：〈新感覺論〉，日本：《文藝時代》，
　　1925年2月。

48 同前注，《福爾摩沙詩哲林亨泰》，頁143。

　　細觀日本文學思潮史中，「新感覺派」規模不大，時程不長，重要的主張有如下幾點：

　　（一）主張主觀是唯一的真實，否定現實世界的客觀性，從而強調文藝要「表現自我」，而「表現自我」又全取決於「新的感覺」。所以他們以為感覺就是將其觸發對象從客觀形式變為主觀形式。

　　（二）主張文藝創作應把感性、知性放在理性之上，表現自我感受和主觀感情，從而貶低和否定理性的價值和作用，全然以個人的「感覺生活」，取代理性認識。

　　（三）他們主張形式決定論，認為形式即內容，內容即形式，而形式是決定內容的，離開了形式，就無所謂內容。

　　（四）主張文學革命，否定日本文學傳統，全盤接受西方現代主義文學。[49]

　　主觀獨攬，通覺開放，新感覺派就是以主觀的感覺駕乎一切事物之上。因此，仔細審視〈故鄉的山丘〉這首詩，在「思家鄉」之同時，透露出「齊死生」的豁達之觀：「檢視兩行一節的格式，竟是一生一死交錯而行：雛菊綻開是生機，人追青蛙、青蛙跳向穴洞是避開死亡；陽光融化是潰退，輕柔則是舒適；天庭琴弦是天籟，遠離死神有如青蛙跳向穴洞；甘蔗園開花是喜，夕陽西下則有悲的氣息；『雙親的家在墓地的彼方』可能暗示雙親在另一個國度，吹著口哨則是快

49　葉渭渠：《日本文學思潮史》，北京市：經濟日報出版社，1997，頁475-477。轉引自蔡明原：〈上海與臺灣新感覺的兩種實踐：以翁鬧與劉吶鷗的作品為探討對象〉，財團法人臺灣文學發展基金會編：《文學與社會學術研討會：2004青年文學會議》，臺南市：國家臺灣文學館，2004，頁71-72。

樂的行為。」[50]可以說，〈故鄉的山丘〉不只是單純的懷鄉之作，翁鬧將鄉愁之思緒提升為生命的體悟，鄉愁是舊記憶，生命的體悟則是新感覺，否則在「雙親的家，在墓地的彼方」之後，怎麼會接上「我吹著口哨，歡迎春的到來」？

　　翁鬧雖然以小說揚名於文壇，但他極為重視詩是否蓬勃發展，他說：「有詩的蓬勃發展，才能臻於文學真正勃興之境界。亦即文學的勃興，乃寓於詩的勃興。」[51]翁鬧的詩觀強調高智慧的表現，不可趨於流俗：「真正的高智慧者，極難同流於庸俗。他永遠是孤獨的。」「他永遠是孤獨，且似孩童，他與庸俗似永不相容，他閱讀陌生的書籍，傾聽陌生的異國音樂，陶醉於無名畫家之畫。他從馬斯尼的〈哀歌〉、畢卡索的〈詩人的出發〉中，悄悄找到了靈魂的桑梓。但當這些歌聲充斥街坊，膾炙人口時，他的靈魂又將匆匆地奔向他方。」[52]這是翁鬧的詩與小說，在二十世紀三〇年代的「現代性」追求，不斷求新求變，不斷保持感覺的「陌生化」。如果將翁鬧的〈詩人的情人〉拿來與王白淵（1901-1965）的《荊棘之道》（1931）、楊熾昌（1908-1994）的《熱帶魚》（1931）、《樹蘭》（1932）相對照，臺灣文學的「現代化」早在三〇年代即已轟轟烈烈展開。

　　　〈詩人的情人〉

　　　她死在他出生之前
　　　然後

---

50 蕭蕭：〈八卦山：蘊藏多元的新詩能量——以賴和、翁鬧、曹開、王白淵透視新詩地理學〉，《土地哲學與彰化詩學》，臺中市：晨星出版有限公司，2007，頁98。

51 翁鬧：〈新文學三月讀後感〉，陳藻香、許俊雅編譯：《翁鬧作品選集》，頁207。

52 翁鬧：〈有關於詩的點點滴滴——兼談High brow〉，陳藻香、許俊雅編譯：《翁鬧作品選集》，頁198-200。

　　在他死後生出來的

　　Cosmopolitan

　　在太陽凍結死寂的夜裡，他抱著冰塊遁跑。
　　在那兒，只有謝肉祭的花車、火炬、無氣息
　　的舞蹈、海底光的搖曳……淒凜的風，把他
　　吹襲得像一片樹葉，只吹襲他……。

　　世界已死了，他坐在岩角上招手。天幕下垂
　　了。他把沿路捧來的光，向它擲了過去！啊，
　　世界甦醒了，人們發出驚駭之嘆聲，但，知道
　　星由來的，僅他一人！[53]

這首詩的後兩節，日文原文以「散文詩」的形式排列，這在臺灣新詩
發展史裡應該是最早的嘗試者。詩人與其情人（指寫作的靈感、詩中
的靈魂），有生之日似乎絕無相見的可能，這是詩人必得永世追逐、
永世流浪的契機。第二節的散文式排列，將場景設計在陰森、冷冽的
氣息中，「謝肉祭的花車、火炬、無氣息的舞蹈、海底光的搖曳，淒
凜的風」，呈現出一種遙遠、無聲的祭典，靜而詭異地演出，唯有詩
人清醒感受那種冷酷，這一小節的異國經驗、超現實經驗，正符合
「於夢中尋求真實，從現實中追求更新的現實；在個性上發揮獨自的
創意──這就是賦予超現實之義者的途徑。」[54]換言之，〈詩人的情

53　翁鬧：〈詩人的情人〉，原載《臺灣文藝》第2卷第6號，1935年6月，頁32。陳藻
　　香、許俊雅編譯：《翁鬧作品選集》，頁15-17。
54　翁鬧：〈有關於詩的點點滴滴──兼談High brow〉，陳藻香、許俊雅編譯：《翁鬧作
　　品選集》，頁200。

人〉是一首應用超現實主義手法的作品，值得與風車詩社超現實主義的詩作，相提並論。

第三節的散文式排列，則以星的亮光暗示詩人的創作，在眾人為星光發出驚駭歡聲之前，詩人抱著冰塊遁走，在懸崖、岩角的危險地帶向世界招手，收集光，擲出光，如此嘔心瀝血的歷程，又有多少人能經歷、能理解？

舊經驗與新感覺的激盪下，翁鬧還有一首精彩的作品：

〈搬運石頭的人〉

在陣陣強風暴雨中
襤褸而疲憊的人在搬運著石頭
　　臉色黯淡無光
　　指甲裂開，甲縫充塞污泥
　　脛腿削瘦無肉，卻如鋼骨般的堅硬
在白晝如黑暗，慘酷的世界中
他們蹌跟著，幾乎要仆倒
多少歲月，出賣著這低微的努力！
　　在黑暗之中
　　他們蹣跚地搬運著石頭
　　同伴的額頭，幾乎要在跟前相碰
　　卻辨不出他們的臉容！
暴風雨在狂嘯著
隱約地聽到了呻吟之聲
似是前往屠場的小羊之悲鳴……
　　我屏息仆伏在泥濘的地面

當我站起來時，在腳邊

發現了他搬運的石頭

啊！驅趕暴風雨

長時間被虐待的他們

黑暗的夜晚逝去不久即將天明

這時候

來哀悼抱著空腹倒下去的朋友之前

他必須抱住即將要倒下的人們[55]

整座八卦山臺地大部分表層土壤多為紅土，下層則為頭嵙山層。「頭嵙山層包括礫石層及砂岩，粉砂岩和頁岩所相互交錯的碎屑岩層，此兩層岩層皆具有以下兩種特性：一、質地疏鬆，抗蝕力頗差：一經大雨沖刷或人為墾耕，尤其容易導致崩塌土石流等現象，殃及山腳之沿麓低下地帶住民的屋舍與耕地，成為當地居民生活上的一大威脅。二、透水性頗佳、排水良好，土壤保水力弱：然此特性對作物根系之發育卻甚有利，如：鳳梨、薑等深根作物。」[56]因此，八卦山臺地有著數以千計的東西向坑谷，處處可見裸露的岩塊，時時可見搬運石頭的人，向陽（林淇瀁，1955-）〈阿爹的飯包〉[57]詩中的阿爹就是在溪埔搬砂石的人，可以見證。翁鬧此詩寫實性極強，搬運石頭的人臉色黝黑，腿肚有力，「指甲裂開，甲縫充塞污泥」；這首詩同時應用「前

55 翁鬧：〈搬運石頭的人〉，原載《臺灣文藝》第3卷第2號，1936年1月，頁38。收入翁鬧著，陳藻香、許俊雅編譯：《翁鬧作品選集》，頁24-27。後六行補譯，摘自〔日〕杉森藍：《翁鬧生平及新出土作品研究》，臺南市：成功大學臺灣文學研究所碩士論文，2007，頁120。

56 蔡威立等：〈八卦臺地土地利用型態之分析〉，《2006年彰化研究學術研討會八卦臺地研究論文集》，彰化縣：彰化縣文化局，2006，頁23-11、23-12。

57 向陽：〈阿爹的飯包〉，《土地的歌》，臺北市：自立晚報社，1985，頁9-10。

往屠場的小羊之悲鳴」作為譬喻，用以關懷家鄉出賣勞力的無產階級。這首詩的舊記憶疊映在新感覺之上，仍然清晰，這一年是翁鬧離鄉赴日的第三年（1936），八卦山麓的勞動階層仍然在翁鬧心中映現著鮮明的圖象。

發表〈搬運石頭的人〉之翌年，一九三七年中日戰爭爆發，日本捲入二次大戰的漩渦中，臺灣本土也進入緊張狀態。再一年，翁鬧在軍國主義喧囂的日本，身歷其境，寫出他這一生中最後的詩作〈勇士出征去吧！〉詩中充滿戰鬥性的呼喚之詞，表達出屬於那個時代的、日本制式的昂揚意志，是當下的現實主義作品，卻也充滿浪漫主義的情懷。

夜光晃眼的○○車站／忽然湧出喇叭的響聲／瞅了一下，僅是一片旗海／人牆圍繞著旗海／不知不覺地脫帽止步／莊嚴的區域！／你看，在人牆裡，有個站立不動的勇士／在他前面列隊吹喇叭的是少年們／勇士的臉上充滿著決心與熱情／早已為祖國竭盡獻出生命的姿態／如今他在國民的送別下就要出征去／決心與熱情使他臉頰變得通紅／祝福他光榮出發的少年們的喇叭聲／氣勢沖天彷彿破曉的吶喊／雄姿英發的勇士！／英勇的少年們！／被送行的人和送行的人／崇高的熱情如斯結合在一起還會再現於世嗎？／喇叭的響聲歇了／國民聲嘶力竭地呼叫／「萬歲！萬歲！萬歲！」／勇士簡短而用力地回答／「謝謝！」／勇士出征去吧！／為了祖國的光榮出征去打勝仗吧！／勝不了就不要活著回來！這就是你的祖先世世代代流傳的教訓／你的祖先用了劍和詩／創造了這個美麗的神的國度／將永久繁榮的大八州傳承給了子子孫孫／你也是為了祖國而成為英雄的國民之

一／把理想化成現實、讓現實昇華為理想（略）……？？？？[58]

這首詩充滿激情、鼓舞與歌頌，但仍清楚地切割為我與日本國民，翁鬧很清楚自己是一個旁觀者，他清醒地指出「你的祖先用了劍和詩／創造了這個美麗的神的國度」，「你也是為了祖國而成為英雄的國民之一」，第一人稱與第二人稱的對話書寫，顯示翁鬧未必有錯亂的祖國認同，但在記憶之丘與感覺之界的激盪裡，家鄉的舊記憶顯然是逐漸淡而遠了！至少，就像〈殘雪〉這篇小說中所說的「北海道和臺灣，究竟那個地方遠？他記得在地圖上北海道比較近，但他發覺在內心這兩個地方都同樣遠。」[59]

翁鬧的家鄉的土地意象，在他三十歲以後，淡了遠了！翁鬧所熟悉的「新感覺派」在日本的發展卻也似櫻花一般，瞬間展現絕美，瞬間凋謝無蹤！翁鬧的生命竟然與此二者相似，不免令人感喟。

第五節　結語：備具現代性之作自有其現實之境

翁鬧曾言，他之所以被黃衍輝的〈牛〉所感動，「與其說它是一首具有技巧的好詩，不如說是，因為它令我聯想到，這詩背後的現實世界。」[60]這種技巧與現實不可偏廢的堅持，甚至於現實世界的反映要重於技巧之舒展的觀念，一直是翁鬧的文學主張。在一九三六年六月「文聯東京支部座談會」中，難得發言的翁鬧也曾表示：「就形式

---

58 翁鬧：〈勇士出征去吧！〉，原載《臺灣新民報》，1938年10月14日，8版。引自〔日〕杉森藍：《翁鬧生平及新出土作品研究》，頁123-124。此詩為杉森藍所發現並譯成中文，後兩句，筆者稍加修飾，使成為此詩之結束語。

59 翁鬧：〈殘雪〉，原載《臺灣文藝》第2卷第8、9號，1935年8月。收入翁鬧著，陳藻香、許俊雅編譯：《翁鬧作品選集》，頁135。

60 翁鬧：〈新文學三月讀後感〉，陳藻香、許俊雅編譯：《翁鬧作品選集》，頁206。

而言，我認為採這邊（指東京──譯者）文壇的形式並無不可。宛如
日本文學在形式上可相同於世界文學之形式一般，只要內容含有臺灣
的特色，形式同於日本文學的模樣亦無不可。」[61] 這就是勇於現代化
的日制時代作家翁鬧，所開拓出來的無所偏倚的文學觀，一個不以貧
窮為苦，不為環境所限的文學追求者，勇於嘗試新技巧的表現：「比
去愛一個成熟中年婦人，我更深愛一個笨手笨腳卻充滿希望羞澀的年
輕少女。」「比去愛象徵偉人天年般圓熟靜謐的夕暉，我更深愛萬物
剛從夢中甦醒般潔淨無邪的晨曦。」[62] 就因為這種大膽的嘗試，翁鬧
的新詩，篇數雖少，卻都具備這種經緯交錯的、互文的織錦之美。

才無所偏，命有所限，翁鬧的新詩彷彿彰化八卦山之鷹孤傲高
飛，又如日本遲疑之狐猶豫難決，一直在已然之痛與未然之苦的間隙
裡，不斷撕扯；在記憶之丘與感覺之界中，來回激盪。這樣的作品在
日制時代已經走在時代的前端，引人側目。但是我們仍然清晰地在翁
鬧現代性的作品中看見他的故鄉山野，仍然具現出翁鬧的現實裡的困
境，見證著：「現代性」，必然在「現實性」具足飽滿度後，才能激射
而出。

---

61 陳藻香譯：〈臺灣文學當前諸問題──文聯東京支部座談會〉，陳藻香、許俊雅編
   譯：《翁鬧作品選集》，頁230。原載《臺灣文藝》第3卷第7、8號，1936年8月。

62 翁鬧：〈跛腳之詩〉，原載《臺灣文藝》第2卷第4號，1935年4月。收入翁鬧著·陳
   藻香、許俊雅編譯：《翁鬧作品選集》，頁196-197。

參考文獻

中文書目

臺灣文藝社　《臺灣文藝》第95期　1985年7月

臺灣總督府　《臺灣總督府及所屬官署職員錄》　昭和六年至昭和八年　國立中央圖書館臺灣分館館藏

向　陽　《土地的歌》　臺北市　自立晚報社　1985

朱雙一、張羽　《海峽兩岸新文學思潮的淵源和比較》　廈門市　廈門大學出版社　2006

羊子喬、陳千武主編　《亂都之戀》　《光復前臺灣文學全集》卷九　臺北市　遠景出版事業公司　1982

羊子喬、陳千武主編　《廣闊的海》　《光復前臺灣文學全集》卷十　臺北市　遠景出版事業公司　1982

李南衡主編　《日據下臺灣新文學》　「明集」五冊　臺北市　明潭出版社　1979

〔日〕杉森藍　《翁鬧生平及新出土作品研究》　臺南市　成功大學臺灣文學研究所碩士論文　2007

施懿琳等著　《八卦山文學步道導覽手冊》　彰化縣　彰化縣文化局　2002

翁鬧著　〔日〕杉森藍譯　《有港口的街市》　臺中市　晨星出版有限公司　2009

財團法人臺灣文學發展基金會編　《文學與社會學術研討會：2004青年文學會議》　臺南市　國家臺灣文學館　2004

張恆豪　《翁鬧‧巫永福‧王昶雄合集》　臺北市　前衛出版社　1991

許俊雅　《臺灣文學家年表六種》　臺北縣　臺北縣政府文化局　2006

陳藻香、許俊雅編譯　《翁鬧作品選集》　彰化縣　彰化縣立文化中心　1997

葉石濤　《臺灣文學史綱》　高雄市　文學界雜誌出版　春暉發行　1987

葉渭渠　《日本文學思潮史》　北京市　經濟日報出版社　1997

彰化縣文化局　《2006年彰化研究學術研討會八卦臺地研究論文集》　彰化縣　彰化縣文化局　2006

蕭　蕭　《土地哲學與彰化詩學》　臺中市　晨星出版有限公司　2007

鍾肇政、葉石濤主編　《送報伕》　《光復前臺灣文學全集》卷六　臺北市　遠景出版事業公司　1979

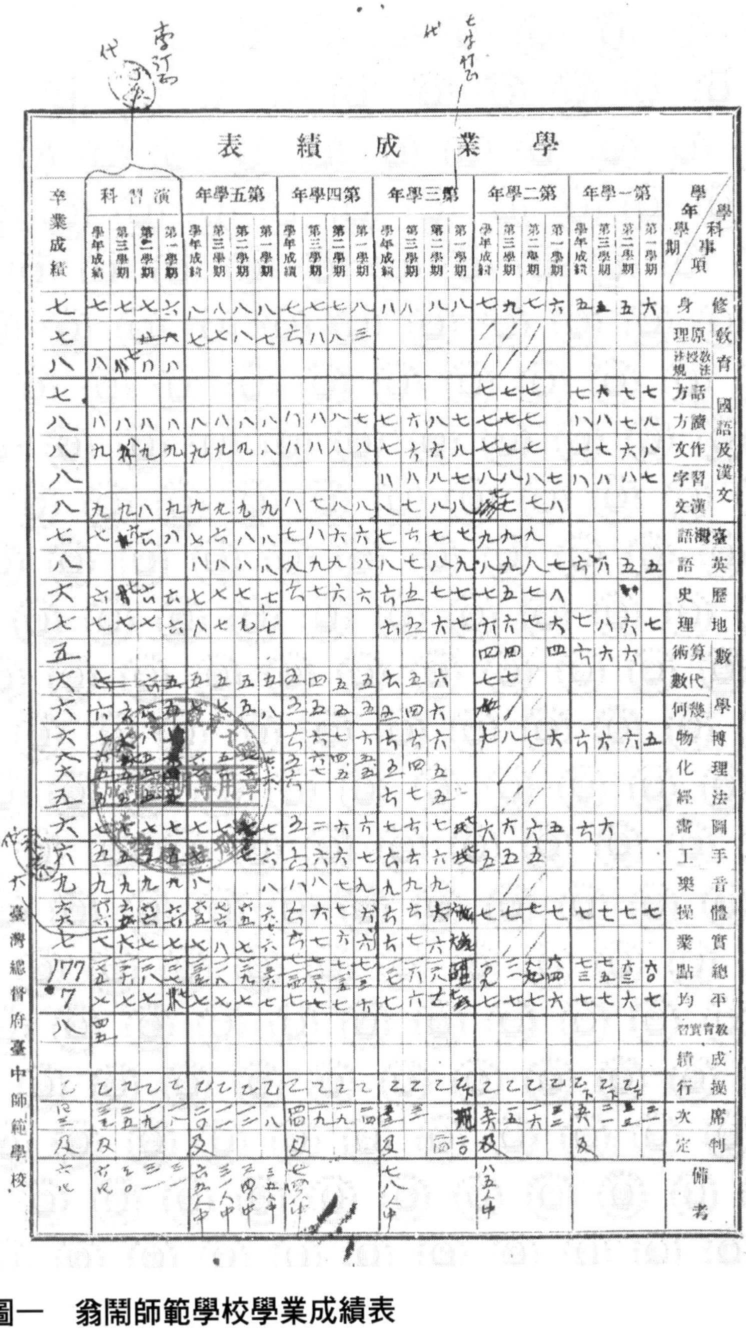

學業成績表

學科事項	第一學年 第一學期	第二學期	第三學期	學年成績	第二學年 第一學期	第二學期	第三學期	學年成績	第三學年 第一學期	第二學期	第三學期	學年成績	第四學年 第一學期	第二學期	第三學期	學年成績	第五學年 第一學期	第二學期	第三學期	學年成績	演習科 第一學期	第二學期	第三學期	學年成績	卒業成績
修身	六	五	[illegible]	五	六	七	九	七	八	八	八	八	八	七	七	七	八	八	八	八	六	七	七	七	七
教育 原理						/	/	/					三	八	八	六	七	八	七	七	[illegible]	[illegible]			七
教育 教授法 規						/	/	/													八	八	八	八	八
國語及漢文 話方	七	七	六	七		七	七	七																	七
讀方	八	七	八	八		七	七	七	七	八	六	七	七	八	八	八	八	八	八	八	八	八	八	八	八
作文	八	六	七	七		七	七	七	八	六	六	七	八	八	八	八	八	九	九	九	九	九	[illegible]	九	八
習字	七	八	八	八	七	八	八	八	七	八	八	八													八
漢文					八	七	[illegible]	[illegible]	八	八	七	八	八	八	七	八	九	九	九	九	九	八	九	九	八
臺灣語						九	九	九	七	七	六	七	六	六	八	七	八	八	六	七	八	六	[illegible]	七	七
英語	五	五	六	六	七	八	九	八	九	八	七	八	八	九	九	九	八	八	八	八					八
歷史		[illegible]			八	七	五	七	七	七	五	六	六	六	七	六	七	七	七	七	六	六	[illegible]	六	六
地理	七	六	八	七	六	七	六	六	七	六	五	六					七	七	七	八	六	七	七	七	七
數學 算術		六	六	六	四		四	四																	五
代數							七	七		六	五	六	五	五	四	五	五	五	五	五	五	六	[illegible]	六	六
幾何						/	/	[illegible]		六	四	五	五	五	五	五	八	五	七	[illegible]	[illegible]	[illegible]	六	六	六
博物	五	六	六	六	六	七	八	七		六	六	六	六	七	六	六	[illegible]	[illegible]	[illegible]	[illegible]	[illegible]	[illegible]	[illegible]	[illegible]	六
理化						/	/			五	四	五	[illegible]	[illegible]	[illegible]	[illegible]	[illegible]	[illegible]	[illegible]	[illegible]	[illegible]	[illegible]	[illegible]	[illegible]	六
法經						/	/			五	七	六									[illegible]	[illegible]	[illegible]	[illegible]	五
圖書			六	六	五	六	六	六	[illegible]	七	六	七	六	六	二	五	七	[illegible]	七	七	七	七	七	七	六
手工						五	五	五	[illegible]	六	六	六	七	六	六	六	六	七	[illegible]	[illegible]	[illegible]	[illegible]	[illegible]	五	六
音樂						/	/			九	九	九	九	七	八	八	八			八	九	九	九	九	九
體操	七	七	七	七	七	七	七	七	[illegible]	六	六	六	六	七	六	六	[illegible]	[illegible]	[illegible]	[illegible]	[illegible]	[illegible]	[illegible]	[illegible]	[illegible]
實業						/	/		[illegible]	六	七	六	六	六	七	六	六	七	八	七	七	七	七	七	七
總點	[illegible]	[illegible]	[illegible]	[illegible]	[illegible]	[illegible]	[illegible]	[illegible]	[illegible]	[illegible]	[illegible]	[illegible]	[illegible]	[illegible]	[illegible]	[illegible]	[illegible]	[illegible]	[illegible]	[illegible]	[illegible]	[illegible]	[illegible]	[illegible]	177
平均	七	六	七	七	六	七	七	七	[illegible]	七	六	七	六	七	七	七	七	七	七	七	[illegible]	七	七	七	7
教育實習																								[illegible]	八
成績																									
操行		乙下	乙下	乙下	乙	乙	乙	乙	乙下	乙	乙	乙	乙	乙	乙	乙	乙	乙	乙	乙	乙	乙	乙	乙	乙
席次	[illegible]	[illegible]	二一	[illegible]	[illegible]	一六	一五	[illegible]	[illegible]		三	[illegible]	[illegible]	一九	一九	四	八	[illegible]	[illegible]	[illegible]	[illegible]	一九	[illegible]	[illegible]	[illegible]
判定				及				及	[illegible]			及				及				及				及	及
備考								八五人中				七八人中				[illegible]人中	三五人中	三四人中	三八人中	六五人中	[illegible]	[illegible]	[illegible]	[illegible]	[illegible]

臺灣總督府臺中師範學校

附圖一　翁鬧師範學校學業成績表

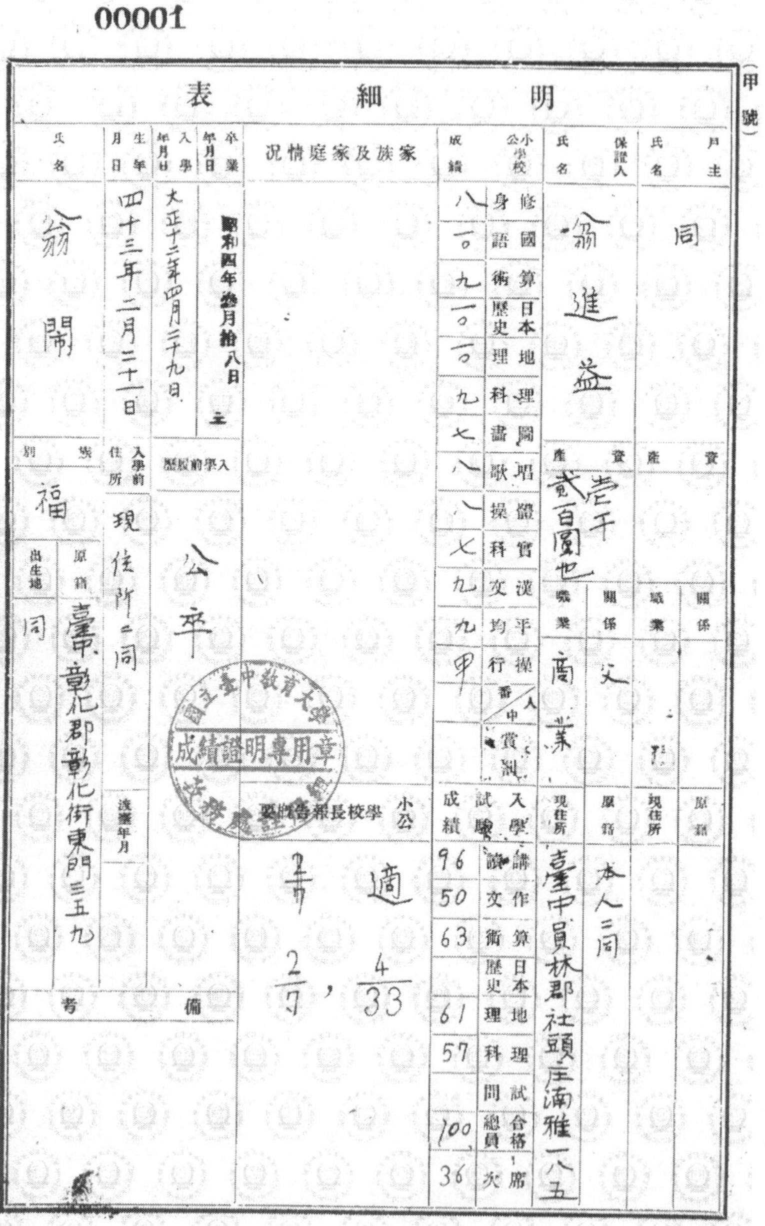

00001

(甲號)

明細表

欄目	內容
戶主 氏名	同
保證人 氏名	翁進益
資產	壹千貳百圓也
關係	父
職業	商業
原籍	本人ニ同
現住所	臺中員林郡社頭庄湳雅一八五
氏名	翁鬧
生年月日	四十三年二月二十一日
入學年月日	大正十二年四月二十九日
卒業年月日	昭和四年參月拾八日 卒
家族及家庭情況	
族別	福
入學前住所	現住所ニ同
入學前履歷	公卒
原籍	臺中彰化郡彰化街東門三五九
出生地	同
渡臺年月	
公學校長報告摘要	2/7 適 2/7, 4/33
備考	

公學校成績	
修身	八
國語	一〇
算術	九
日本歷史	一〇
地理	一〇
理科	九
圖畫	七
唱歌	八
體操	八
實科	七
漢文	九
平均	九
操行	甲
番人中實科	

入學試驗成績	
讀講	96
作文	50
算術	63
日本歷史	
地理	61
理科	57
試問	
合格總員	100
席次	36

國立臺中教育大學 成績證明專用章 教務處註冊組

附圖二　翁鬧學籍明細表

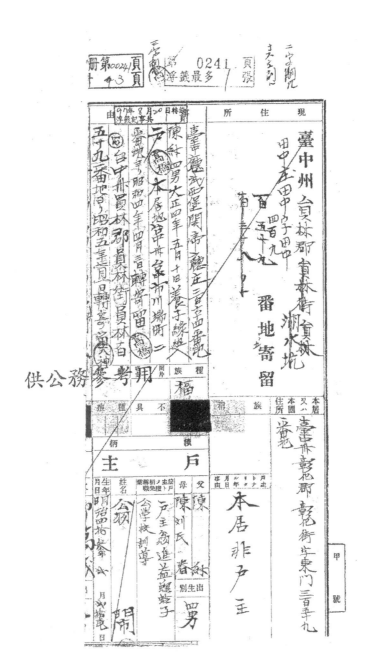

附圖三　戶主翁鬧之戶籍記載（田中戶政事務所提供）

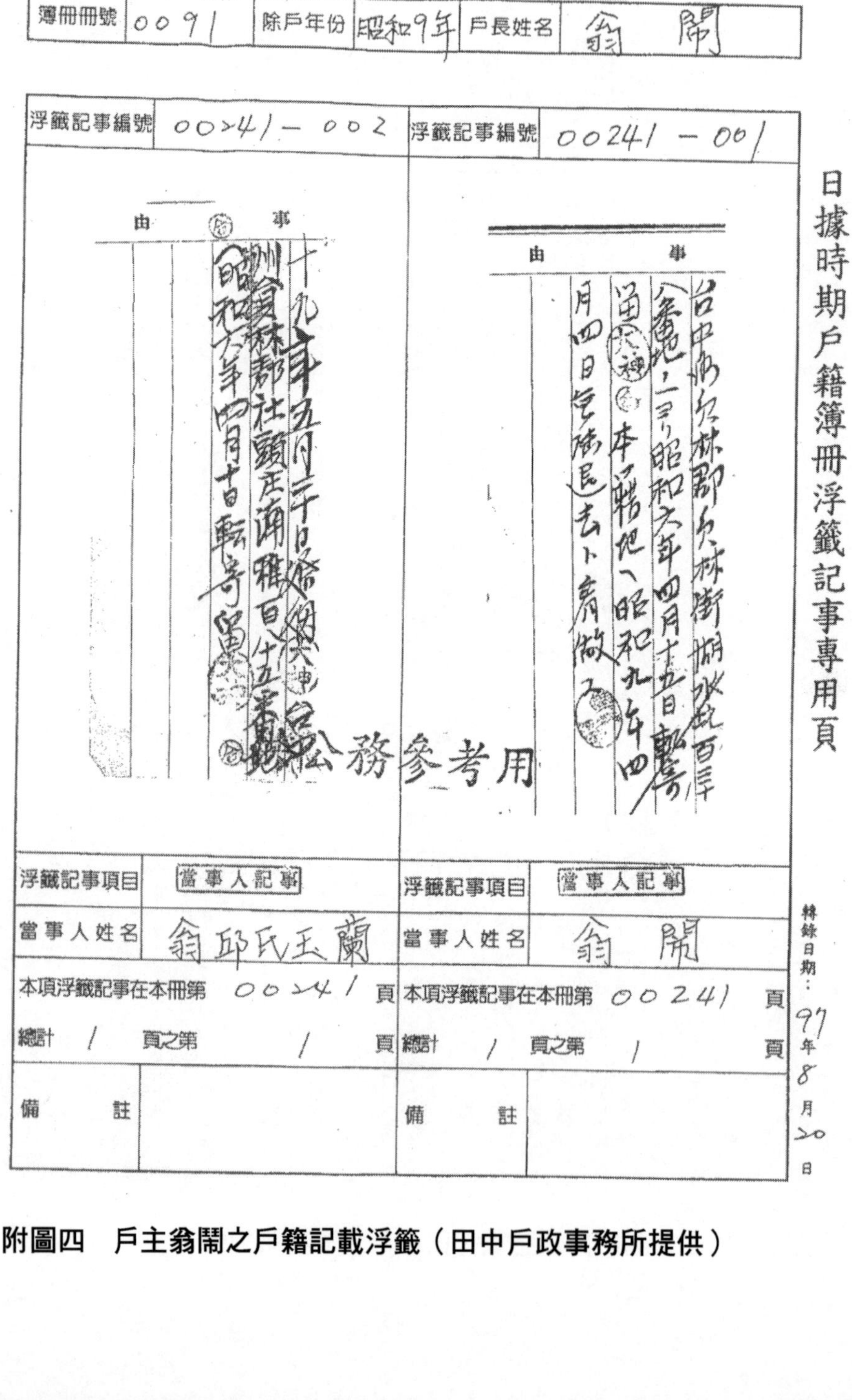

簿冊冊號	0091	除戶年份	昭和9年	戶長姓名	翁 鬧

日據時期戶籍簿冊浮籤記事專用頁

浮籤記事編號	00241－002	浮籤記事編號	00241－001
事由	十九年五月二十日婚姻 台中州員林郡社頭庄湳雅百廿五番地 昭和六年四月十日轉寄留	事由	台中州員林郡員林街湳水坑百号八番地ノ二ヨリ昭和六年四月十五日轉寄留 本籍地ヘ昭和九年四月四日 … 去ト看做ス
浮籤記事項目	當事人記事	浮籤記事項目	當事人記事
當事人姓名	翁邱氏玉蘭	當事人姓名	翁 鬧
本項浮籤記事在本冊第	00241 頁	本項浮籤記事在本冊第	00241 頁
總計 1 頁之第	1 頁	總計 1 頁之第	1 頁
備註		備註	

公務參考用

轉錄日期：97年8月20日

附圖四　戶主翁鬧之戶籍記載浮籤（田中戶政事務所提供）

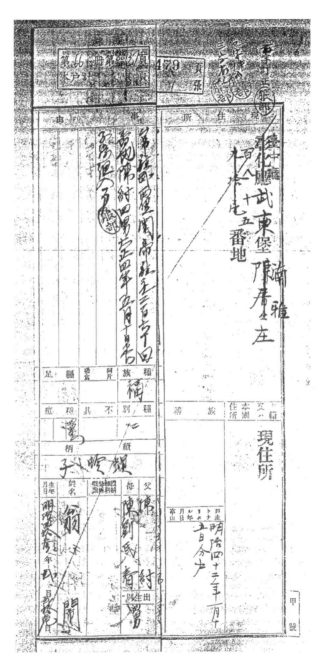

附圖五　戶主翁鬧之戶籍記載（社頭戶政事務所提供）

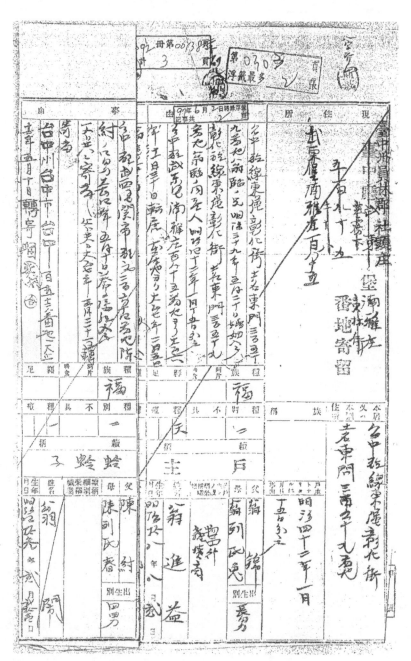

附圖六　戶主翁進益之戶籍記載（社頭戶政事務所提供）

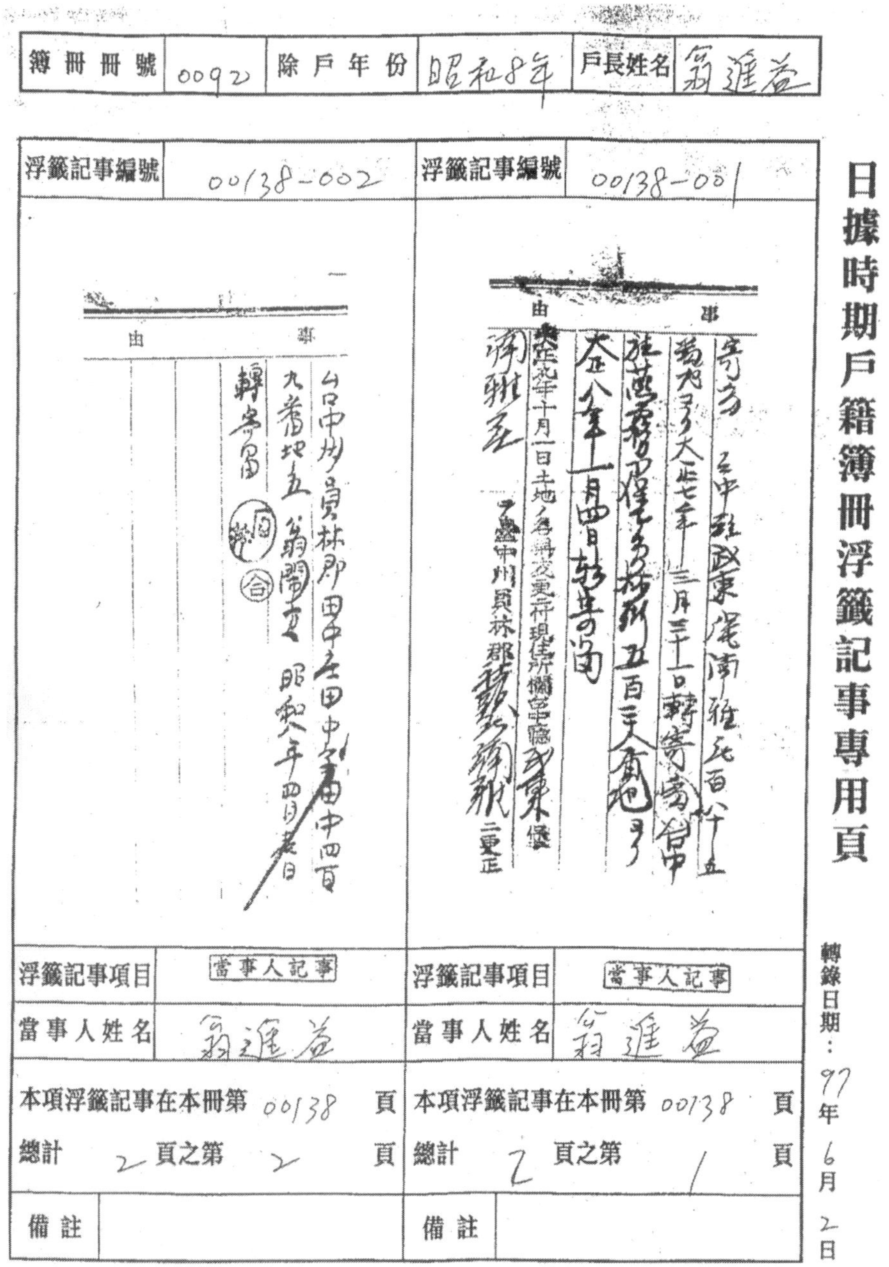

簿　冊　冊　號	0092	除戶年份	昭和8年	戶長姓名	翁進益

浮籤記事編號	00138-002	浮籤記事編號	00138-001

浮籤記事項目	當事人記事	浮籤記事項目	當事人記事
當事人姓名	翁進益	當事人姓名	翁進益
本項浮籤記事在本冊第 00138 頁		本項浮籤記事在本冊第 00138 頁	
總計　2 頁之第　2　　頁		總計　2 頁之第　1　　頁	
備註		備註	

日據時期戶籍簿冊浮籤記事專用頁

轉錄日期：97年6月2日

附圖七　戶主翁進益之戶籍記載浮籤（社頭戶政事務所提供）

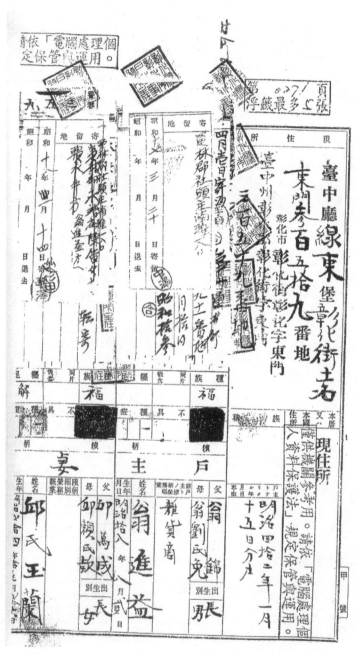

附圖八　戶主翁進益之戶籍記載 A（彰化市戶政事務所提供）

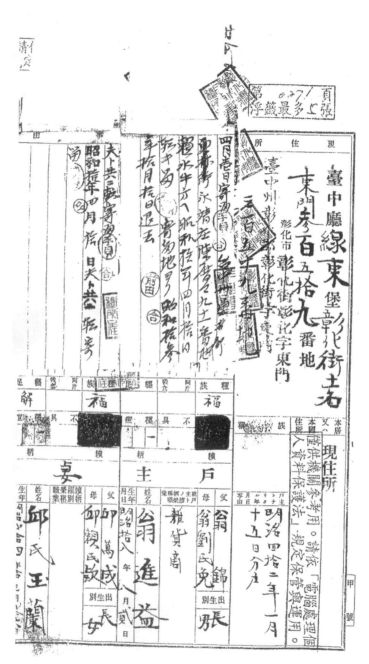

附圖九　戶主翁進益之戶籍記載 B（彰化市戶政事務所提供）

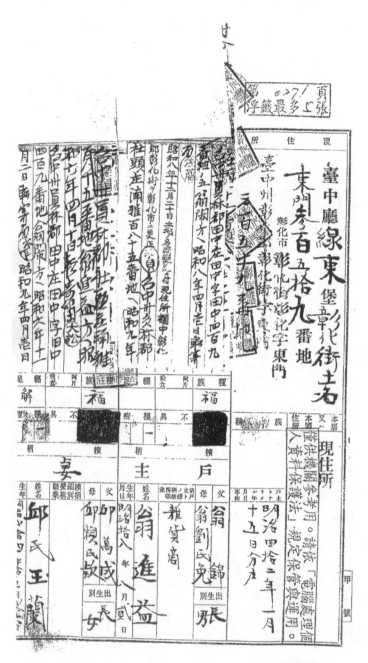

附圖十　戶主翁進益之戶籍記載 C（彰化市戶政事務所提供）

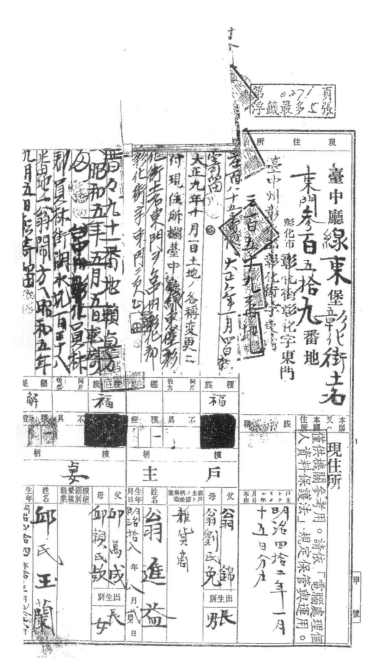

附圖十一　戶主翁進益之戶籍記載 D（彰化市戶政事務所提供）

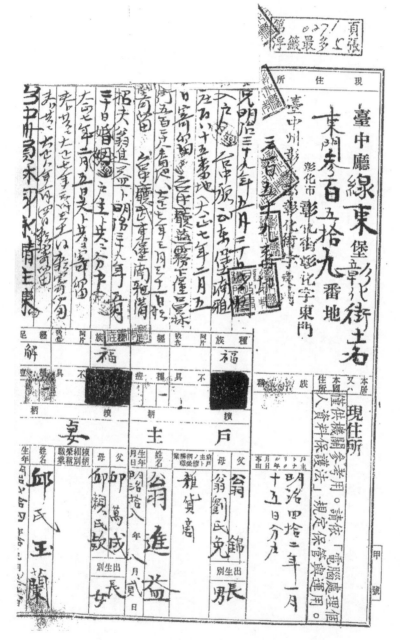

附圖十二　戶主翁進益之戶籍記載 E（彰化市戶政事務所提供）

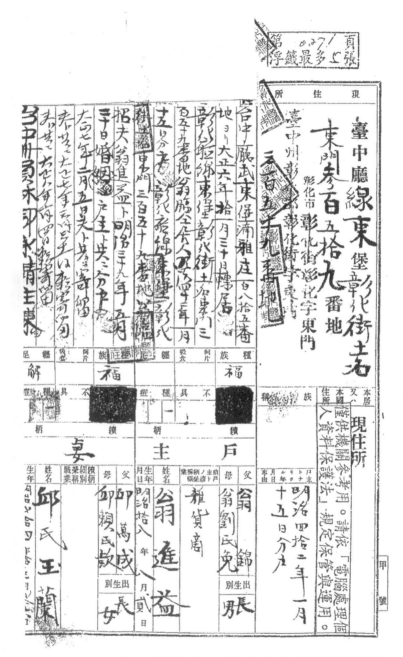

附圖十三　戶主翁進益之戶籍記載 F（彰化市戶政事務所提供）

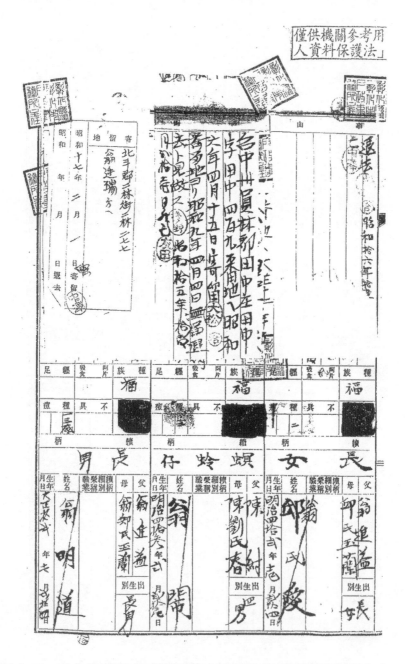

附圖十四　戶主翁進益之戶籍記載 G（彰化市戶政事務所提供）

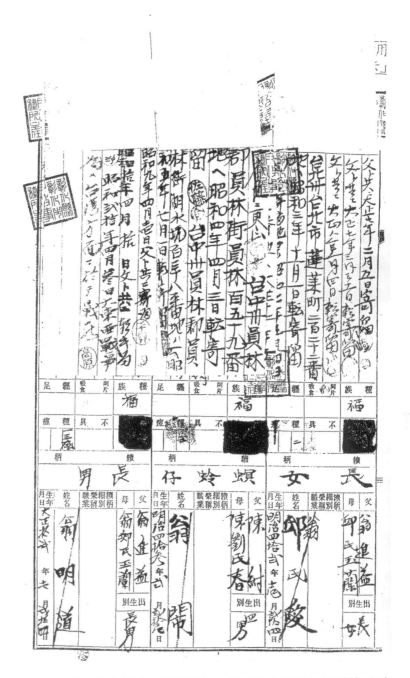

附圖十五　戶主翁進益之戶籍記載 H（彰化市戶政事務所提供）

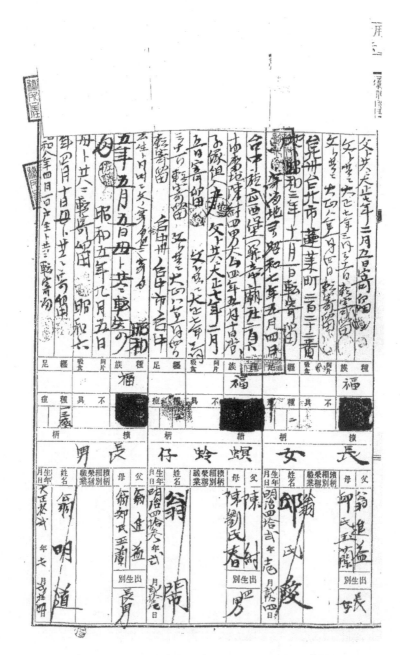

附圖十六　戶主翁進益之戶籍記載 I（彰化市戶政事務所提供）

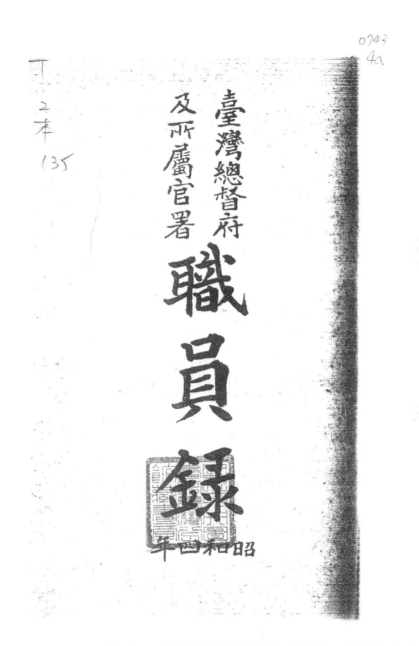

附圖十七　臺灣總督府及所屬官署職員錄書衣（昭和四年國立中央
　　　　　圖書館臺灣分館館藏）

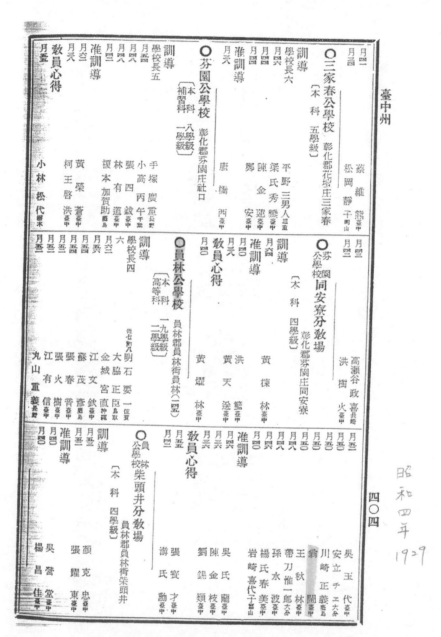

昭和四年
1929

**附圖十八　臺灣總督府及所屬官署職員錄內容（昭和四年國立中央
　　　　　圖書館臺灣分館館藏）**

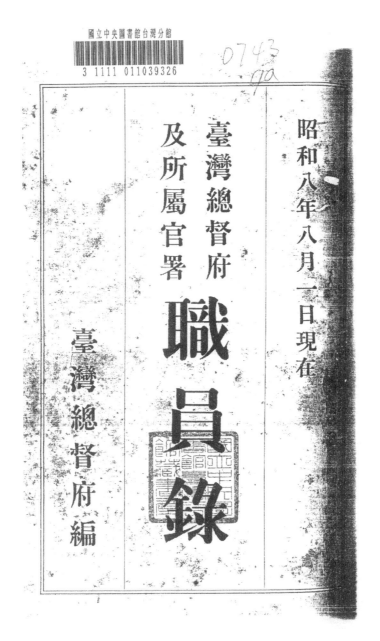

國立中央圖書館台灣分館
3 1111 011039326

附圖十九　臺灣總督府及所屬官署職員錄書衣（昭和八年國立中央
　　　　　圖書館臺灣分館館藏）

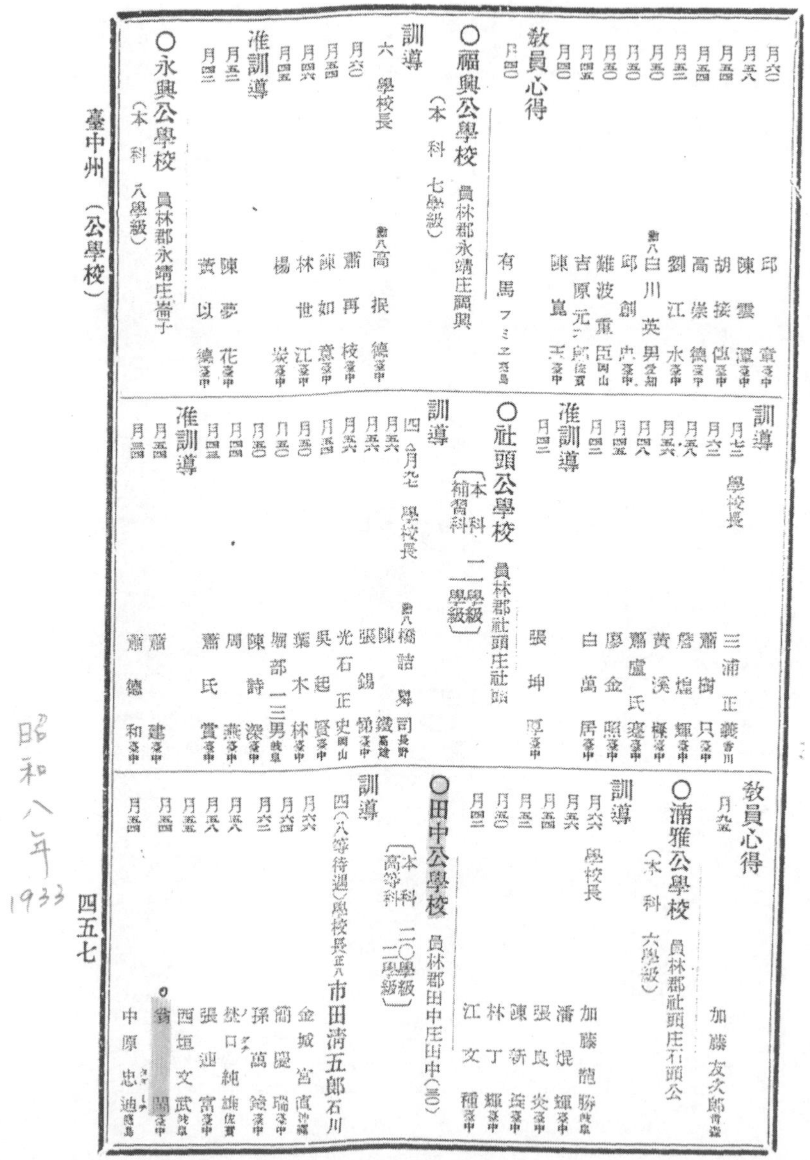

臺中州（公學校）

○永興公學校　員林郡永靖庄崙子
（本科　八學級）

訓導
　學校長　　　　振　德
　　　　　　　　蕭　再　德
　　　　　　　　陳　如　意
　　　　　　　　楊　世　江
　　　　　　　　林　　　炭
准訓導
　　　　　　　　黃　夢　花
　　　　　　　　陳　以　德

○福興公學校　員林郡永靖庄關興
（本科　七學級）

教員心得
　有馬　フミ　　　陳　富
　　　　　　　　　吉原　元
　　　　　　　　　難波　重臣
　　　　　　　　　邱　創　盧
　　　　　　　　　白川　英男
訓導
　　　　　　　　　章　　　
　　　　　　　　　邱　雲　源
　　　　　　　　　陳　接
　　　　　　　　　胡　崇
　　　　　　　　　高　江
　　　　　　　　　劉　水

○社頭公學校　員林郡社頭庄社頭
（本科・補習科　二學級）

准訓導
　　　　　　　　張　坤
訓導
　學校長　　　　陳　詰　舉
　　　　　　　　張　錫　鐘
　　　　　　　　光　石　史
　　　　　　　　吳　起
　　　　　　　　藥　木　林
准訓導
　　　　　　　　陳　氏
　　　　　　　　周　詩　賞
　　　　　　　　蕭　德　建
　　　　　　　　蕭　德　和

教員心得
　　　　　　　　白　萬
　　　　　　　　廖　居
　　　　　　　　黃　金　照
　　　　　　　　詹　溪　樺
　　　　　　　　蕭　楦　輝
　　　　　　　　三浦　正義

○浦雅公學校　員林郡社頭庄石頭公
（本科　六學級）

教員心得
　加藤　友久郎
訓導
　學校長
　　　　　　　　江　文
　　　　　　　　陳　丁
　　　　　　　　林　芮
　　　　　　　　張　良
　　　　　　　　潘　炎
　　　　　　　　加藤　體勝

○田中公學校　員林郡田中庄田中
（本科・高等科　二○兩學級）

訓導
　（八等待遇）恩校長正八　市田清五郎　石川
　　　　　　　　孫　萬
　　　　　　　　葡　慶
　　　　　　　　金　城　宮
　　　　　　　　抾　口　純
　　　　　　　　張　迪　富
　　　　　　　　西　垣　文
　　　　　　　　翁
　　　　　　　　中原　忠通

附圖二十　臺灣總督府及所屬官署職員錄內容（昭和八年國立中央
　　　　圖書館臺灣分館館藏）

第三章
單純追求文學的最大承載量：

翁鬧詩觀研究

摘要

　　經由多篇文章論述，翁鬧身世之謎已漸破除，終能確定其活動空間，精準確認其生活軌跡，拋除「幻影之人」的迷障。本文則企圖透過詩與小說的互文性、互補性，在現實感與現代性中，尋找翁鬧詩觀，有趣的是，雙軌式的六篇小說題材，其實也在他的六首新詩中以相同的比例複製，這在雙文類的創作者中極為少見。如是交叉比對，再佐以其他書信、雜文中的發現，約略可以歸納翁鬧詩觀，可得四端：一、以新詩為尚，二、以孤獨為高，三、以現實為先，四、以創意為優，置之於日制時代，翁鬧詩觀不遜於其他創作詩人，翁鬧還勇於尋求新穎的表現手法，散文詩的表現可能讓後代的詩潮觀察者看見了這一朵小而有力的浪花，改寫散文詩的作者系譜。

關鍵詞：翁鬧詩觀、臺中師範、文學教養、散文詩、互文性

第一節　前言：翁鬧的研究軌跡

　　一九八五年七月，《臺灣文藝》第九十五期製作「翁鬧研究專輯」，其中登載與翁鬧有同學之誼或數面之緣的文友之作，包括楊逸舟（楊杏庭，1909-1987）的〈憶夭折的俊才翁鬧〉[1]，劉捷（1911-2004）的〈幻影之人——翁鬧〉[2]，巫永福（1913-2008）的〈阿憨伯的形象〉[3]。其時距翁鬧過世已有四十五年，這三篇文章因而成為終戰後臺灣文壇對日制時期文學家翁鬧最原始的印象與記憶。特別是劉捷「幻影之人」的稱號，影響特深，其後許多學者、評論家均以「幻影之人」的角度論述翁鬧，如：

一、許素蘭：〈「幻影的人」翁鬧及其小說〉，臺北市：《國文天地》第7卷第5期，1991年10月，頁35-39。其後改題為〈「幻影之人」——翁鬧及其小說〉，收錄於林衡哲、張恆豪編著：《復活的群像》，臺北市：前衛出版社，1994，頁95-102。

二、張恆豪：〈幻影之人——翁鬧集序〉，《翁鬧·巫永福·王昶雄合集》，臺北市：前衛出版社，1991。

三、許俊雅：〈幻影之人——翁鬧及其小說〉，臺北市：《中國現代文學理論》6期，1997年6月，頁248-264。

四、許俊雅：〈幻影之人——翁鬧及其小說（代序）〉，陳藻香、許俊雅編譯：《翁鬧作品選集》，彰化縣：彰化縣立文化中心，1997。

1　楊逸舟：〈憶夭折的俊才翁鬧〉，《臺灣文藝》第95期，1985年7月，頁169-172。後收入於陳藻香、許俊雅編譯：《翁鬧作品選集》，彰化縣：彰化縣立文化中心，1997，頁248-251。

2　劉捷：〈幻影之人——翁鬧〉，《臺灣文藝》第95期，1985年7月，頁190-193。後收入於陳藻香、許俊雅編譯：《翁鬧作品選集》，頁276-280。

3　巫永福：〈阿憨伯的形象〉，《臺灣文藝》第95期，1985年7月，頁187。後收入於陳藻香、許俊雅編譯：《翁鬧作品選集》，頁272。

五、施懿琳、楊翠：〈夢中的幻影之人——翁鬧〉，《彰化縣文學發
　　展史（上）》第四章第五節，彰化縣：彰化縣文化局，1997，
　　頁204-207。

六　楊翠：〈追逐幻影的時代之子～翁鬧（1908-1940）〉，收錄於侯
　　秀育、王宗仁編輯，康原等著：《八卦山文學步道導覽手冊》，
　　彰化縣：彰化縣文化局，2002，頁101-107。

七、張羽：〈試論日據時期臺灣文壇的「幻影之人」翁鬧——與郁
　　達夫比較〉，廈門市：《臺灣研究集刊》89期，2005年9月，頁
　　82-90。

八、許俊雅：〈幻影之人——翁鬧及其小說〉，《見樹又見林——文
　　學看臺灣》，臺北市：渤海堂文化事業有限公司，2005，頁
　　307-324。

九、黃韋嘉：〈幻影之人的愛爾蘭想像——從翁鬧詩作看臺灣新文
　　學30年代的轉向〉，臺中縣：靜宜大學「第三屆中區臺灣文學
　　研究生論文發表會」，2007，頁149-167。

　　翁鬧如謎一般不可知的幻影身世，要等到二○○七年一月國立成
功大學臺灣文學研究所，由林瑞明教授所指導的日籍研究生杉森藍的
碩士論文《翁鬧生平及新出土作品研究》出版[4]，迷霧才逐漸撥離，
輪廓才開始清晰；二○○九年五月一日明道大學舉辦「翁鬧的世
界——翁鬧百歲冥誕紀念學術研討會」，翁鬧終能以確定的活動空間，
精確的生活軌跡，拋除「幻影之人」的迷障，重新為世人所認識。

　　翁鬧（1910-1940）出生於明治四十三年（1910）二月二十一日，
生父母為陳紂、陳劉氏春，出生別為四男，原居住地是臺中廳武西堡
關帝廳庄二百六十四番地（今永靖鄉，其東結鄰社頭鄉）。大正四年

4　〔日〕杉森藍：《翁鬧生平及新出土作品研究》，臺南市：成功大學臺灣文學研究所
　　碩士論文，2007。

（1915）五月十日，六歲的翁鬧成為翁進益、邱氏玉蘭之螟蛉子，主
要的生長背景、活動空間，是在社頭庄湳雅一八五番地（今社頭鄉山
腳路）一帶。因此，以生父所在地而言，翁鬧應該是彰化永靖人；以
養父所在地而言，翁鬧才是彰化社頭人。翁鬧於大正十二年（1923）
公學校畢業後，四月二十九日入學日制時期之臺中師範學校，讀完普
通科五年、演習科一年，昭和四年（1929）三月十八日畢業，畢業後
分別在員林公學校、員林公學校柴頭井分教場任教一年（1929-1931）、
田中公學校三年（1931-1934），服務五年期滿後前往日本東京遊學
（1934），直至昭和十五年（1940）十一月二十一日逝世。[5]

　　明道大學所舉辦的「翁鬧的世界──翁鬧百歲冥誕紀念學術研討
會」，翁鬧的生平、六篇短篇小說、新出土的中長篇小說《有港口的
街市》[6]、詩作、譯詩，都獲得宏觀的論述、微觀的細說[7]，唯獨翁鬧
詩觀尚缺乏聚焦式的觀察與爬梳，本文試圖從翁鬧就讀的臺中師範學
校的養成教育、留學日本的交遊考察，翁鬧的小說與詩的互文關係，
及其零星評論等，加以尋索，讓翁鬧的詩與詩學有著更完整與清楚的
面貌。

第二節　臺中師範時期的文學教養

　　日制時期臺中師範學校的詩學教育，或許無法正面獲得精準的敘
述或數據，但從側面資訊可以得知翁鬧所處的時代與環境，藉此了解

5　蕭蕭：〈舊記憶與新感覺的激盪──翁鬧詩作中的土地印象與生命感喟〉，彰化縣：
　　明道大學「翁鬧的世界──翁鬧百歲冥誕紀念學術研討會」論文集，2009。

6　翁鬧著，〔日〕杉森藍譯：《有港口的街市：翁鬧長篇小說中日對照》，臺中市：晨
　　星出版有限公司，2009。

7　蕭蕭、陳憲仁主編：《翁鬧的世界──翁鬧小說與新詩研究》，臺中市：晨星出版有
　　限公司，2009。

一個文學家在正統制式教育中可能受到的影響。

　　一九九五年擔任國立臺中師範學院初等教育研究所所長的李園會教授[8]，著有《日據時期臺中師範學校之歷史》一書，書中提及日據時期能考取臺中師範學校並非易事，以翁鬧參加的普通科第一屆入學考試而言，入學考試於大正十二年（1923）二月中旬舉行，應考人數將近一千五百名，錄取日本人三十三名，臺灣人六十四名，共計九十七名，臺灣人錄取率僅為百分之六點七。其後各屆錄取率更低，約為百分之二、三而已，「能夠考進臺中師範學校普通科就讀的臺灣學生，幾乎都是各州郡公學校的最優秀人才。」[9]根據留存在今天國立臺中教育大學[10]的翁鬧學籍明細表，翁鬧的公學校成績：修身八、國語十、算術九、日本歷史十、地理十、理科九、圖畫七、唱歌八、體操八、實科七、漢文九，平均為九級分，自是高材生。公學校校長的「報告概要」欄上則註明：「適，4／33」，指出翁鬧性向適合就讀師範學校，在三十三名學生中能有第四名的佳績。此一明細表也登錄翁鬧師範學校入學試驗成績，其中「講讀」九十六分，接近滿分；「作

8　李園會，日本早稻田大學及明星大學文學研究所畢業、文學博士，美國北卡羅萊納大學博士後研究，曾任國立臺中師範學院教授，兼任教務、總務、進修部主任、初等教育系主任、初等教育研究所所長等職務。著有《日據時期臺灣師範教育之研究》、《日據時期臺中師範學校之歷史》，臺北市：五南圖書出版公司，1995，《日據時期臺灣師範教育制度》，臺北市：國立編譯館，1997。三本有關日據時期臺灣師範教育真實史料之蒐集與描述。

9　李園會：《日據時期臺中師範學校之歷史》，臺北市：五南圖書出版公司，1995，頁48-51。本書封面書名為《日據時期之臺中師範學校》，書內扉頁及書中頁緣則同為《日據時期臺中師範學校之歷史》。

10　國立臺中教育大學改制簡表：一九二三臺中師範學校（日據時期）創設→一九四三臺中師範專門學校（日據時期）→一九四五臺灣省立臺中師範學校→一九六○升格改制為臺灣省立臺中師範專科學校→一九八七再升格改制為臺灣省立臺中師範學院→一九九一改制為國立臺中師範學院→二○○五升格為「國立臺中教育大學」。

文」五十分，因為無法全面閱覽所有入學者的成績，不知日文作文五十分所屬優劣等級，但在所有「合格總員」一百名中，翁鬧位居三十六名。以這份入學成績而言，少年翁鬧擁有傑出的學業苦讀成果。[11]

《日據時期臺中師範學校之歷史》書中指出，當時入學考試共考國語（日語）、算術、地理、歷史、理科、作文等科目，出題者大都以「小學校」（日籍學生就讀）各科的第十一、十二冊為參考資料。尤其是國語一科的程度差別更大。當時「公學校」（臺籍子弟就讀）的學生由於不常用日語，不但發音不標準，而且日文的會話和書寫能力都很低，所以公學校的畢業生和小學校畢業生之間的程度差距非常的大。[12]只有極少數人能在公學校畢業後即考上師範學校，他們在師範新生中只佔十分之一，翁鬧就在這十分之一中。

李園會在書中還指出，要想進入臺中師範學校固然非常困難，就是一旦考取入學後也往往由於不認真學習而遭到留級的處分。如普通科第一屆入學學生人數九十七名，畢業時只剩下六十四人[13]。但根據翁鬧師範學校學業成績表，在六十四名畢業生中翁鬧尚能位居四十三席次（演習科成績則為三十三席次）[14]，與翁鬧同為臺中師範首屆畢業生的楊逸舟（楊杏庭，1909-1987）記憶裡：「翁鬧是臺中師範第一屆畢業的高材生，名列全級第六名。」[15]足見他在同學心目中擁有學識豐富的好印象。

日制時期師範學校要上的課程極多，包括普通科的：修身、教育、國語漢文、臺語、英語；演習科的歷史、地理、數學、博物、物

---

11 參閱附圖一：翁鬧學籍明細表。

12 李園會：《日據時期臺中師範學校之歷史》，臺北市：五南圖書出版公司，1995，頁53。

13 李園會：《日據時期臺中師範學校之歷史》，頁55。

14 參閱附圖二：翁鬧師範學校學業成績表。

15 楊逸舟：〈憶夭折的俊才翁鬧〉，《臺灣文藝》第95期，1985年7月，頁169。

理化學、法制經濟、實業、家事、裁縫、圖畫、手工、音樂、體操
等。與翁鬧同期畢業的吳天賞的親弟弟陳遜章（1917-）[16]曾表示：
「他（指吳天賞）在師範學校時，就已經陸續發表小說、詩等作品，
而且音樂、繪畫方面他也懂得一些。就讀師範學校的好處就在這裡，
許多基礎都打得很好。」[17]臺中師範學校演習科畢業第一屆的翁鬧、
吳天賞（1909-1947）[18]、楊杏庭，第二屆的江燦琳（1911-），[19]第六
屆的呂赫若（呂石堆，1914-1951），[20]都以這樣的基礎在日制時代的
臺灣文壇發展他們文學而兼音樂、美術的才華。如呂赫若於一九三四
年臺中師範學校畢業，出任新竹州峨嵋公學校教師，一九三五年即發
表他的第一篇日文小說〈牛車〉於日本《文學評論》而成為文壇矚目
對象，被譽為「臺灣第一才子」，[21]這一年翁鬧也發表了他的四篇重要

---

16 陳遜章（1917-），祖籍彰化和美，臺中市人，吳天賞（從母姓）、陳遜仁（1915-
　1940）之弟，日本早稻田大學法文系畢業，曾任職皇民奉公會臺中州支部、臺灣信
　託株式會社、大公企業公司、臺灣信託公司、華南銀行等。
17 張炎憲、曾秋美：〈陳遜章先生訪問記錄〉，臺北市：《臺灣史料研究》14號，1999
　年12月，頁162。
18 吳天賞（1909-1947），祖籍彰化和美，臺中市人，臺中師範學校演習科第一屆畢業
　生（昭和四年，1929），日本青山學院（今青山大學）英文系畢業。在日本讀書時
　曾是《福爾摩沙》雜誌同仁，返臺後曾任教職、《興南新聞》記者、《臺灣新生報》
　臺中分社主任，有文學、音樂、美術各種才華。
19 江燦琳（1911-），臺中市人，臺中師範學校演習科第二屆畢業生（昭和五年，
　1930），一九三四年加入「臺灣文藝聯盟」，詩、隨筆、評論散見《臺灣文藝》、《臺
　灣新文學》、《臺灣新民報》、《臺灣新聞》，譯有《人魚的悲戀》（中央書局，
　1955）。翁鬧曾以這樣的文字描述他：「雖眷戀著往來的人影，心牽繫巷中歡樂之
　聲，卻只能孤孤零零，沒有朋友，沒有戀人地獨自漂泊在荒野的唯美主義者。對詩
　人而言，這世界或許是花叢錦簇、令人炫眼的美麗花園。其實，那是充滿荊棘與毒
　草之園呢。就因為他有顆潔美的靈魂，而使他無心修邊幅，任其蓬頭垢面，任其衣
　裳襤褸，任其鞋襪歪曲無形。」（翁鬧：〈新文學三月號讀後感〉，原載於《臺灣新
　文學》第1卷第3號，1936年4月。後收入於陳藻香、許俊雅編譯：《翁鬧作品選
　集》，頁205。）
20 李園會：《日據時期臺中師範學校之歷史》，頁250-261。
21 呂赫若（呂石堆，1914-1951），臺中豐原（潭子）人，一九三四年師範學校畢業，

小說〈音樂鐘〉、〈戀伯仔〉、〈殘雪〉、〈羅漢腳〉，四首詩〈在異鄉〉、〈故鄉之山丘〉、〈詩人的情人〉、〈鳥兒之歌〉，重要的散文〈東京郊外浪人街——高圓寺界隈〉、譯詩〈現代英詩抄〉。顯然這種紮實而周全的的基礎教育，對於文學人才的養成有著正面的意義。[22]

　　根據《日據時期臺中師範學校之歷史》的敘述，關於國語漢文、臺語、英語的「教學要求」：「國語（日語）及漢文科目是為了使學生理解一般的文章，以培養正確、自由的思考表達能力；並能充分學習初等普通教育階段的國語科教學法，同時培養學生的文學興趣，以啟發智德為其宗旨。課程內容主要重視發音的練習以及熟練語法的應用，讓學生能夠了解現代文、近代文及古文，同時練習寫作，教導學生語法、文法大要、發音矯正法、習字及教學法等。至於漢文課程則是傳授學生簡易的文章。……臺灣語課程主要教導臺灣語、文章的講讀、作文及公學校的漢文教學法。」[23]而其主要教材是日本文學、和歌、俳句、國漢文法。[24]《日據時期臺中師範學校之歷史》在回憶起臺中師範學校「令人難忘的老師」時，曾提及文學造詣很高、擅長寫作俳句、兒詩的野村三郎（鹿兒島人，在職期間：昭和四年至昭和十

一九三九年前往日本學習聲樂，一九四二年回到家鄉並且加入張文環的《臺灣文學》擔任編輯工作，一九四九出任北一女中音樂教師，一九五一年因石碇鹿窟基地案，為毒蛇所傷而亡。呂赫若著，林至潔譯：《呂赫若小說全集》，臺北市：印刻文學生活雜誌出版有限公司，2006，最為完整。另見張炎憲、高淑媛：《鹿窟事件調查報告》，臺北縣：臺北縣立文化中心，1998。張炎憲、陳鳳華：《寒村的哭泣：鹿窟事件》，臺北縣：臺北縣政府文化局，2000。

22 巫永福：〈臺中之為文化城〉，巫永福著，沈萌華主編：《巫永福全集6‧評論卷I》，臺北市：傳神福音文化公司，1996，頁121。此文曾提及出身臺中師範的藝術家：邱淳光（本名邱淼鏘，講習科第二屆）、張錫卿（演習科第一屆）、李紫庭（演習科第三屆）、藍運登（演習科第六屆）、楊啟山（演習科第八屆），以及未能查考的楊啟東（北師）、葉火城等人。

23 李園會：《日據時期臺中師範學校之歷史》，頁94-95。

24 同上注，頁100。

五年），常用這樣的話訓勉學生：「文章必須是生活的一種表現，只要
生活深具意義，就能表現出色的文章。因此，首先要豐富生活，方能
使其自然表現於文章之中。」[25]服完五年義務教職，即刻解職赴日的
翁鬧，或許是在接受完整的師範學校文學教育之後，又受到「豐富生
活」的啟發，明知環境困厄，依然堅持出國深造藉以豐富生活、豐富
文學。

　　一九三六年四月一日出版的《臺灣新文學》，翁鬧曾就上一期的
雜誌內容發表個人看法，評論師範學校學弟江燦琳詩作〈曠野〉時提
到：「江君啊！請恕我抒一抒我的感傷吧！常（當）我想起，曾幾何
時，我倆終夜留連在田中、二水的稻田中之往日之時，便使我心頭哽
塞得不可名狀。啊！我們倆，似隨波逐流在歷史之波濤之間，不自覺
之中竟變成各自徘徊曠野之人。」[26]顯示友好的文藝青少年相互切磋
與繫掛的情誼。「終夜留連稻田」似的情誼，更可能出現在翁鬧與同
屆同學吳坤煌（1909-）、[27]吳天賞、楊杏庭（楊逸舟）身上。楊逸舟
所寫〈憶夭折的俊才翁鬧〉，雖多負面訊息，但短短兩千字的文章中
卻記載翁鬧十六項事件[28]，這種生活瑣事的記憶，如非經常往來、相

25　同上注，頁113-114。

26　翁鬧：〈新文學三月號讀後感〉，原載於《臺灣新文學》第1卷第3號，1936年4月。
　　後收入於陳藻香、許俊雅編譯：《翁鬧作品選集》，頁201-207。

27　吳坤煌（1909-），筆名梧葉，南投鎮人，與翁鬧同一年（1923）考入臺中師範學
　　校，一九二八年秋天因日籍教師小山重郎責罵學生「清國奴」，發動罷課風潮，慘
　　遭退學，轉而赴日。一九三三年在東京與臺灣留日青年施學習、張文環、巫永福、
　　王白淵等合組「臺灣藝術研究會」，創辦文藝刊物「フォルモサ」（《福爾摩沙》），
　　並參加「臺灣文藝聯盟東京支部」等文藝社團，作品以社會主義觀點下的鄉土文學
　　為主軸，詩與戲劇為主力。

28　楊逸舟：〈憶夭折的俊才翁鬧〉，《臺灣文藝》第95期，1985年7月，頁169-172。後收
　　入於陳藻香、許俊雅編譯：《翁鬧作品選集》，頁248-251。文中所記翁鬧十六項事
　　件：（一）臺中師範第一屆畢業，名列前茅。（二）喜歡翁姓，不愛名字「鬧」。
　　（三）日文通順，寫詩。（四）看不起臺灣女性，崇拜日本女子。（五）個性倔強，

互嫻熟的朋友，無法寫出；這篇文章中楊逸舟還能背誦翁鬧「讚美四
月二十九日天長節」的詩句，顯示他們日常中研討詩文必是經常之
事。吳天賞在〈寄語鹽分地帶之春〉曾提到「最近，友人翁鬧提起要
不要做詩雜誌之類的事」[29]，顯然，創立詩刊也曾是他們的話題。

　　翁鬧與吳天賞、楊杏庭、吳坤煌的文藝情誼，從臺中師範學校延
續到日本東京高圓寺界隈，張炎憲、曾秋美所作吳天賞胞弟陳遜章先
生訪問記錄中，「長兄吳天賞與翁鬧及楊杏庭」、「二兄陳遜仁」、「被
日警拘禁」等三節[30]，都曾細膩描述吳天賞兄弟周濟翁鬧、翁鬧卻反
而拖累他們遭日警審問、拘留之事。「吳坤煌、楊行東（即楊杏庭）、
翁鬧、吳天賞都是臺中師範第一屆學生（1929年畢業），因緣際會使
他們後來又陸續重逢於東京。吳坤煌因畢業前參與學運影響學業，於
一九二九年率先赴日。吳天賞在一九三二年任教三年後，難耐公學校
教師生活而賠償公費，赴青山學院就讀。經濟情況較差的翁鬧依規定
在田中公學校鬱悶地任教五年，一九四三年義務期滿之後和龍泉公學
校期滿的楊行東一樣，迫不及待地奔赴東京。」[31]因為臺中師範的同
窗情分，因為滿腔對文學的熱愛，貧困農村出身的翁鬧在結束五年的

自修時間不安分。（六）因小山事件而交談。（七）師範畢業須服務五年，翁鬧因家
貧而任教。（八）翁鬧不理睬楊逸舟的醫生朋友，有如狂人不在意人情世故。（九）教
書時寫情書給日本女教員，見臺中師範校長大岩榮吾時畏縮而謹慎。（十）赴東京讀
私立大學，很不滿足。（十一）遊銀座時，妄大自言：眾愚的頭腦集中起來不及我一
個。（十二）在東京高圓寺時，二十八歲的翁鬧曾與四十六歲的日本婦人同居。（十
三）考上內閣印刷局校對員。（十四）擔任內閣印刷局校對員時又寫情書給日本女
子，遭到撤職。（十五）撤職後，典當書籍衣物過日。（十六）冬天凍死於報紙堆裡。

29 吳天賞：〈寄語鹽分地帶之春〉，黃英哲編：《日治時期臺灣文藝評論集（雜誌篇）》
　　第一冊，臺南市：國家臺灣文學館籌備處，2006，頁377。

30 張炎憲、曾秋美：〈陳遜章先生訪問記錄〉，臺北市：《臺灣史料研究》14號，1999
　　年12月，頁162-166。

31 柳書琴：《荊棘之道：臺灣旅日青年的文學活動與文化抗爭》，臺北市：聯經出版事
　　業公司，2009，頁269-270。

義務教職之後，毅然奔赴東京，接受另一番詩學衝激，展開他進軍日本文壇的冒險行旅。

第三節　翁鬧詩與小說的互文牽涉

　　翁鬧活躍於臺灣文壇的時代是一九三〇年代中期，這時臺灣小說的反殖民怒吼之聲已經逐漸音銷跡匿，階級鬥爭的矛盾對峙微有緩和徵兆，在這種背景下，翁鬧既富於現代主義、又有現實感的雙軌式文學發展，稍可得到認同。評論一向持平的黃得時（1909-1999）在〈輓近臺灣文學運動史〉中引述《臺灣文藝》第二號卷頭語：「我們聯盟絕非一個有為的行動團體，同時也非一個無為的行動團體。我們是無為而有為，無行動而有行動的集團。我們的雜誌並非『為藝術而藝術』的藝術至上派，我們是『為人生而藝術』的藝術創造派。」這種「為人生而藝術的藝術創造派」論述，或可扼要提點翁鬧文學的主要特質。黃得時在這篇簡史中特別提舉翁鬧：「當時最活躍的作家，本島人有翁鬧、楊逵、張文環、呂赫若、巫永福、張星建……。作品中最獲好評的是翁鬧的〈戇伯子〉（2卷7號）和〈可憐的阿蕊婆〉（3卷6號）。」[32]

　　翁鬧的小說受到極大的賞識，施淑（1940- ）在《日據時代臺灣小說選》中對翁鬧小說〈天亮前的戀愛故事〉的評述，可以做為代表：「這篇帶有惡魔主義（Diabolism）味道的小說，它的世紀末色調，它之力圖表現思想上無法明說的事物，及至於敘述上的不穩定的、幾近消失了輪廓的語言及文體，為臺灣文學開展了一個新的面

---

32 黃得時：〈輓近臺灣文學運動史〉，原載《臺灣文學》2卷4號，1942年10月，引自黃英哲編：《日治時期臺灣文藝評論集（雜誌篇）》第三冊，臺南市：國家臺灣文學館籌備處，2006，頁393。

向，使它成為三〇年代臺灣小說的『惡之華』。」[33]如果將翁鬧的詩與
小說列表比對，從題材、人稱到表述方法，可以發現二者之間的「互
文性」（Intertexuality）效果，小說的成功處，竟然也是詩得意的所
在。這種情況，在同時駕馭兩種文類以上的其他作者身上，並不多
見。茲分述如下：

一　互文性

　　一般論者談論到翁鬧小說時，總會將翁鬧的六篇短篇小說，依題
材歸納為兩大類，第一組：以對愛情的渴望、異性的思慕為主題的
〈音樂鐘〉、〈殘雪〉、〈天亮前的戀愛故事〉。第二組：以臺灣農村生
活為描繪對象的〈戇伯仔〉、〈羅漢腳〉、〈可憐的阿蕊婆〉。[34]但就互文
性的話語空間來看，「互文性關係到一個文本與其他文本的對話，同
時它也是一種吸收、戲仿、和批評活動。……它揭示出文學作品的特
殊指涉性：當一部作品表面上指涉一個世界時，它實際上是在評論其
他文本，並把實際指涉推延到另一時刻或另一層面，因而造成了一個
無休止的意指過程。」[35]換句話說，翁鬧不同的兩類型小說之間，其
實保持著對話的可能，各據著不同的空間（第一組的泛都市、第二組

33　施淑：〈翁鬧〉，《日據時代臺灣小說選》，臺北市：前衛出版社，1992，頁206。

34　許素蘭：〈「幻影之人」──翁鬧及其小說〉，林衡哲、張恆豪編：《復活的群像》，
　　臺北市：前衛出版社，1994，頁97。這種說法，從一九九二年施淑：「他的短篇可
　　劃分為描寫鄉土人物及刻畫現代男女心理的兩類。」（《日據時代臺灣小說選》，
　　1992，頁206。）到許俊雅編譯的《翁鬧作品選集》（1997）、《見樹又見林──文學
　　看臺灣》（臺北市：渤海堂文化事業有限公司，2005）、《臺灣文學家年表六種》（臺
　　北縣：臺北縣文化局，2006），都持相同的二軌並進論。

35　趙一凡等主編：《西方文論關鍵詞》，北京市：外語教學與研究出版社，2006，頁
　　219。

的農村）卻有相類似的指涉，那就是：「在翁鬧小說中莫可名狀的焦慮不斷地吞噬著主角人物，如廣袤無垠的沙漠般吞噬著靈魂，令人無處可逃；借著刻畫男女心理、描繪鄉土人物的內容，抒發客體外在環境給個體自我內在帶來的戕害，凸顯人們對生命的茫然與焦慮。」[36]或者是「翁鬧獨白式的小說語言，連帶他所顯示的對現代文明的惡感，除了是現代人對於青春、生命力之消逝之哀嘆外，似乎也可以視為一個殖民地之子認同與出路盡皆流離失所後的一種哀鳴。」[37]仔細比對時，〈音樂鐘〉與〈羅漢腳〉是青少年的生澀成長軌跡，六歲的羅漢腳終究也要經歷十二歲想伸手又不敢伸手的青春試探；〈殘雪〉裡既不回臺灣、也不到北海道的林春生的孤獨與無所適從，不就是瑟縮在陰暗角落的「戇伯仔」或者「阿蕊婆」心中的荒涼。

　　進一步將翁鬧小說與詩的發表過程，製成簡表對照，雙軌式的六篇小說題材，其實也在他的六首新詩中以相同的比例複製：

翁鬧小說與詩對照表（一）

發表日期	發表刊物	文類	題目	屬性
1933年7月	《福爾摩沙》創刊號	詩	〈淡水海邊寄情〉	現代性
1935年4月	《臺灣文藝》第二卷第四號	詩	〈在異鄉〉	現實感
1935年6月	《臺灣文藝》第二卷第六號	小說	〈音樂鐘〉	現代性

36　王玟珍：〈焦慮、幻滅與感傷——翁鬧小說中的感覺世界〉，《人文研究期刊》（嘉義大學人文藝術學院）第1期，2005，頁50。

37　陳建忠：〈差異的文學現代性經驗——日治時期臺灣小說史論（1895-1945）〉，陳建忠、應鳳凰、邱貴芬、張誦聖、劉亮雅合編：《臺灣小說史論》，臺北市：麥田出版社，2007，頁52。

發表日期	發表刊物	文類	題目	屬性
1935年6月	《臺灣文藝》 第二卷第六號	詩 詩 詩	〈故鄉之山丘〉 〈詩人的情人〉 〈鳥兒之歌〉	現實感 現代性 現代性
1935年7月	《臺灣文藝》 第二卷第七號	小說	〈戇伯仔〉	現實感
1935年8月	《臺灣文藝》 第二卷八、九號	小說	〈殘雪〉	現代性
1935年12月	《臺灣新文學》 第一卷第一號	小說	〈羅漢腳〉	現實感
1936年1月	《臺灣文藝》 第三卷第二號	詩	〈搬運石頭的人〉	現實感
1936年5月	《臺灣文藝》 第三卷第六號	小說	〈可憐的阿蕊婆〉	現實感
1937年1月	《臺灣新文學》 第二卷第二號	小說	〈天亮前的戀愛故事〉	現代性
1938年10月14日	《臺灣新民報》	詩	〈勇士出征去吧〉	現實感 國際性
1939年7月4日至 1939年8月20日	《臺灣新民報》	中篇 小說	〈有港口的街市〉	現實感 國際性

翁鬧小說與詩對照表（二）

現實感／現代性	小說／詩	篇　　　名
現實感（農村）	小說	〈戇伯仔〉、〈羅漢腳〉、〈可憐的阿蕊婆〉
現實感（農村）	詩	〈在異鄉〉、〈故鄉之山丘〉、〈搬運石頭的人〉
現代性（情愛）	小說	〈音樂鐘〉、〈殘雪〉、〈天亮前的戀愛故事〉
現代性（情愛）	詩	〈淡水海邊寄情〉、〈詩人的情人〉、〈鳥兒之歌〉

　　互文是指將自己或前人作品利用交互指涉的方式，如模仿、降格、諷刺、改寫等，互為引用，互為書寫，因而提出新的文本、新的書寫策略，或者新的美學觀、世界觀。[38]從以上兩份表格中，可以清楚地看出互文對映的趣味，先以翁鬧現實感（農村）的小說與詩為一組來看，少年的羅漢腳、壯年的搬運石頭的人、老年的戇伯仔、阿蕊婆，他們都是翁鬧在異鄉所繫念的、生活於故里的山丘的貧困人物，因此，少年的〈羅漢腳〉的小說中，疊映著〈搬運石頭的人〉的詩的形象；〈搬運石頭的人〉的苦難情節，呈現在〈戇伯仔〉的故事裡。不同文類的互文性，在翁鬧三篇比三篇的小說與詩中，可以找到極為明顯的脈絡。

　　再以翁鬧的第一首詩（第一篇文學作品），富於浪漫色彩的〈淡水海邊寄情〉[39]來看，這首詩懷憶自己在淡水海邊繫念的一位女性友人，寫薔薇色澤的夕陽餘暉中曾經握著的纖纖細手，寫高樓大廈下陰暗寂寥的角落，寫十六歲淪落紅塵的命運；對照翁鬧最後一篇短篇小說〈天亮前的戀愛故事〉[40]，獨白體的、柏拉圖式的戀情，寫動物的性，寫自己不成熟的戀，寫三十歲尚未靈肉合一的殘缺的我。他們所面對的都是鬻身的女子，回憶的空間都是「妳」狹窄的房間，重要的時間點都設定在清晨。如此若合符節的互文性，顯映出〈淡水海邊寄情〉可以作為〈天亮前的戀愛故事〉的「序詩」，一詩一文，一前一後，緊緊應合翁鬧一生的文學聲息與脈絡。

38　廖炳惠編著：《關鍵詞200》，臺北市：麥田出版公司，2003，頁145。

39　翁鬧：〈淡水海邊寄情〉，原載於《福爾摩沙》創刊號，1933年7月。後收入於陳藻香、許俊雅編譯：《翁鬧作品選集》，頁2-6。

40　翁鬧：〈天亮前的戀愛故事〉，原載於《臺灣新文學》第2卷第2號，1937年1月。後收入於陳藻香、許俊雅編譯：《翁鬧作品選集》，頁171-194。

二 私小說

　　翁鬧的文學成長軌跡，幾乎可以說是從社頭山丘及其鄉親，逐漸往日本都城傾斜（如最後的詩篇〈勇士出征去吧〉，最後的小說〈有港口的街市〉），因此，他的小說屬性接近「在眾多文學流派之中，純日本出產，具獨特文學型態」的「私小說」。所謂「私小說」，「一般認為是作家將自己的私生活，幾乎不摻雜虛構成分，忠實再現的自傳式散文作品。」[41]日本文學史上，通常以自然主義作家田山花袋（1871-1930）為私小說的創始者，以志賀直哉（1883-1971）為其完成者。日制時期作家莊培初就曾點出翁鬧的小說寫得精湛，有些地方會讓人聯想到志賀直哉的作品。[42]日本文學研究者林水福（1953-）認為「私小說」導源於法國自然主義：「法國的自然主義傳到日本之後，產生變化。以探討自己內部的真實為目標，尊重親身經驗的事實和自我的告白，貫徹描寫的客觀主義。」甚至於舉三島由紀夫（1925-1970）為例，「我（三島由紀夫）把以往對假設人物所使用的尖銳的心理分析之刃朝向自己，有如嘗試自己對自己進行人體解剖，期待盡可能具有科學的正確性，如波特萊爾所說的『是死刑犯也是死刑執行者』。」[43]翁鬧〈天亮前的戀愛故事〉就是一部自我解剖的小說，從十歲初識「性」（動物本能的「性」），到三十歲未識「性」（靈肉合一的「性」），全然裸裎，逐一剖析，刀刀進逼靈魂深處，敏銳細

41　林水福：〈日本私小說的認定〉，《日本文學導遊》，臺北市：聯合文學出版社，2005，頁200-202。

42　莊培初：〈從讀過的小說談起——《臺新》創刊號到八月號〉，原載《臺灣新文學》第1卷第8號，1936年9月。引自黃英哲編：《日治時期臺灣文藝評論集（雜誌篇）》第二冊，頁158。

43　林水福：〈兩種私小說〉，《日本文學導遊》，頁203-205。

膩，怵目驚心，令人魂蕩神移，發散出私小說令人震撼的綿密之力。

翁鬧〈天亮前的戀愛故事〉及其他作品，往往被視為是他個人內心或現實的寫照，「從翁鬧的小說主題可以看出他左右擺盪的文學性格。『左』或『右』並無政治指涉，意指一部分關於愛情部分主題以濃厚的心理分析與意識流的寫法呈現，符合現實生活中翁鬧對愛情獨鍾的生命情節。另一部分，把視野拉回到臺灣農村社會底下階層小人物的生活，也正是翁鬧在文學要求上（內容具有臺灣特色）的具體實踐。」[44]換言之，翁鬧兩種類型（「左」或「右」）的小說，都具有私小說的意涵，都可以跟他生命的軌轍互通聲息。

根據葉渭渠《日本文學思潮史》引述川端康成（1899-1972）所撰〈新進作家的新傾向解說〉觀點：「一、主張主觀是唯一的真實，否定現實世界的客觀性，從而強調文藝要『表現自我』，而『表現自我』又全取決於『新的感覺』。二、主張文藝創作應把感性、知性放在理性之上，表現自我感受和主觀感情，從而貶低和否定理性的價值和作用。三、他們主張形式決定論，認為形式即內容，而形式是決定內容的。四、主張文學革命，否定日本文學傳統，全盤接受西方現代主義文學。」[45]這四項論點原是為「新感覺派」發聲，但前兩項所強調的主觀、自我、感性，也是「私小說」的重要特質，而「私小說」所強調的主觀、自我、感性，則是「詩」的本質了。所以，翁鬧具有私小說特質的作品，當然散發著詩的氣息。

---

44 蔡明原：〈上海與臺灣——新感覺的兩種實踐：以翁鬧與劉吶鷗的作品為探討對象〉，封德屏總編：《文學與社會學術研討會：2004青年文學會議論文集》，臺南市：國家文學館，2004，頁77。

45 葉渭渠：《日本文學思潮史》，北京市：經濟日報出版社，1997，頁475-477。

三　新感覺派

　　日本新感覺派之興起，政經社會的背景是一九二三年關東大地震所引發的震撼，包括災難心靈與災後重建、科技文明與新興都會、西化生活與社會巨變，因而新意識、新感覺抬頭；至於文學型態的直接衝激，則是大正末期，既不喜歡文壇上寫實主義的平淡之風，也不願認同普羅文學的青年作家，包括橫光利一（1898-1947）、川端康成（1899-1972）、片岡鐵兵（1894-1944）和中河與一（1897-1994）等十四人，創刊《文藝時代》雜誌所引起的旋風，強調虛無感，擷取剎那美，在速度與頹廢中追求藝術，文學評論家千葉龜雄在一九二四年十一月號的《世紀》雜誌，評論他們的文學活動，稱為「新感覺派的誕生」，因而定名。

　　　　他們在創作文體上所表現的「感覺」，並不是實際的官能上的感覺，而是「智慧性」的「感覺」。他們對作品的文體，不但有革新的熱情，更敏銳地反映時代的變革。橫光利一說「在這一時期，我比什麼都重視藝術的象徵性；與其寫實，更相信美是存在於構造的象徵性中。」[46]

　　　　他們對時代的變革很敏感，反映第一次世界大戰後的西歐達達主義、未來派及表現主義，提倡文體的革新和寫作新方法。如打破日語日常用語的習慣，結合不同性質的句子，創造新奇的文體，刺激讀者的感覺。[47]

46　劉崇稜：《日本文學史》，臺北市：五南圖書出版公司，2003，頁387。
47　劉崇稜：《日本近代文學概說》，臺北市：三民書局，1997，頁167-168。

　　此一文學運動，在其後的兩年間達到巔峯，可惜一九二七年五月
《文藝時代》停刊，新感覺派也告結束。論者會將臺灣作家郭秋生、
巫永福、翁鬧、王白淵、郭水潭、吳天賞等人納入此一運動的餘韻之
下，認為：「臺灣新感覺書寫的文本呈現出一個相似點：他們都心儀
日本新感覺派小說中所具有的鄉土氣息和詩化色彩，保持了濃重的鄉
土味和草根性。……他們筆下的都市書寫充滿了消極感覺，沒有嚮
往，更多的是不適和逃離。」[48]翁鬧的小說與詩，正以「鄉土氣息和
詩化色彩」的兩大路向展示他的風采，特別是小說評論者常以新感覺
派論述翁鬧作品[49]，顯示翁鬧趨近新感覺派的小說，在第一層次上已
具有「詩化色彩」。

　　更進一步來看，做為日本第一個現代主義先聲的新感覺派，其實
是「與象徵主義、意象派、未來主義、意識流、表現主義、超現實主
義、存在主義等等有著密切關係。」[50]若從此一層面來看，新感覺派
可以說是日本文壇在大正年間所吹起的前衛號角，是勇於迎向西方新
潮流的年輕心靈的悸動，此後，一九二五年上田敏雄等人在《文藝耽
美》雜誌上提及法國超現實主義，一九二七年西脇順三郎等人發行日
本第一本超現實主義詩集《馥郁的火夫啊》，一九二八年西脇順三郎

48　朱雙一、張羽：《海峽兩岸新文學思潮的淵源和比較》，〈第七章：新文學早期海峽
　　兩岸的現代主義創作〉，廈門市：廈門大學出版社，2006，頁207-229。本處引文引
　　自頁211。

49　如施淑：〈感覺世界——三〇年代臺灣另類小說〉，施淑：《兩岸文學論集》，臺北
　　市：新地文學，1997；蔡明原：〈上海與臺灣——新感覺的兩種實踐：以翁鬧與劉
　　吶鷗的作品為探討對象〉，封德屏總編：《文學與社會學術研討會：2004青年文學會
　　議論文集》，臺南市：國家文學館，2004；陳錦玉：〈劉吶鷗「新感覺派」的藝術追
　　尋——文字與藝術的魅惑〉，中央大學中文系：《劉吶鷗國際研討會論文集》，臺南
　　市：國家臺灣文學館，2005。

50　朱雙一、張羽：《海峽兩岸新文學思潮的淵源和比較》，207-208。

在《詩與詩論》大力倡導超現實主義理論[51]，一個更具體的流派、更具有火力的文學運動，繼「新感覺派」之後如火如荼展開，甚而影響一九三三年臺灣留日作家楊熾昌（1908-1994）組成超現實主義社團「風車詩社」。翁鬧在〈有關於詩的點點滴滴——兼談 High brow〉（1935）中也曾提出他對超現實主義的了解：「於夢中尋求真實，從現實中追求更新的現實；在個性上發揮獨自的創意——這就是賦予超現實主義者的途徑。」[52]因此，當論者將新感覺派、意識流（stream of consciousness）、獨白體（interior monologue），與翁鬧小說並提而論，其實是將翁鬧的位置放在留學日本的臺灣作家最快接受現代化的先驅者之一，這是研究翁鬧詩觀不可忽略的一環。

第四節　翁鬧評論語的詩觀綻放

翁鬧詩觀零星呈現在他所寫的隨想、雜誌讀後感、座談會發言錄上，主要的資料集中在陳藻香、許俊雅編譯：《翁鬧作品選集》（彰化縣：彰化縣立文化中心，1997），卷四「感想」（四篇），附錄一的「翁鬧參與的文學座談會」：〈臺灣文學當前諸問題／文聯東京支部座談會〉。參考資料則為黃英哲編：《日治時期臺灣文藝評論集（雜誌篇）》第一冊、第二冊（臺南市：國家臺灣文學館籌備處，2006）。將這些資料加以爬梳，約略可以顯現翁鬧詩觀，歸納而言可得四端：

---

51 葉笛：〈日據時代臺灣詩壇的超現實主義運動——以風車詩社核心人物楊熾昌的詩運為軸〉，水蔭萍著，呂興昌編，葉笛譯：《水蔭萍作品集》，臺南市：臺南市立文化中心，1995，頁345-346。

52 翁鬧：〈有關於詩的點點滴滴——兼談High brow〉，《翁鬧作品選集》，頁200。

一　以新詩為尚

　　翁鬧雖以小說為當時及後世文壇所重，但提及翁鬧時，時人常以詩人稱之，郭水潭（1908-1995）在論及翁鬧小說〈羅漢腳〉時即言：「此人的作風有極謙讓之處，更不受意識傾向左右——卻十分拘泥於文章的表現。恐是關於此人本身富於詩人的純真之特性所致。」[53]河崎寬康在評論〈憨爺〉（即〈戇伯仔〉）時也說：「描寫過了六十歲的憨爺比不上牛馬的悲慘之生活的翁鬧可能是詩人。全篇到處看得到豐富的詩人的想像，其令人驚嘆的細緻和輕妙的筆觸，雖然是暗澹陰鬱的題材，卻產生著極有餘裕的光明。」[54]翁鬧的隨想、評論語，也以新詩為焦點，如〈跛腳之詩〉、〈有關於詩的點點滴滴——兼談 High brow〉，但竟無一文專論小說，可見詩在他心中所懸置的地位。翁鬧對「文學」的基本理念：文學不可或缺「個性的創造」與「描寫的具象性」[55]，這裡所強調的，正是西方詩人與詩論家所最重視的兩要素：先天的才氣與後天的意象，翁鬧藉此以評定小說，足見他以詩的理念籠罩於其他文類之上。

　　「有詩的蓬勃發展，才能臻於文學真正勃興之境界。亦即文學的勃興，乃寓於詩的勃興。」[56]翁鬧將文學的命運繫之於詩之振興與

53　郭水潭：〈文學雜感〉，原載於《新文學月報》第2號，1936年3月。引自陳藻香、許俊雅編譯：《翁鬧作品選集》，頁238。

54　〔日〕河崎寬康：〈關於臺灣文化的備忘錄（二）〉，原載於《臺灣時報》195，1936年2月1日。引自黃英哲編：《日治時期臺灣文藝評論集（雜誌篇）》第一冊，臺南市：國家臺灣文學館籌備處，2006，頁357。

55　翁鬧：〈新文學五月號感言〉，原載於《臺灣新文學》第1卷第5號，1936年6月。陳藻香、許俊雅編譯：《翁鬧作品選集》，頁208。黃英哲編：《日治時期臺灣文藝評論集（雜誌篇）》第二冊，臺南市：國家臺灣文學館籌備處，2006，頁68。

56　翁鬧：〈新文學三月號讀後感〉，原載於《臺灣新文學》第1卷第3號，1936年4月。陳藻香、許俊雅編譯：《翁鬧作品選集》，頁207。黃英哲編：《日治時期臺灣文藝評論集（雜誌篇）》第一冊，頁461。

否，將詩的興盛當作文學興盛的契機，如果以這樣的觀點檢視臺灣文
學的發展，二十世紀二〇年代臺灣新舊文學論戰，以張我軍（1902-
1955）〈致臺灣青年的一封信〉[57]作為攻擊舊文學第一炮，這篇文章即
致力於抨擊舊詩之所謂詩翁、詩伯「只知作些似是而非的詩，來作詩
韻和解的奴隸。」其後〈糟糕的臺灣文學界〉[58]說：「詩就是文學，文
學就是詩。」但很多遺老之慨的老詩人「不是拿文學來作遊戲，便是
做器具用。」第二年繼續發表〈請合力拆下這座敗草叢中的破舊殿
堂〉[59]、〈絕無僅有的擊缽吟的意義〉[60]，都在強調「詩──和其他一
切文學作品──的好壞，不是在字句聲調之間，乃是在有沒有徹底的
人生觀和真摯的感情。」[61]歸納起來，文學論戰前期，新文學陣營以
張我軍為代表的「破壞」行動，就是一再指陳舊詩人的弊病：「第
一、泥守古典的形式、套用舊文學的陳腔濫調，或流於玩弄技巧，而
不能根據實際經驗與感受，寫出屬於自己獨創性的見解，因此所寫的
東西常常與時代嚴重脫節。第二、過度頹廢消沈，往往滿紙牢騷、感
喟，充滿沉沉的暮氣。第三、以詩作為沽名釣譽、逢迎拍馬的工具，
是污衊了藝文的純淨性，尤以當時流行的擊缽吟最為人所詬病。」[62]
張我軍的焦急、痛恨，正是因為舊詩人之無力振衰，無心起弊，因此
不積極破除舊詩積弊，無以振奮臺灣新文學。翁鬧以詩為重的觀念，
似乎可以跟張我軍破除舊詩弊病相為呼應。

---

57 張我軍：〈致臺灣青年的一封信〉，《臺灣新民報》2卷7號，1924年4月。

58 張我軍：〈糟糕的臺灣文學界〉，《臺灣民報》2卷24號，1924年11月。

59 張我軍：〈請合力拆下這座敗草叢中的破舊殿堂〉，《臺灣民報》3卷1號，1925年1月。

60 張我軍：〈絕無僅有的擊缽吟的意義〉，《臺灣民報》3卷2號，1925年1月。

61 以上四篇張我軍文章，引自李南衡主編：《日據下臺灣新文學‧明集5‧文獻資料選
   集》，臺北市：明潭出版社，1979，頁55-92。亦見於張光正編：《張我軍全集》，臺
   北市：人間出版社，2002，頁2-25。

62 施懿琳：《從沈光文到賴和──臺灣古典文學的發展與特色》，高雄市：春暉出版
   社，2000，頁256。

　　如果再將臺灣文學繼續往後推進，推到二十世紀五〇年代，「現代詩」風起雲湧之際，現代畫、現代小說才隨之銳行猛進。一九五一年借胎《自立晚報》的《新詩週刊》開始現身，一九五二年紀弦獨資創辦《詩誌》，第二年改名為《現代詩》季刊，一九五六年二月「現代派」成立，其後十年第一代詩刊陸續發行；文學性刊物最早「現代化」的是一九五六年九月夏濟安主編的《文學雜誌》，其後一九五七年蕭孟能發行《文星》雜誌，一九六〇年三月白先勇創辦《現代文學》，一九六五年春天《劇場》、《歐洲雜誌》相繼發行，一九六七年林海音的《純文學》出刊；尉天聰的《文學》雙月刊、季刊，則遲至一九七一年才面世，這一年第二代的詩刊《龍族》也已出版。以詩刊與文學雜誌的發行先後，可以見證翁鬧以詩為文學之先發部隊，詩勃興，文學才有可能勃興的歷史觀是正確的。

　　以翁鬧生長之所在地而言，彰化縣「磺溪文學獎」特別貢獻獎，自設立以來至二〇〇九年，共有六位得主，依序為：林亨泰、吳晟、康原、宋澤萊、蕭蕭、林明德，其中四位為詩人。以翁鬧就讀之臺中師範學校座落處來看，臺中市大墩文學獎歷屆貢獻獎得主，分別是：陳千武、趙天儀、白萩、詹冰、蘇紹連、鄭順娘、林廣、路寒袖等八位，除鄭順娘之外都是新詩人。翁鬧「文學的勃興乃寓於詩的勃興」，似乎也有相當準確的預言效果。

　　翁鬧重視新詩，他認為文學之中最為困難的是詩，「詩是文學創作之首要，亦為終極，不可忽視。」[63]「文學始於詩也終於詩」[64]。以小說揚名於臺灣文壇的翁鬧，卻有著新詩至上的堅持，其文學鑑識能力之高，彷彿具有鷲鷹之眼，令人刮目相看。

---

63 翁鬧：〈新文學五月號感言〉，陳藻香、許俊雅編譯：《翁鬧作品選集》，頁209。

64 翁鬧：〈新文學五月號感言〉，黃英哲編：《日治時期臺灣文藝評論集（雜誌篇）》第二冊，臺南市：國家臺灣文學館籌備處，2006，頁68。

二　以孤獨為高

　　相對於吳天賞、張文環、劉捷、巫永福的家世背景，翁鬧以赤貧的農村子弟身分，只憑著對文學的滿腔熱愛，明知作為一個被殖民者的臺灣人，難以躋身上國帝京的文藝社交圈；甚至於可能被誤解、被歧視、被凌辱，被來自於殖民者的榮譽感、來自於富裕者的優越感，雙重夾擊；或許可能流落街頭、凍餒廊簷、病倒精神療養院。他仍然拋棄收入穩定的臺灣教職、拋棄心所繫念的社頭山丘，隻身北上，渡洋赴京。因此，終其一生，「孤高」成為他人格最鮮明的特質。

　　「一些具有創作天賦的人所建立的關係可能都很狹窄、不完全，或極不穩定。創作藝術家就非常可能選擇助長他的工作的關係，而不是實質上有益的關係。」這是專攻精神醫學的英國「皇家醫師學會」、「皇家精神科醫師學會」資深會員安東尼・史脫爾醫師（Anthony Storr, 1920-）的言論，他說英國小說家安東尼・特洛勒普（Anthony Trollope, 1818-1882）就將他創作想像力的發展歸因於早期的「孤立狀態」：「他在自傳裡曾描述他在哈羅和溫契斯特求學時的悽慘生活。由於父親貧窮，他沒有繳學費，也沒有零用錢。同學都知道這些情形。於是，高大、膽怯、難看的特洛勒普就變成他自己所說的『一個下等的印度人』，既沒有朋友，又被同伴看不起。他因此逃到幻想的慰藉裡。」[65]翁鬧的處境類近於此，他的詩作〈在異鄉〉[66]「以曠野喻遠離故鄉的空茫落拓……故鄉的聲音幽微，但自己心中卻蟄伏著一

---

65 〔英〕安東尼・特洛勒普（Anthony Trollope）著，張嚶嚶譯：《孤獨》（Solitude），臺北市：知英文化公司，1999，頁138-139。

66 翁鬧：〈在異鄉〉，原載《臺灣文藝》第2卷第4號，1935年4月，頁35-36。收入於陳藻香、許俊雅編譯：《翁鬧作品選集》，頁7-11。另見羊子喬、陳千武編：《廣闊的海》，臺北市：遠景出版事業公司，1982。

隻鷹；能夠展翅萬里之曠遠，卻不能擁有故鄉，此中空間大小矛盾令人深思感嘆。這是當時臺灣青年為理想奮鬥而不得不離家的心情。」[67]翁鬧內心之孤獨感，有如曠野上的鷙鷹，讀過〈在異鄉〉詩作，無不留下深刻印象。

這種以「曠野」此一空間作為象徵系統的作品，論者將它與「廢墟」等同看待，認為「曠野」是「夢幻花園的對立面，被命運所拋置的場所」，吳坤煌的長詩〈飄流曠野的人們〉[68]、江燦琳的〈曠野〉[69]，都有著《舊約‧出埃及記》的曠野原型，「隱喻臺灣人想脫離異族統治的困境，亟望進入屬於自己的迦南美地。」[70]翁鬧自己在讀過江燦琳的〈曠野〉，也興起：「雖眷戀著往來的人影，心牽繫巷中歡樂之聲，卻只能孤孤零零，沒有朋友，沒有戀人地獨自漂泊在荒野的唯美主義者。……啊！我們倆，似隨波逐流在歷史之浪濤之間，不自覺之中竟變成各自徘徊曠野之人。」[71]

曠野是無邊無垠，慘澹無光的，可能阻礙友朋的邂逅，但卻不能阻礙 High brow（高智慧者）的創造潛力，反而是 High brow 的創造動能，所謂 High brow（高智慧者），翁鬧譽之為「藝術慾望的先驅者，探險家」，他的特質就在於「極難同流於庸俗。他永遠是孤獨的。」[72]「他永遠是孤獨的，且似孩童，他與庸俗永不相容，他閱讀

---

67 楊雅惠：《現代性詩意啟蒙：日治時期臺灣新詩的文化詮釋》，高雄市：中山大學，2007，頁64。

68 吳坤煌：〈飄流曠野的人們〉，原載《臺灣文藝》第3卷第7、8號，1936年8月。收入於羊子喬、陳千武編：《廣闊的海》，臺北市：遠景出版事業公司，1982。

69 江燦琳：〈曠野〉，原載《臺灣新文學》第1卷第3號，1936年3月，收入於羊子喬、陳千武編：《森林的彼方》，臺北市：遠景出版事業公司，1982。

70 見前注，楊雅惠：《現代性詩意啟蒙：日治時期臺灣新詩的文化詮釋》，頁62。

71 翁鬧：〈新文學三月號讀後感〉，《翁鬧作品選集》，頁205。又見黃英哲編：《日治時期臺灣文藝評論集（雜誌篇）》第一冊，頁459-460。

72 翁鬧：〈有關於詩的點點滴滴——兼談High brow〉，《翁鬧作品選集》，頁198。

陌生的書籍，傾聽陌生的異國音樂，陶醉於無名畫家之畫。他從馬斯尼的〈哀歌〉、畢卡索的〈詩人的出發〉中，悄悄找到了靈魂的桑梓。但當這些歌聲充斥街坊，膾炙人口之時，他的靈魂又將匆匆地奔向他方。」[73]因此，孤獨者、高智慧者、創造者，在翁鬧心中三者合而為一。

翁鬧的詩與詩觀，可以相互對應，猶如翁鬧詩中透露的孤獨情意，正是他踽踽獨行的生命寫照：

如今，妳在何方？
妳仍然獨處於那寂寥的陰屋中嗎？（翁鬧：〈淡水海邊寄情〉，
《翁鬧作品選集》，頁4。）

我的途上　暗澹無月
見不到鷗鳥飛翔　只見無涯沙漠
孤伶的異鄉人
在狂風中獨自踽踽（——翁鬧：〈在異鄉〉，《翁鬧作品選集》，
頁8。）

……淒凜的風，把他
吹襲得像一片樹葉，只吹襲他……。（翁鬧：〈詩人的情人〉，
《翁鬧作品選集》，頁15。）

現實生活裡，翁鬧無疑是一個孤獨者；但藝術創作、或詩觀省察上，翁鬧卻是一位高智慧者、創造者。他不以孤獨為苦，反而在孤獨中享

---

73 翁鬧：〈有關於詩的點點滴滴——兼談High brow〉，《翁鬧作品選集》，頁199。

受孤獨，在挫辱中忍辱、精進，因而贏得時人的讚譽，如雷石榆：
「翁鬧君的〈在異鄉〉是溢著傷感的成分的。他的技巧很熟練，在用
舊日語的寫法之中，這首詩是算最圓婉的了。但只是悲嘆，這就很充
分表現徬徨於兩階級間的絕望意境了。」[74]如楊杏東：「我覺得他的詩
渾然天成，有大家風範；韻律工整，文質彬彬又有品味，有種玲瓏剔
透的感覺。」[75]一個日制時代的孤獨者，終究以他的作品證明自己是
高智慧者、創造者。

三　以現實為先

　　小說家呂赫若曾發表他對「詩」的感想，認為詩和小說一樣，基
本上對現實抱持相同的觀點，從詩歌的史觀來看，詩絕不是脫離了客
觀事實的文體，更不是詩情畫意之類。對於荻原朔太郎所說「詩中有
祈禱，而沒有生活描寫；小說中則有生活描寫，而沒有祈禱。」因
此，將詩劃歸於「觀念界」、「空想界」，小說則屬於「現象界」、「經
驗界」，呂赫若反對這種說法，不認為詩與小說可以如此截然二分。[76]
　　同為小說家的翁鬧，也持這種詩歌應有自己的現實的詩觀，在評
述黃衍輝的〈牛〉這首詩時，他說：「我被這首詩所感動的原因，與
其說它是一首具有技巧的好詩，不如說是，因為它令我聯想到，這詩
背後的現實世界。」接下來，翁鬧即以托爾斯泰（Leo Tolstoy, 1828-
1910）的小說內涵，去強調現實描繪所可能增強的文學感染力勁，托

---

74 雷石榆：〈我所切望的詩歌——批評四月號的詩〉，原刊《臺灣文藝》第2卷第6號，
　　1935年6月。引自黃英哲編：《日治時期臺灣文藝評論集（雜誌篇）》第一冊，頁252。
75 楊杏東：〈《臺灣文藝》的鄉土色調〉，原刊《臺灣文藝》第2卷第10號，1935年9
　　月。引自黃英哲編：《日治時期臺灣文藝評論集（雜誌篇）》第一冊，頁282。
76 呂赫若：〈「詩」的感想〉，黃英哲編：《日治時期臺灣文藝評論集（雜誌篇）》第一
　　冊，頁379。

爾斯泰曾被高爾基（Maxim Gorky, 1868-1936）稱譽為「不認識托爾斯泰者，不可能認識俄羅斯」，翁鬧在這篇評論語中，深有所感地將黃衍輝的臺灣牛與托爾斯泰的俄國牛，疊合在一起：「我記得，托爾斯泰曾把帝政下的俄國之苦難，藉著一隻瘦牛，拉著沈重的板車，爬著峻陡的山坡的模樣描寫出來。是的！牛用盡牠渾身之力去掙扎、去奮鬥，但，筋已疲、力已竭了。然而，啊！催促的鞭子仍然一陣一陣地打在牠的背上。」[77]翁鬧的評述也因而有效地疊合「現象界」（催促的鞭子打在牛背上）與「觀念界」（生活的苦難），清楚地表露他的詩觀。翁鬧自己的詩作如〈搬運石頭的人〉現實性就非常強烈；〈故鄉的山丘〉與〈鳥兒之歌〉一樣有著清晰的現實基礎；即使是翁鬧的初作，有著傷感的、浪漫主義似的〈淡水海邊寄情〉，如果與他的小說〈天亮前的戀愛故事〉對照著看，〈淡水海邊寄情〉彷彿是〈天亮前的戀愛故事〉的「序詩」，詩的現實性不言可喻。

在一場探討「臺灣文學當前諸問題」的座談會上，翁鬧認為：為了要表現臺灣鄉土的特色，語言上不妨採折衷的方式，如使用「大廳」二字時，可以加註日文「ひろま」（HiRoMa）。因為只寫「大廳」，日人不懂；直接寫「廣間」，失卻臺灣鄉土特色。就形式而言，他認為與日本文壇相通並無不可，就像日本文學在形式上可與世界文學相通；但內容上，則應該含有臺灣特色。[78] 這樣的現實觀，照應了題材上的臺灣現實感，也顧及到傳達上的日本文壇的現實性。翁鬧詩與小說的「現實感」與「現代性」，正是他這種觀點的有力實踐。在

---

77 翁鬧：〈新文學三月號讀後感〉，《翁鬧作品選集》，頁206。又見黃英哲編：《日治時期臺灣文藝評論集（雜誌篇）》第一冊，頁460。

78 陳藻香譯：〈臺灣文學當前諸問題──文聯東京支部座談會〉，《翁鬧作品選集》，頁221-236。此處論述，彙整翁鬧兩處發言而成，一見於頁225-226，一見於頁229-230。

這場座談會上，主席劉捷曾要求大家對大宅北一的〈詩是一知半解的
文學〉表示意見，在場的吳天賞、吳坤煌、翁鬧、曾火石的發言，對
於詩與現實的關係有著相當的共識，未見爭端，翁鬧說：「詩是半調
子的文學，從它的現實面或可以這麼說，但它的深層的意向來說則不
十分妥當。我認為外表看起來像半調子的文學，才是詩的必備的條件
啊！」（陳藻香譯）[79]翁鬧認為在深層的意義上，詩，必以現實為基
礎；但在表層的現象上，詩，卻以異於小說的面貌而存在，這一點卻
也是詩之所以可貴的地方。曾火石則以「檸檬」比喻小說家描寫的現
實，以「檸檬汁」做為詩人的現實，那些抗議檸檬汁不能代表檸檬，
其實是不懂得「詩情」（Poesie）。翁、曾二人分別以論與例，分抄合
擊，為臺灣新詩的現實性作了明確而精闢的宣示。

四　以創意為優

　　能以完整篇章表達翁鬧重要詩觀的，要數〈跛腳的詩〉這篇隨
筆。〈跛腳的詩〉的主要論點，就在於只要具足創意，即使殘缺也是
美好。這篇作品可以視為青春生命力的歌頌，創作衝刺力的鼓舞，尤
其是首段，一再強調「青春時代，是精神抖擻，體力充沛，如閃電般
翱翔天際的時代。」[80]

　　翁鬧出身貧寒，毅然奔赴東京奮鬥，現實中親身見證這種青春冒

---

79 陳藻香譯：〈臺灣文學當前諸問題——文聯東京支部座談會〉，《翁鬧作品選集》，頁
　　221-236。此節文字見於頁231。同為陳藻香所譯，黃英哲編：《日治時期臺灣文藝評
　　論集（雜誌篇）》第二冊，頁117，此節文字則譯為：「認為詩是認知不足的文學，
　　就實然（俗稱經驗主義或歷史主義，把理論家從理想拉回現實）而言或可以這麼
　　說，但就應然（俗稱理性主義，強調透過理性認知世界）而言，卻不正確。我認為
　　詩才是必須具有充分認知的文學呢。」
80 翁鬧：〈跛腳之詩〉，《翁鬧作品選集》，頁196-197。

險的必要性；翁鬧創作的詩與小說，篇數各有七篇，篇篇都在做著涉
奇探險的嘗試，這是文學工作上尋求創意的身體力行。如〈詩人的情
人〉，依日文原作，詩分兩段，第一段為四行的分行詩，第二段則是
三節連成的散文詩。[81]向陽（林淇瀁，1955-）根據翁鬧原作、月中泉
譯本（臺北：遠景出版事業公司：《光復前臺灣文學全集》，1982）、
陳藻香譯本（彰化縣：彰化縣立文化中心：《翁鬧作品選集》，
1997），為求其符碼的意義能貼近原作想傳達的詩旨，重新譯述，並
以貼合原作形式的散文詩方式呈現：

　　　　她死在他生之前
　　　　而
　　　　他是從死中重生的
　　　　Cosmopolitan

　　　　在太陽凍結死寂的夜裡，他抱著冰塊
　　　　遁跑。在那兒，只有謝肉祭的花車、
　　　　火炬、無氣息的舞蹈、海底光的搖曳
　　　　……淒凜的風，把他吹襲得像一片樹
　　　　葉，只吹襲他
　　　　世界已死了，他坐在岩角上招手。天幕
　　　　下垂了。他把沿路捧來的光，向它擲了
　　　　過去

81 翁鬧：〈詩人の戀人〉，原載《臺灣文藝》第2卷第6號，1935年6月，頁32-33。收入
　　《翁鬧作品選集》，頁16-17，陳藻香翻譯，第一段應為四行，誤分為兩小段的1＋3
　　行。

世界甦醒了，人們發出驚駭之歎聲。但

知道星由來的，僅他一人[82]

　　對於依賴華文的讀者而言，如此回復翁鬧詩作原貌後，對於翁鬧詩作的評價與詩史定位，必定有所改觀。臺灣詩壇「散文詩形式」開創者的位置，將會往前推至日制時代的一九三五年。

　　翁鬧講究新詩形式的美學設計，〈在異鄉〉以四行詩（五段）書寫，〈故鄉的山丘〉則採用兩行體（五段），加以區隔。〈詩人的情人〉是臺灣新詩界首見分行詩與散文詩的合體，已如上述。〈鳥兒之歌〉則運用短句四十行，一氣呵成不分段，但以擬似的鳥叫聲「チチチチ　チチチ」達成短暫停歇的效果；〈搬運石頭的人〉同樣不分段，但以高低不一的錯綜排列方式，模擬搬運石頭的人彎腰、低頭或挺胸，時伏時起時仆的姿勢，藉以產生不同的視覺效果。這些都是翁鬧在題材選擇、語言掌握之外的創意表現，不一定純熟、完美，卻是勇於嘗試的開創者的腳步聲，正如〈跛腳的詩〉文章中所宣示的：

　　比去愛一個成熟中年婦人，我更深愛一個笨手笨腳卻充滿希望羞澀的年輕少女。

　　比去愛象徵偉人天年般圓熟靜謐的夕暉，我更深愛萬物剛從夢中甦醒般潔淨無邪的晨曦。[83]

　　翁鬧雖然不像楊熾昌組成風車詩社，發行《風車詩誌》，力倡「超現實主義」（surrealism），致力於追求藝術的前衛性、純粹性、

---

82 向陽：〈幻影與真實──翁鬧詩作翻譯符碼的「演譯」與「延異」〉，彰化縣：明道大學「翁鬧的世界──翁鬧百歲冥誕紀念學術研討會」論文集，2009，頁10-11。

83 翁鬧：〈跛腳之詩〉，《翁鬧作品選集》，頁197。

現代性，且以組織的力量擴大影響圈。但向陽在評述羊子喬（楊順明，1951-）的論文〈光復前臺灣新詩論〉[84]，認為「超現實主義的個人抒情」代表性詩人，除風車詩社水蔭萍（楊熾昌）、李張瑞（？-1951）、林修二（林永修，1914-1944），及不屬於風車詩社卻創作了臺灣新詩史上首見的詩劇〈森の彼方へ〉（向著森林彼方）的董祐峰之外，實在也不可忽略翁鬧，因為「他同樣以象徵主義見長，在開創散文詩的形式，和意象處理的技法上，置之於同時期現代主義詩人群中，亦絕無遜色。」[85]勇於尋求新穎的表現手法，正是翁鬧重視與堅持的理念，後代的詩潮觀察者看見了這一朵小而有力的浪花。

對於超現實主義，翁鬧曾言：「於夢中尋求真實，從現實中追求更新的現實；在個性上發揮獨自的創意──這就是賦予超現實主義者的途徑。」[86]翁鬧能認知超現實主義並非摒棄現實，而是鑽探比一般現實面更接近真實的那種現實，且能接納這種依賴睡夢、潛意識、無意識、甚至不能自主的精神活動的追尋方式，他的詩作如〈故鄉的山丘〉、〈詩人的情人〉也投入類近的思維，在臺灣三〇年代新詩現代化歷程中，亮出奪人心魄的成績。

第五節　結語：臺灣現代詩壇的前浪

翁鬧，出身殖民政權下臺灣農村貧困家庭，以養子身分力爭上游，進入當時的師範體系，本來可以就此穩定自己的生活資源，謀求

---

84 羊子喬：〈光復前臺灣新詩論〉，《蓬萊文章臺灣詩》，臺北市：遠景出版事業公司，1983，頁79-86。

85 向陽：〈幻影與真實──翁鬧詩作翻譯符碼的「演譯」與「延異」〉，彰化縣：明道大學「翁鬧的世界──翁鬧百歲冥誕紀念學術研討會」論文集，2009，頁8。

86 翁鬧：〈有關於詩的點點滴滴──兼談High brow〉，《翁鬧作品選集》，頁200。

世俗所盼望的幸福，但他竟以熱愛文學的堅定信念，篤志於臺灣文學的現代化，接納最新穎的西方文學流派，即使漂流異國，病倒他鄉，也在所不惜。就這種堅強的文學意志而言，翁鬧是臺灣文學最值得學習的前浪。

日制時代的殖民文學，無不以寫實作為最主要的表達工具，以抗議作為最方便的發聲筒，藉「民族主義」鼓舞臺灣當前民心，藉「社會主義」宣示臺灣未來理想，翁鬧竟依憑文學為唯一志向，單純追求文學的最大承載量。就這種文學現代性的念力與體驗，翁鬧是臺灣現代文學最值得推崇的前浪。

在一般刻板印象中，師範體系出身的作家，做人作詩一向循規蹈矩，不敢逾越常法，因此缺少創新變異之術，無能新人耳目，但以翁鬧的詩、詩觀、小說而言，做為臺中師範學校首屆畢業生，翁鬧可以位居臺中師範學院詩人群的前浪浪頭，最值得尊敬的前浪。

參考文獻

一　翁鬧書目（依出版序）

翁鬧著　陳藻香、許俊雅編譯　《翁鬧作品選集》　彰化縣　彰化縣立文化中心　1997

翁鬧著　〔日〕杉森藍譯　《有港口的街市：翁鬧長篇小說中日對照》　臺中市　晨星出版有限公司　2009

二　中文書目（依作者姓名筆劃序）

水蔭萍著　呂興昌編　葉笛譯　《水蔭萍作品集》　臺南市　臺南市立文化中心　1995

朱雙一、張羽　《海峽兩岸新文學思潮的淵源和比較》　廈門市　廈門大學出版社　2006

羊子喬、陳千武編　《森林的彼方》　臺北市　遠景出版事業公司　1982

羊子喬、陳千武編　《廣闊的海》　臺北市　遠景出版事業公司　1982

羊子喬　《蓬萊文章臺灣詩》　臺北市　遠景出版事業公司　1983

呂赫若著　林至潔譯　《呂赫若小說全集》　臺北市　印刻文學生活雜誌出版有限公司　2006

巫永福著　沈萌華主編　《巫永福全集6・評論卷I》　臺北市　傳神福音文化公司　1996

李南衡主編　《日據下臺灣新文學・明集5・文獻資料選集》　臺北市　明潭出版社　1979

李園會　《日據時期臺中師範學校之歷史》　臺北市　五南圖書出版公司　1995

〔日〕杉森藍　《翁鬧生平及新出土作品研究》　臺南市　成功大學
　　　臺灣文學研究所碩士論文　2007

林水福　《日本文學導遊》　臺北市　聯合文學出版社　2005

林衡哲、張恆豪編　《復活的群像》　臺北市　前衛出版社　1994

施　淑　《日據時代臺灣小說選》　臺北市　前衛出版社　1992

施懿琳　《從沈光文到賴和──臺灣古典文學的發展與特色》　高雄
　　　市　春暉出版社　2000

柳書琴　《荊棘之道：臺灣旅日青年的文學活動與文化抗爭》　臺北
　　　市　聯經出版事業公司　2009

張光正編　《張我軍全集》　臺北市　人間出版社　2002

張炎憲、高淑媛　《鹿窟事件調查報告》　臺北縣　臺北縣立文化中
　　　心　1998

張炎憲、陳鳳華　《寒村的哭泣：鹿窟事件》　臺北縣　臺北縣政府
　　　文化局　2000

許俊雅　《臺灣文學家年表六種》　臺北縣　臺北縣文化局　2006

許俊雅　《見樹又見林──文學看臺灣》　臺北市　渤海堂文化事業
　　　有限公司　2005

陳建忠、應鳳凰、邱貴芬、張誦聖、劉亮雅合編　《臺灣小說史論》
　　　臺北市　麥田出版社　2007

黃英哲編　《日治時期臺灣文藝評論集（雜誌篇）》　臺南市　國家
　　　臺灣文學館籌備處　2006

葉渭渠　《日本文學思潮史》　北京市　經濟日報出版社　1997

廖炳惠編著　《關鍵詞200》　臺北市　麥田出版公司　2003

趙一凡主編　《西方文論關鍵詞》　北京市　外語教學與研究出版社
　　　2006

劉崇稜　《日本文學史》　臺北市　五南圖書出版公司　2003

劉崇稜 《日本近代文學概說》 臺北市 三民書局 1997

蕭蕭、陳憲仁主編 《翁鬧的世界——翁鬧小說與詩研究》 臺中市
　　　晨星出版有限公司 2009

Anthony Trollope（安東尼‧特洛勒普）著 張嚶嚶譯 《孤獨》
　　　（*Solitude*） 臺北市 知英文化公司 1999

三　中文篇目（依作者姓名筆劃序）

王玫珍 〈焦慮、幻滅與感傷——翁鬧小說中的感覺世界〉 《人文
　　　研究期刊》 嘉義大學人文藝術學院 第1期 2005

向　陽 〈幻影與真實——翁鬧詩作翻譯符碼的「演譯」與「延
　　　異」〉 彰化縣 明道大學「翁鬧的世界——翁鬧百歲冥誕
　　　紀念學術研討會」論文集 2009

施　淑 〈感覺世界——三〇年代臺灣另類小說〉 《兩岸文學論
　　　集》 臺北市 新地文學 1997

張炎憲、曾秋美 〈陳遜章先生訪問記錄〉 《臺灣史料研究》14號
　　　1999年12月

陳錦玉 〈劉吶鷗「新感覺派」的藝術追尋——文字與藝術的魅惑〉
　　　桃園縣 中央大學中文系 《劉吶鷗國際研討會論文集》
　　　臺南市 國家臺灣文學館 2005

蔡明原 〈上海與臺灣——新感覺的兩種實踐：以翁鬧與劉吶鷗的作
　　　品為探討對象〉 封德屏總編 《文學與社會學術研討會：
　　　2004青年文學會議論文集》 臺南市 國家文學館 2004

蕭　蕭 〈舊記憶與新感覺的激盪——翁鬧詩作中的土地印象與生命
　　　感喟〉 彰化縣 明道大學「翁鬧的世界——翁鬧百歲冥誕
　　　紀念學術研討會」論文集 2009

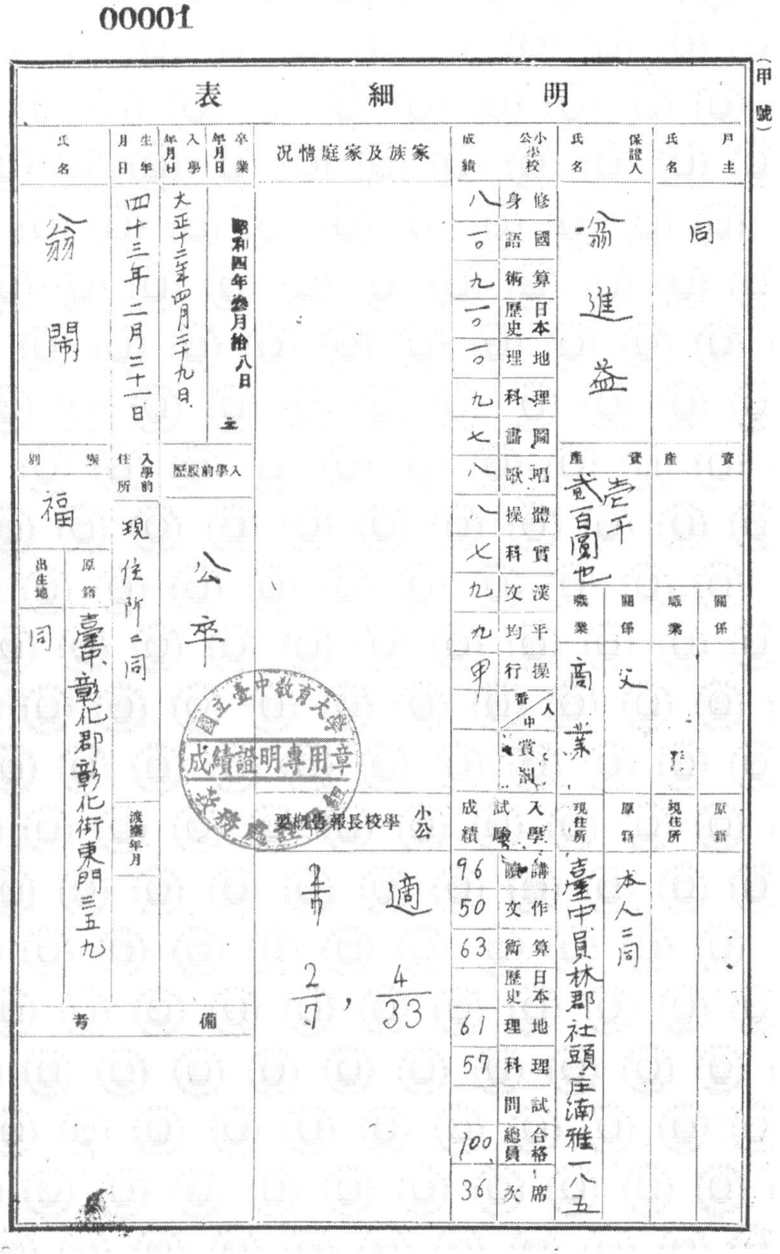

00001

（甲號）

明細表

氏名	生年月日	卒業年月日 入學年月日	家族及家庭情況	成績	小公學校	保證人氏名	戶主氏名
翁鬧	四十三年二月二十日	卒業 昭和四年參月拾八日 入學 大正十二年四月二十九日		修身 八〇／國語 九〇／算術 一〇〇／日本歷史 一〇／地理 九／理科 七／圖畫 八／唱歌 八／體操 七／實科 漢文 九／平均 九／操行 甲／番人中 賞潤		翁進益 產資 壹千貳百圓也 職業 商業 關係 父	同

別號 福
原籍 臺中彰化郡彰化街東門三五九
現住所二同
入學前住所

公卒

適 2/7 , 4/33

小公學校長報告要領
入學、講作、論文 96 50／算術 63／日本歷史 理科 61／地理試 57／問題總員 100／席次 36

現住所 臺中員林郡社頭庄湳雅一八五
原籍 本人三同

備考

附圖一　翁鬧學籍明細表

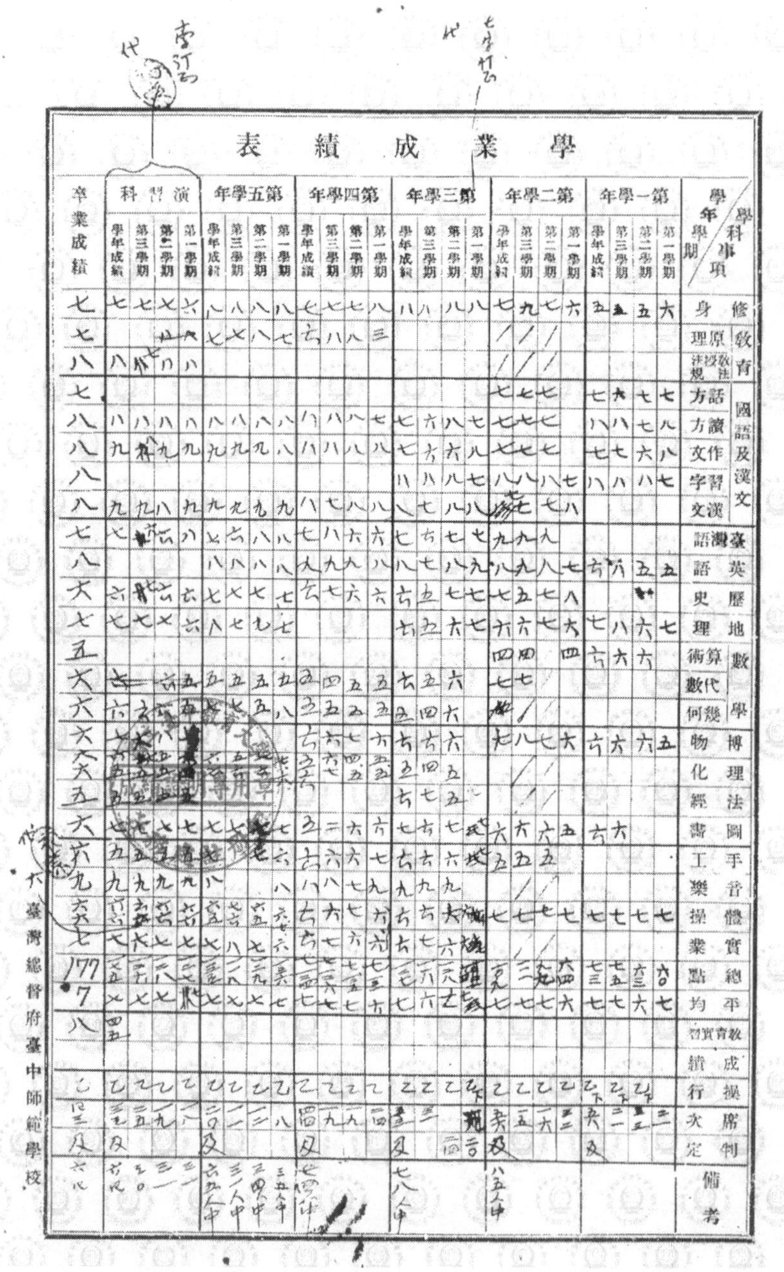

附圖二　翁鬧師範學校學業成績表

第四章
王白淵神祕詩學的建構：
以奧義書・泰戈爾・基督徒・二八水為論述範疇

摘要

　　人類文化史的發展，詩一開始便以神祇、儀式等神祕主義作為基本內容和基本形式，臺灣日制時代詩人王白淵即以蝴蝶從毛毛蟲蛻化、新生的意象，呼應基督教的復活觀，以印度《奧義書》的梵我合一、詩哲泰戈爾以詩服膺愛與神的真諦，結合自己出生地的神祕山水記憶，再加上基督徒不辭荊棘的實踐步履，建構他的神祕詩學，為臺灣神祕詩學推開一方瞭望的窗。本文藉奧義書、泰戈爾、基督徒、二八水，聚焦於王白淵的成長環境、宗教信仰，如何造就臺灣新詩壇極為罕見的神祕詩學。

關鍵詞：王白淵、荊棘之道、奧義書、二八水、神祕詩學

第一節　前言：雷鳥與蝴蝶的神祕隱喻

　　關於日制時期詩人王白淵（1902-1965）的研究，依其寫於一九四
五年的〈我的回憶錄〉所言：「想做臺灣的密列[1]的我，不但做不成，
竟不能滿足於美術，而從美術到文學，從文學到政治、社會科學去
了。」[2]大抵可以分為三大區塊，其一是美術才藝的傳習與批判，以
羅秀芝專書：《王白淵卷──臺灣美術評論全集》（臺北市：藝術家出
版社，1999）為其代表，論述王白淵最初的心願、藝術行旅與藝術評
論，[3]最基本的依據是王白淵的〈臺灣美術運動史〉。[4]其二是以一九三
二年王白淵等人組成的「東京臺灣人文化サークル」（東京臺灣人文
化圈）為基礎，次年一九三三年改組的「臺灣藝術研究會」及其機關
刊物《フォルモサ》（福爾摩沙）為研究對象，兼及同時代作家、社
團、意向、風格的探討，要以柳書琴（1969-）專著：《荊棘之道：臺
灣旅日青年的文學活動與文化抗爭》（臺北市：聯經出版事業公司，
2009）為權威，可以擴及到王白淵與謝春木（又名謝南光，筆名追
風，1902-1969）的中國之旅；[5]其三是以王白淵唯一著作《蕀の道》
（《荊棘之道》）為基底，[6]討論他的詩學成就，或以嗜美、耽美的抒

1　〔法〕密列（Jean-François Millet, 1814-1875），一般翻譯為「米勒」，法國寫實主義
　　田園畫家，以鄉村民俗入畫，畫作中流露出感人的人性，閩名於法國畫壇。

2　王白淵：〈我的回憶錄〉，陳才崑編譯：《王白淵‧荊棘的道路》下冊，彰化縣：彰
　　化縣立文化中心，1995，頁260。

3　羅秀芝：《王白淵卷──臺灣美術評論全集》，臺北市：藝術家出版社，1999。

4　王白淵：〈臺灣美術運動史〉，原載《臺北文物》第3卷第4期，1955年3月。後收入
　　陳才崑編譯：《王白淵‧荊棘的道路》下冊，頁298-383。

5　柳書琴：《荊棘之道：臺灣旅日青年的文學活動與文化抗爭》，臺北市：聯經出版事
　　業公司，2009。

6　王白淵：《蕀の道》，日本：久保庄書店，1931，目前全書收錄於河原功編：《臺灣
　　詩集》，日本：綠蔭書房，2003。中文翻譯本有二，陳才崑編譯：《王白淵‧荊棘的
　　道路》，彰化縣：彰化縣立文化中心，1995。莫渝編：《王白淵‧荊棘之道》，臺中

情傾向作為論述主軸，或從左翼文學觀點研究其人、其詩、其時的繫連，或從美術色彩學的角度研究光影變化所形成的光明與黑暗感，[7]此類篇章繁多，甚至於有兩篇碩士論文出現，[8]顯然還有極多的探索曲徑可以通幽，還有極大的思索空間可以迴旋。

以現代詩人最為講究的意象為例，王白淵《荊棘之道》最常用的兩組意象是雷鳥與蝴蝶，雷鳥這一組還包括小鳥、梟、山峰靈鳥等意象，有時還擴及應用風、太陽等天體，有人認為是為了讚美偉大的先行者與革命家，諸如甘地、泰戈爾等自由的心靈。[9]另一組是詩集中無所不在的「蝴蝶」，以「蝴蝶」為題的就有〈蝴蝶〉、〈蝴蝶對我私語〉、〈蝴蝶啊〉，全集六十六首詩中有二十處出現蝴蝶，他慣以蝴蝶

　　市：晨星出版有限公司，2008。本文譯本以陳才崑編譯：《王白淵‧荊棘的道路》為主，但中譯書名沿用《荊棘之道》。

7　趙天儀：〈臺灣新詩的出發——試論張我軍與王白淵的詩及其風格〉，封德屏主編：《臺灣現代詩史論》，臺北市：文訊雜誌社，1996。陳芳明：〈日據時期臺灣新詩遺產的重估〉，《左翼臺灣：殖民地文學運動史論》，臺北市：麥田出版社，1998。楊雅惠：〈詩畫互動的異境——從王白淵、水蔭萍詩看日治時期臺灣新詩美學與文化象徵的拓展〉，《臺灣詩學學刊》第1號，2003。莫渝：〈嗜美的詩人——王白淵論〉，《螢光與花束》，臺北縣：臺北縣文化局，2004。郭誌光：〈「真誠的純真」與「原魔」：王白淵反殖意識探微〉，《中外文學》第389期，2004。卓美華：〈現實的破繭與蝶舞的耽溺：王白淵其詩其人的矛盾與調和之美〉，《文學前瞻》第6期，2005。蕭蕭：〈八卦山：蘊藏多元的新詩能量——以賴和、翁鬧、曹開、王白淵透視新詩地理學〉，《土地哲學與彰化詩學》，臺中市：晨星出版有限公司，2007。蘇雅楨：〈論王白淵《蕀の道》的美學探索〉，《臺灣文學評論》第10卷第6期，2010。王文仁：〈詩畫互動下的個人生命與文化徵象：王白淵及其《荊棘之道》的跨藝術再現〉，《東華漢學》第12期，2010。李桂媚：〈黑暗有光——論王白淵新詩的黑白美學〉，明道大學：《王白淵逝世五十周年紀念學術研討會》論文集，2015。

8　高梅蘭：《王白淵作品及其譯本研究——以《蕀之道》為研究中心》，臺北市：臺北教育大學語文教育學系碩士班碩士論文，2006。李怡儒：《王白淵生平及其藝術活動》，嘉義縣：中正大學臺灣文學所碩士論文，2009。

9　柳書琴：《荊棘之道：臺灣旅日青年的文學活動與文化抗爭》，臺北市：聯經出版事業公司，2009，頁62。

比喻自己或真我，蝴蝶就是詩人，詩人的靈、詩人的心、詩人的魂。柳書琴認為：蝴蝶，是覺醒的臺灣青年，象徵殖民地的良心。[10]我則以為蝴蝶應該是生命蛻變、重生，靈魂翔飛、自在的具體象徵。

　　雷鳥與蝴蝶這兩組意象，對立來看，可以感受到一種神祕的氛圍。

　　先說蝴蝶。臺灣現代詩人中周夢蝶（周起述，1921-2014）也是善用蝴蝶以成詩的詩人，蕭蕭（蕭水順，1947-）曾以〈後現代視境下的「蝶道」與「詩路」〉論述周夢蝶：如何從古典的哲學氛圍中，穿過現代主義的情致與精緻，來到後現代的溫熱，如何從驚醒的、有形的「蘧蘧然周也」，翔飛出「栩栩然胡蝶也」開闊而自在的詩境。因而發現孤獨國境的蝴蝶，有著新詩革命中的古典堅持，在孤獨國內，蝴蝶與古典意象齊飛、蝴蝶與太陽爭光、蝴蝶與花比美、蝴蝶與濕冷空間相映襯；孤峰頂上的蝴蝶，則顯現現代主義下的自我清醒：蝴蝶是生與死對立又和諧的雙翅，蝴蝶是入夢大覺死而重生的象徵，蝴蝶是流變蟬蛻進入永恆的介面；近期的蝴蝶，世間翩飛，有著重生的喜悅，映現後現代的物我圓融，因此，眾生是另一種蝴蝶，凝神是另一種蝴蝶，開悟是另一種蝴蝶，蝶與周齊，蝶與萬物合的哲思，盎然漾起無限生意。[11]總歸為一句話，從「莊周夢蝶」以後，文學中的蝴蝶就是神祕的象徵，牠由生物界毛毛蟲的醜陋轉化為空中翔飛的蝶類，那是破繭蛹而出的「重生」、「新生」的生命觀；蝴蝶也可以是蝶翼華麗、能飛而輕盈，生命卻短暫的「及時」哲學觀的領悟觸發點；更可以有梁山伯、祝英臺等傳奇故事所衍生的「永恆」愛情觀。蝴蝶，因此具足了難於言說的神祕色彩。

　　再說雷鳥系列。在美洲原住民社會裡，雷鳥（Thunderbird）是傳

---

10 柳書琴：《荊棘之道：臺灣旅日青年的文學活動與文化抗爭》，頁66-67。
11 蕭蕭：〈後現代視境下的「蝶道」與「詩路」〉，《我夢周公周公夢蝶》，臺北市：萬卷樓圖書公司，2013，頁69-70。

說中一種巨大的神鳥，形似鷹隼，翅膀有如船槳，振翅高飛時，會有風雷伴生，亮麗的眼一張一翕，彷彿閃電，原住民的信仰裡雷鳥被當作是以巨鳥形象出現的雷雨、閃電的精靈，充滿神祕的色彩。至於梟、鴞、鷗鴞、貓頭鷹，是鴞形目（Strigiformes）的鳥，其下有一百三十多種，體型龐大，外觀強悍，肉食性動物，習慣夜行，因而增加了牠的神祕性。王白淵詩中喜歡用雷鳥、梟、靈鳥，都不是他的故鄉彰化地區習見的鳥，他所期望醞釀的或許不止於所謂先行者、革命家，也不是所謂覺醒的臺灣青年、殖民地良心。以雷鳥與蝴蝶的象徵屬性來看，以王白淵寫詩的時代（1925-1930）衡量，那是充滿想像的年紀，任心馳騁在奧秘天地裡的年歲，我們可以說，受到先前美術、美感的薰染，受到當時印度邁向獨立的衝擊，王白淵這短暫七年的詩的寫作，開啟了臺灣神祕詩學的小小窗口。

　　本文將以王白淵《荊棘之道》六十六首詩作作為探索的藤條，譯文以陳才崑（1949-）編譯：《王白淵‧荊棘的道路》（彰化縣：彰化縣立文化中心，1995）為主，但中譯書名沿用《荊棘之道》。全論藉《奧義書》作為神祕萌生之點，思考泰戈爾如何點化王白淵的哲思，以基督徒不辭荊棘的實踐步履，推敲詩人的堅持如何激生，以王白淵故鄉二八水的奔向所激發的童年空間、記憶，尋覓王白淵詩中所有神祕的可能，企圖建構王白淵神祕詩學。

第二節　《奧義書》：神祕文化的萌點

　　印度《奧義書》（Upaniṣad）應該是東方神祕文明的原發點。

　　《奧義書》的梵文原意是「坐近」，是師徒對坐時秘傳的教義，其數量不知凡幾，不同的作者、不同的教派都可能出現新的一部《奧義書》，祂們出現在西元前六世紀到五世紀之間，那是佛教尚未出現

的時代，所以沒有教義上的束縛、儀式上的限制，可以用純思維的方
式探討宇宙創世、人與神、人與自然的關係等哲學問題，因而形成了
成熟的哲學理論。如果將《奧義書》與原始佛教相比，除了時代早、
語言典雅之外，原始佛教的價值觀是建立在煩惱的解決，要幫助人們
解決生活上貪（愛欲無禁）、嗔（怨恚無忍）、痴（愚頑無明）的三
毒，根據《雜阿含經》（卷三十四）記載，佛陀有十四個問題是不回
答的，那就是「十四難」或「十四不可記」：（一）世間常，（二）世
間無常，（三）世間常亦無常，（四）世間非常非無常，（五）世間有
邊，（六）世間無邊，（七）世間亦有邊亦無邊，（八）世間非有邊非
無邊，（九）如來死後有，（十）如來死後無，（十一）如來死後亦有
亦非有，（十二）如來死後非有非非有，（十三）命身一，（十四）命
身異。相對的，這種形而上的哲學問題，卻是《奧義書》所要辯證
的。[12]《奧義書》就是在探尋這種生命哲學的神祕與奧義。

> 誠然，大梵之態有二：一有相者，一無相者；一有生滅者，一
> 無生滅者；一靜者，一動者；一真實者，一彼面者。
> 此皆有相者：凡異於風及異於空者皆是也。此為有生滅者，此
> 為靜者，此為真實者。而此有相者，有生滅者，靜者，真實
> 者，其元精即彼輝赫者也；蓋彼為真實者之元精。
> 至若無相者，即風與空。此為無生滅者，動者，彼面者也。而
> 此無相者，無生滅者，動者，彼面者，其元精即彼（太陽）元
> 輪中之神人；蓋彼為彼面者之元精。[13]

---

12 孫晶：《印度吠檀多哲學史》（上卷），〈第二章：正統派哲學的思想始源：奧義
　 書〉，北京市：中國社會科學出版社，2013，頁64-96。

13 徐梵澄譯：《五十奧義書·廣森林奧義》，北京市：中國社會科學出版社，1984，頁
　 557。

　　這是類近於中國《易經》的兩極論，有相者、有生滅者、靜者、真實者，屬陽；無相者、無生滅者、動者、彼面者，如風與空，屬陰。《奧義書》不避開這兩極共生的論述，萬物萬象中皆有「梵」的存在。

　　《奧義書》還喜歡應用相對的否定法去確認祂所要傳達的真諦，是以這種不斷否定、削去的方法體認本體，如「此即婆羅門所稱為不變滅者也！非粗，非細；非短，非長；非赤，非潤；無影，無暗；無風，無空；無著；無味，無臭；無眼，無耳；無語，無意；無熱力，無氣息；無口，無量；無內，無外；彼了無所食，亦無食彼者。」[14]若是，可以襯出「梵」的絕對、惟一、至高無上、萬物根源的地位。

　　《奧義書》（Upanisad），王白淵所撰寫的〈詩聖泰戈爾〉將祂音譯為《優婆尼沙土》，就在第三節「泰戈爾的藝術與哲學」中演繹極詳。

　　王白淵對《優婆尼沙土》的悟解有幾個要點：

　　其一，所謂理希（哲人），因其各方面皆已達最高的神界，故能常住和平，與一切合一，和宇宙生命同體。

　　其二，世上確實存在著能夠貫穿宇宙，貫穿時間的永劫意志。此一意志即是「梵」（Plama），當你承認萬物的背後存在著「梵」並且能夠感受到自己乃是這個意志的外化表現時，你才能得到真正的解脫。

　　其三，宇宙乃是一根本的統一體，個人和宇宙之間可以達成和諧。而一切皆靠「梵」來統攝，我們人必須回歸於「梵」，必須參透生命的奧底，以期實現個人和宇宙之間的和諧。此即人生最高的目的、永恆的喜樂。

　　其四，理解會使人聰明，愛可以撤除彼此的城牆。理解是部分，愛是整體。我們擁抱「梵」是依靠愛，僅僅理解「梵」，仍然無法與

14　徐梵澄譯：《五十奧義書‧廣森林奧義》，頁589-590。

「梵」合一，唯有愛「梵」，我們才能夠實現自己。

　　其五，於「梵」的光輝中滅卻自我！如是，你將會發現更大的自我。自我即物質，迷惑於物質之際，我們無法與「梵」合一。自我好比是油燈裡的油，油本身黑暗，不具意義，可是，一旦點燃，立即會發光，照耀四周。也就是說，油是光的原料，是為更高的目的之光而預備的。[15]

　　這五項引文，當然不可能涵蓋《奧義書》，但至少是王白淵所掌握的泰戈爾認知的印度《奧義書》的要旨，是我們藉以理解泰戈爾以及王白淵詩作的基底，例如《荊棘之道》的〈序詩〉中說：精靈的蝴蝶飛向彼方的地平線，是為了咱們共同的理想──撤除界標，[16] 不正呼應著「愛可以撤除彼此的城牆」。

　　以〈零〉這首詩來看王白淵的哲理思考：

　　　曲線玲瓏無懈可擊

　　　一身圓滿的你

　　　原子之小不及你

　　　萬乘以萬不成你

　　　雖然如此你孕育無限的數字

　　　是神還是魔法？

　　　是佛還是惡魔？

　　　無而非無

　　　量而無量

　　　數而非數──你的實體

---

15 王白淵：〈詩聖泰戈爾〉，陳才崑編譯：《王白淵‧荊棘的道路》上冊，頁142-166，
　　此五段引文見於頁150-160。
16 王白淵：〈序詩〉，陳才崑編譯：《王白淵‧荊棘的道路》上冊。

無大之大

無深之深的深淵啊！

老子放踵追逐你

釋尊入山想見你

愛人同志想追你

啊！不可知的驚異

——永遠的謎

繼續笑煞人類的無知

永遠地[17]

這首詩受到《奧義書》的啟發。

　　這首詩從「零」的形象開始發想，且處處呼應著「靈」的諧音。
試將以下這段話的主語，代入王白淵的「零」，或是《奧義書》的
「梵」，是不是都很順當？（零）、（梵）「是涵括一切業，一切欲，一
切香，一切味，涵括萬事萬物而無言，靜然以定者，是吾內心之性靈
者，大梵是也。而吾身蛻之後，將歸於彼（零）、（梵）焉。」[18]

　　繼續參研《奧義書》對「梵」的思索：「斯則吾內心之性靈也。
其小也，小於穀顆，小於麥粒，小於芥子，小於一黍，小於一黍中之
實。是吾內心之性靈也，其大，則大於地，大於空，大於天，大於凡
此一世界。」[19]王白淵寫出〈給春天〉這首詩：「禁不住陽光的誘惑／
埋沒在草叢裏／花開在我的胸膛舒暢無比／／佇足在悠閑的林蔭／忘
我於妙音中／小島卻消失在自然的胸脯／／看那大地飄浮的影子／正
欲追尋捕捉／蝴蝶卻沒入地平線的彼方／／花落在微風中／無我——

17　王白淵：〈零〉，陳才崑編譯：《王白淵‧荊棘的道路》上冊，頁10-11。
18　徐梵澄譯：《五十奧義書‧歌者奧義》，頁139。
19　徐梵澄譯：《五十奧義書‧歌者奧義》，頁139。

無汝／只有亙古自然起伏的聲音高亢」。[20]這首詩說的是相對而共存的真義，小於芥子的同時也可以大於空。如花，可能埋沒在草叢裡、也可以開在我心裡；我，可以忘我（在妙音中），也能忘記我以外的存在（讓小島消失在自然裡）；蝶，可以追尋（被動被追），卻也不易追尋（主動沒入地平線彼方）；花，可能無我、無汝、亦無色，卻也可能有聲、有氣而存有（亙古自然起伏的聲音高亢）。

這是王白淵「梵我合一」、「梵我一如」的深切體悟，《奧義書》神祕的悸動吧！

甚至於寤寐之間，生死之際，或者千年永劫的浩歎，花草鳥獸與我的轉化，都在王白淵的詩中婉轉不已：「雨絲靜靜地下——夜漆黑／冷風悄然入窗來／無光燈下兀坐闔眼遐思／思入往昔數千年／抑或徘徊漫步至永劫未來之鄉／變作花草田野繚亂／化作小鳥枝上啼囀／今宵回歸魂的故鄉／無喜無悲無生無死／到達無表現的歸路／啊！——／我是甦醒還是將要入眠？／抑或——因為外面漆黑／雨依稀靜靜地下」。[21]首尾一呼一應，都在漆黑、雨夜中，添增神祕。

王白淵的神祕是在《奧義書》的奧義裡開出神祕的詩的小花。

第三節　泰戈爾：哲思入神的核心

與其他日制時代詩人最不相同的地方，王白淵的詩文學不直接碰撞日本殖民政權，不直接以臺灣現實激發臺灣人抗日意識，他轉了一個大彎，以兩篇紮實的論文〈甘地與印度的獨立運動〉、〈詩聖泰戈爾〉暗示臺灣人奮鬥的方向，他從印度文化去側擊日本帝國主義之非，從中國國民革命運動去瓦解霸權思想之誤。王白淵在日制時代以

---

20 王白淵：〈零〉，陳才崑編譯：《王白淵・荊棘的道路》上冊，頁68-69。
21 王白淵：〈無表現的歸路〉，陳才崑編譯：《王白淵・荊棘的道路》上冊，頁106-107。

心儀印度文明的文化高度，溫和批判日本軍閥的施政方向，確實是獨樹一幟的臺灣菁英。

　　印度聖雄甘地（Mohandas Karamchand Gandhi, 1869-1948）是王白淵內心欽服的人物，甘地出生於印度西部，出生時印度已淪為英國殖民地（始自1858，終於1947），甘地十九歲赴英國留學，在倫敦大學攻讀法律，畢業後被派遣至南非工作，一八九三年目睹在南非的印度族人權利受到侵奪，真實感受到被殖民者的不同待遇，開始他「反對種族歧視」，追求印度獨立的一生志業，正如《我對真理的實驗·甘地自傳》所述，甘地確信：「真理」有著難以形容的光彩，比我們每日所見到的太陽更耀眼百萬倍。「雖說我見到的只是這耀眼光彩中最微弱的一環，我依然可以充滿自信地說：我的人生體驗告訴我，如果想見到真理的全貌，唯有完全落實『非暴力』才可行。」[22]甘地從一八九三年開始的獨立革命運動，要到一九四七年才成功，這漫長的五十五年的抗爭，甘地全程以非暴力不合作運動（Satyagraha Movement）為其準則，「他節衣縮食，禁慾茹素，自立更生，以非暴力與消極抵抗推展反殖民運動，無非要避免衝突，減少傷亡，消弭仇恨，為印度的獨立與復興留下希望的生機。」[23]這種信念、精神與毅力，為王白淵所景仰，所以在一九三〇年印度尚未獨立，甘地仍在絕望中掙扎時，他寫下他的頌讚：〈甘地與印度的獨立運動〉，全文長達兩萬四千字，他悲憫「支那四億民眾於列強帝國主義政策下遭受踐踏；印度三億人民在英吉利帝國主義的蹂躪下瘦如枯藁；散居南洋、南美、非洲

22　〔印度〕甘地（M. K. Gandhi）著，王敏雯譯：*The Story of My Experiments with Truth: An Autobiography By M. K. Gandhi*《我對真理的實驗·甘地自傳》，臺北市：遠流出版事業股份有限公司，2014，頁475。

23　李有成：《在甘地銅像前：我的倫敦札記》，臺北市：允晨文化實業股份有限公司，2008，頁146。

的有色人種，在暴虐的白人壓制下過著悲慘的生活，這是何等的悲劇啊！」他點明「被剝奪主權的印度，形同一隻被切除大腦的青蛙，縱使想要跳躍任何的高度，到頭來也只是不協調的運動。」他強調「再頑強的東西，遇到愛之火也會溶化。如果不溶化，那是火勢不夠強之故。」[24] 這種以愛去溶化階級、種族所造成的仇恨、不平等，懸之高遠的理想，類近於無產階級的革命目的，卻又不同於無產階級革命。

　　印度有「聖雄」甘地名聞世界之外，還有一九一三年以《吉檀迦利》獲得諾貝爾文學獎的第一位亞洲人──「詩哲」泰戈爾（Rabindranath Tagore, 1861-1941）也在同一個時候影響了中國、日本與臺灣的詩學發展，影響了王白淵。

　　雖然在〈甘地與印度的獨立運動〉文中，王白淵說泰戈爾是一隻幸福的小鳥，站在永劫的廢墟上歡欣歌唱，說他是從永恆的立場看待事物，肯定一切。但現實的印度卻是一群無力的、連飛翔的欲望也沒有的飛鳥，他不認為泰戈爾的詩歌能夠緩和飢餓者的痛苦。[25]但早在一九二七年王白淵已寫下〈詩聖泰戈爾〉的專文，認為：印度政治運動開始活躍，以甘地為代表，思想上呈現復興的曙光，則以泰戈爾為代表，因為這兩位聖哲，印度有如一隻配有巨大雙翼的鯤鵬，振翅而起，直上雲霄。[26]在這篇論文中，王白淵暢談泰戈爾的藝術與哲學，說亞洲的聖賢總是帶有虐待生命的傾向，泰戈爾的藝術與哲學則是最佳意義的生命讚嘆，他的藝術乃是開在哲學上端的花朵，他的哲學則是他的藝術的根柢，他是一位站立在深邃直觀之上的詩人哲學家。[27]

---

24 王白淵：〈甘地與印度的獨立運動〉，陳才崑編譯：《王白淵・荊棘的道路》上冊，頁168-209。

25 王白淵：〈甘地與印度的獨立運動〉，陳才崑編譯：《王白淵・荊棘的道路》上冊，頁198-199。

26 王白淵：〈詩聖泰戈爾〉，陳才崑編譯：《王白淵・荊棘的道路》上冊，頁146。

27 王白淵：〈詩聖泰戈爾〉，陳才崑編譯：《王白淵・荊棘的道路》上冊，頁150。

　　論者認為王白淵在〈詩聖泰戈爾〉與〈甘地與印度的獨立運動〉兩篇論文中，企圖將西方的反現代批評與印度思想家的東方文明論結合，用來證明他的「亞細亞復興」論點。說他的批評方式是將「脫亞入歐」的日本，當作西歐文明的附驥者，把日本在「西歐文明／東方文明」論述中的位置加以修改，也就是把日本以符號化的方式從它原屬的東方文明空間中移除，藉此生產對日本帝國主義者的批判效應。[28]確實，王白淵在這兩篇論文中故意漠視日本文化的存在，冷眼看待殖民霸權的威勢，反而高舉印度文明，推崇不合作主義棉裡藏針的勁道，但我們覺得更正確的解讀應該是王白淵心中對神祕詩學的嚮往。

　　泰戈爾一八六一年出生於印度加爾各答，出身書香家庭，名門望族，與甘地一樣曾赴英國攻讀法律，一九〇五年開始投身印度民族解放運動、反殖民主義的神聖戰鬥，一九一二年出國赴歐、美講學，在英國印度學會出版詩集《吉檀迦利》（*Gitanjali*），第二年以此書獲得諾貝爾文學獎。一九二四年四月首次訪問中國，徐志摩（1897-1931）、冰心（1900-1999）的詩創作深受影響，尤其是冰心的小詩寫作應該直接受到《漂鳥集》（*Stray Birds*）本質性的啟發。一九二四年六月、一九二五年一月、一九二九年七月，泰戈爾三度訪問日本，留日的臺灣詩人王白淵在一九二七年以日文寫下〈詩聖泰戈爾〉，日人川端康成（Kawabatayasunali, 1899-1972）新感覺派小說寫作也受到啟發，他是繼泰戈爾之後於一九六八年獲得諾貝爾文學獎的得主。連遠在臺灣不曾出國的臺灣詩人楊華（1906-1936）小詩都受到激盪。[29]

28　柳書琴：《荊棘之道：臺灣旅日青年的文學活動與文化抗爭》，頁112。

29　楊華（楊顯達，1906-1936），屏東詩人，任教私塾，受五四文化運動啟迪，一生堅持用漢文寫作，對生活在底層的苦難同胞懷有同情之心，作品充滿控訴精神，一九二六年開始創作，發表《一個勞動者的死》和《薄命》兩篇小說，其詩短小精悍，

　　英文版《吉檀迦利》（*Gitanjali*），泰戈爾收入一〇三首抒情小詩，與孟加拉語原著的一四七首不同，抽離歌頌愛國主義、抨擊種姓制度的詩作，突出宗教神祕性，因而獲得異文化者的欣賞。在臺灣，因為 Gitanjali 這個孟加拉詞語是由 Gita（歌）和 Anjali（獻）合成，所以一向翻譯為《頌歌集》。[30]臺灣最早翻譯泰戈爾詩集的糜文開教授（1908-1983）認為：「《頌歌集》裡充滿著許多微妙的神祕的詩篇，他讚美上帝的各種手法和姿態，尤為高超而奇特，讀之令人油然神往。」[31]也有學者指出：「《頌歌集》充分表現作者謙沖、寬大的胸懷，泰戈爾希望自己滌淨虛榮、傲慢、卑鄙之心，渴望達到神的境界。泰翁心中的神，是宇宙的原始存在，這個無限的精神無所不在、沒有行跡，它存在於有限的萬物之上。」[32]這裡所敘述的「宇宙的原始存在」、「無限的精神」、「無所不在、沒有行跡」，是宗教界的「上帝」、「神」，卻也可以是老子書中的「道」：「有物混成，先天地生。寂兮寥兮，獨立而不改，周行而不殆，可以為天下母。吾不知其名，強字之曰道，強為之名曰大。」（《老子》第25章）。

　　關於《吉檀迦利》（《頌歌集》）的結構，研究者認為宛如一部交響樂，完整而精巧，四個具有分主題的樂章圍繞著神人合一（或曰梵

富於情思，著有《黑潮集》、《心弦》、《晨光集》等二百餘首詩，可以看到泰戈爾、冰心、梁宗岱詩作的形式影響。楊華著作可參考以下書籍，楊華著：《黑潮集》，臺北市：桂冠圖書公司，2001。羊子喬編：《楊華作品集》，高雄市：春暉出版社，2007。楊順明：〈黑潮輓歌楊華及其作品研究〉，臺北市：臺灣師範大學臺灣文化暨語言文學研究所碩士論文，2006。

30 〔印度〕泰戈爾著，糜文開主譯：《泰戈爾詩集·頌歌集》，臺北市：三民書局，1963（初版），2003（重印二版一刷），頁219-287。泰戈爾著，梁祥美譯：《頌歌集》（*Gitanjali*），臺北市：志文出版社，2009。

31 〔印度〕泰戈爾著，糜文開主譯：《泰戈爾詩集·頌歌集》，頁284。

32 〔印度〕泰戈爾著，梁祥美譯：《頌歌集》（*Gitanjali*），臺北市：志文出版社，2009，頁10。

我合一）的主旋律，表現出豐富多彩、變化無窮的思想和感情。[33]

　　引《吉檀迦利》第二首為例：

> 當你命令我歌唱的時候，我的心似乎要因著驕傲而炸裂；我仰望著你的臉，眼淚湧上我的眶裡。
>
> 我生命中一切的凝澀與矛盾融化成一片甜柔的諧音──我的讚頌像一隻歡樂的鳥，振翼飛越海洋。
>
> 我知道你歡喜我的歌唱。我知道只因為我是個歌者，才能走到你的面前。
>
> 我用我的歌曲的遠伸的翅梢，觸到了你的雙腳，那是我從來不敢想望觸到的。
>
> 在歌唱中的陶醉，我忘了自己，你本是我的主人，我卻稱你為朋友。（冰心譯）

這首詩表現了泰戈爾內心對「神」的虔敬（我的心似乎要因著驕傲而炸裂／我用我的歌曲的遠伸的翅梢，觸到了你的雙腳），面對「神」的歡欣（我生命中一切的凝澀與矛盾融化成一片甜柔的諧音）；在神人觀上，泰戈爾繼承印度古老經典《奧義書》梵我合一的思想，這首詩正體現了泰戈爾「愛是神的實質」的內涵，展現了《吉檀迦利》的基本要義。[34]

　　一直到《吉檀迦利》最後第一〇三首，詩人一直以合十膜拜的虔敬態度面對神，全身全心匍匐在神的腳前：

33　尹錫南：《發現泰戈爾──影響世界的東方詩哲》，臺北市：圓神出版社有限公司，2005，頁54-55。

34　尹錫南：《發現泰戈爾──影響世界的東方詩哲》，頁55-56。

在我向你合十膜拜之中，我的上帝，讓我一切的感知都舒展在
你的腳下，接觸這個世界。

像七月的濕雲，帶著未落的雨點沉沉下垂，在我向你合十膜拜
之中，讓我的全副心靈在你的門前俯伏。

讓我所有的詩歌，聚集起不同的調子，在我向你合十膜拜之
中，成為一股洪流，傾注入靜寂的大海。

像一群思鄉的鶴鳥，日夜飛向它們的山巢，在我向你合十膜拜
之中，讓我全部的生命，啟程回到它永久的家鄉。（冰心譯）

在這首詩中，泰戈爾以七月的濕雲，帶著未落雨點那種飽實的感覺，
沉沉下垂的樣子，寫出內心滿滿的虔誠、信服。以自己所有的愛所凝
結而成的詩篇，像水滴匯聚成河、眾河匯聚成洪流，終極歸趨，傾注
入海，象徵著信、望、愛、神，完全、完整的匯聚。以思鄉的鶴鳥，
歸巢的急切，帶出人類心靈渴望回歸永恆家園的濃烈，「梵我合一」
的理想境界，至此完美達成。所謂「七月的濕雲」、「詩歌的調子」、
「靜寂的大海」、「思鄉的鶴鳥」等等，竟是充滿神祕的意象，遠非現
實主義詩人擷拾周遭事物所能企望。

　　王白淵的〈天性汪洋〉也有相類近的發揮，他將抽象的天性視為
真實的海，汪洋可以波動的本質有似一張薄薄的皮，但汪洋水面下所
含藏的則是神不可測的未知，有如神的妙品：「啊！永遠神祕的天性
汪洋／一壓即破的薄皮／你包藏何等無數的神祕／不論光明造訪或是
黑暗來臨／你都悠然自得彬彬有禮／呈現深不見底的碧綠／熱情的波
濤送予風來襲／任昆蟲招引靜靜的漣漪／賦給生命力量和安謐／不可
思議啊！天性的汪洋／噢！永遠神祕的天性汪洋／神最後的妙品」。[35]

---

35 王白淵：〈天性汪洋〉，陳才崑編譯：《王白淵‧荊棘的道路》上冊，頁18-19。

天性如海洋，而海洋是神的妙品，因為海洋神祕無比。天性神性，即心即理，王白淵如此書寫永遠神祕的天性、汪洋！

　　或者，落實為〈島上的少女〉，現實性的書寫，也釀造著神祕的氣息：

> 霧裏躊躇的島上少女
> 宛若微風中搖曳的柳枝
> 輕盈的腳步
> 空氣中擺動的垂袂
> 裏藏青春的香氣
> 看不見悲傷的木屐聲
> 彷彿情感的悸動
> 消失在神祕的彼方
> 柳條也似纖弱的倩影
> 如同槿花般的溫柔
> 點綴海島櫻花的蓓蕾
> 苞含年少的矜持
> 像黑暗中耀眼的鑽石
> 萌芽自遠古的世界[36]

他將臺灣島上的少女，加上「躊躇」，放進「霧裏」，自然形成某種神祕感，所以可以「宛若微風中搖曳的柳枝」，再依此推進為「柳條也似纖弱的倩影／如同槿花般的溫柔」，若此又織進了神祕的花的溫柔。在此之前，寫輕盈的腳步、飄動的衣袂，王白淵以香氣拂過帶出

36　王白淵：〈島上的少女〉，陳才崑編譯：《王白淵‧荊棘的道路》上冊，頁54-55。

心神的震動；寫悲傷，以木屐聲落實，彷彿可以聽到「奇巧奇巧」的悲傷感，卻又拉向遠方「彷彿情感的悸動／消失在神祕的彼方」，增加不少神祕的氛圍。最後的兩句，又拉向遠古，從遠古的世界寫其萌芽，在霧裡，時間之軸拉得相當廣長，島的空間感也就延伸到神祕之域了。日制時代其他島上詩人都不曾以這種情態觸及島上少女，專屬於王白淵的神祕詩學，或許有著泰戈爾的《吉檀迦利》對神、對道、對大自然至高無上的生存原則之崇敬。

第四節　基督徒：不避荊棘的腳步

甘地在《我對真理的實驗‧甘地自傳》的第二部第十五章「宗教熱情」中，說自己面對基督徒朋友的熱情鼓吹，依然找不到理由改變他的宗教信仰，但他承認「我選擇的道路不如基督徒朋友所願，但我終生感激他們喚醒我內心對宗教思想的追求，也將永遠珍惜和他們相處的回憶。」[37]儘管甘地未曾接納基督信仰，但說不定他對「真理的實驗」的這本自傳，喚醒了王白淵「內心對宗教思想的追求」。雖然我們沒有直接證據驗證這點推論，但他有一首詩〈真理的家鄉〉，以船夫與客人的問答，傳達神會守護我們的信息，「在此風暴中／不要在乎逆捲怒濤／客人啊！／才能到達真理的家鄉」。[38]認識耶穌，就是到達「真理」的家鄉，王白淵這一觀點或許也有回應甘地「真理的實驗」的潛在意涵。

《荊棘之道》書中，至少有〈生命之谷〉、〈生命之道〉、〈夜〉、〈真理的家鄉〉、〈仰慕基督〉五首詩，很清楚地應用《聖經》裡的基

---

37 〔印度〕甘地（M. K. Gandhi）著，王敏雯譯：《我對真理的實驗‧甘地自傳》，頁135-138。

38 王白淵：〈真理的家鄉〉，陳才崑編譯：《王白淵‧荊棘的道路》上冊，頁100-101。

督教義演繹他的哲理，內化於詩中的無形基督教義，潛藏於詩中的聖經寶訓，或許還可專文開發更多的真理的力量。就日制時代臺灣詩人而言，民間信仰、佛道思想是庶民生活的日常制約，王白淵突破這樣的禁忌，也可以視為「神祕詩學」的一股重要清流。

　　王白淵的唯一詩集以《荊棘之道》命名，集中有〈生命之谷〉、〈生命之道〉二詩，前者出現三次荊棘，後者出現生命的十字路口如何抉擇那通往永恆之鄉的道路，都值得我們以基督教義思考《荊棘之道》的命名涵義應該就是充滿荊棘的「生命之道」。

　　〈生命之谷〉詩之前段：「生命之谷黑深，深不可測／兩岸荊棘張刺嚴陣以待／屏息窺伺底部，微微可見的底部／驚異瓊漿般的靈泉在竊竊私語／沒有冒險體會不出生命的奧義」，詩之後段：「噢！奇異的生命之谷／你的荊棘固然可懼／但流貫黑暗的你的靈泉令人無限著迷」。[39]詩之意旨很顯豁：沒有冒險體會不出生命的奧義。但荊棘與靈泉的相對意象值得讀者思考。另一首〈生命之道〉的空間設計，依然是：如劍的愛之森林、廣袤的荒漠、漫漫無止盡的小路、如劍的冰山、永刼的銀色光芒。[40]這兩首詩都在敘說生命奧義的追求，荊棘或仿荊棘的意象（如劍的森林，如劍的冰山、永刼的光芒之射出）一直阻在道途上，「荊棘」是一個值得思考的意象。

　　《聖經》最早出現「荊棘」的是舊約的〈創世紀〉：「（耶和華神）又對亞當說：你既聽從妻子的話，吃了我所吩咐你不可吃的那樹上的果子，地必為你的緣故受咒詛；你必終生勞苦才能從地裏得吃的。地必給你長出荊棘和蒺藜來；你也要吃田間的菜蔬。你必流汗滿面才能糊口，直到你歸了土，因為你是從土而出的。你本是塵土，仍

---

39 王白淵：〈生命之谷〉，陳才崑編譯：《王白淵‧荊棘的道路》上冊，頁6-7。
40 王白淵：〈生命之道〉，陳才崑編譯：《王白淵‧荊棘的道路》上冊，頁14-15。

要歸於塵土。」（〈創世紀〉第三章18-19節）這「荊棘」是原罪的象徵，生命不可免的艱巨、苦難、險惡，甚至於可能是詛咒。王白淵的詩集取名《荊棘之道》，其生命之旅的空間設計採用「荊棘」，最初的寄託應該取義於此。在《聖經》中荊棘的象徵義，包括神的詛咒、懲罰、社會中的暴民、假仙知、懶惰的人、受苦遭害等等，但耶穌仍選擇住居荊棘之上，與子民同苦。

　　《新約全書》另有三處記載耶穌被釘十字架前遭士兵戲弄，戴上「荊棘冠」，三處文字或詳或略，大同小異，依《聖經》編輯秩序，最初出現的是〈馬太福音〉第二十七章27-31節，〈馬可福音〉第十五章16-20節，最詳實的是〈約翰福音〉第十九章1-6節：

　　　　當下彼拉多將耶穌鞭打了。兵丁用荊棘編做冠冕、戴在他頭上、給他穿上紫袍．又挨近他說、「恭喜猶太人的王啊．」他們就用手掌打他。彼拉多又出來對眾人說、「我帶他出來見你們、叫你們知道我查不出他有什麼罪來。」耶穌出來、戴著荊棘冠冕、穿著紫袍。彼拉多對他們說、「你們看，這個人。」祭司長和差役看見他、就喊著說、「釘他十字架、釘他十字架。」彼拉多說、「你們自己把他釘十字架罷、我查不出他有什麼罪來。」（《新約全書．約翰福音》十九章1-6節）

若是，王白淵的《荊棘之道》，就有著效法主耶穌為道犧牲的精神，則此「道」之義未必只是「道路」的通俗觀，應該有著追尋基督「真理」、「生命」充滿荊棘的高深意涵。

　　荊棘之義，基督徒喜歡引用的還有《舊約全書．出埃及記》：

　　　　摩西牧養他岳父米甸祭司葉忒羅的羊群、一日領羊群往野外

去、到了　神的山、就是何烈山。耶和華的使者從荊棘裡火焰
中向摩西顯現．摩西觀看、不料、荊棘被火燒著、卻沒有燒
燬。摩西說、我要過去看這大異象、這荊棘為何沒有燒壞呢。
耶和華　神見他過去要看、就從荊棘裡呼叫說、摩西、摩西．
他說、我在這裡。　神說、不要近前來、當把你腳上的鞋脫下
來、因為你所站之地是聖地．又說、我是你父親的　神、是亞
伯拉罕的　神、以撒的　神、雅各的　神。摩西蒙上臉、因為
怕看　神。耶和華說、我的百姓在埃及所受的困苦、我實在看
見了．他們因受督工的轄制所發的哀聲、我也聽見了．我原知
道他們的痛苦。（《舊約全書・出埃及記》第三章1-7節）

耶和華看見了百姓所受的困苦，聽見了他們所發的哀聲，他從荊棘
裡、火焰中向摩西顯現異象，「荊棘被火燒著、卻沒有燒燬」，此一高
階的象徵義，更該是王白淵詩集取義所在。今日臺灣基督長老教會所
屬「二水教會」（彰化縣二水鄉拜堂巷二號，成立於一八九七年），也
是王白淵生前出入的教會，其正面壁上即以「荊棘」作為教會標誌。

　　「耶穌說、我就是道路、真理、生命．若不藉著我、沒有人能到
父那裏去。」（《新約全書・約翰福音》第十四章六節）《荊棘之道》
的「道」字顯然有著「道路、真理、生命」的信仰與決志，而「荊
棘」取義所在，可以從以上敘論獲得三個層次的深度內涵。是以，
《荊棘之道》的書名定義，隱含著極為深刻的基督精神與基督精義。

　　至於《荊棘之道》生命之旅的詩間設計，王白淵選擇〈夜〉，「當
萬物自夢的國度急急趕上歸途／黑夜裡盛開的天空之花枯萎／今世之
心星遂放出了光輝／噢！黑夜的復活呵！／世界與人生的復活呵！／

應該迎接赫赫的朝陽底黑夜在沈默中沈思」。[41]從黑夜到天光，那是漫長的等待，王白淵加入基督教「復活」的涵義在其中，那就無所畏懼了！《聖經》上說：「你所種的，若不死就不能生。」（〈哥林多前書〉第十五章三十六節）對於復活、新生，抱有極大的信心：「所種的是必朽壞的，復活的是不朽壞的；所種的是羞辱的，復活的是榮耀的；所種的是軟弱的，復活的是強壯的；所種的是血氣的身體，復活的是靈性的身體。若有血氣的身體，也必有靈性的身體。」（〈哥林多前書〉第十五章42-44節）踏入荊棘之道，走過死亡蔭谷，是復活之路的必經災厄，復活就是要從血氣的身體轉而為有靈性的身體，這是基督教義的生存鼓舞之力。

基督崇拜裡，一切交給主，是最大的仰望與信靠。在〈仰慕基督〉詩中，可以看出作為基督徒的王白淵凡常日子裡的信望愛：「漫步春的原野／口中低吟山上垂訓」。寶山聖訓記載於〈馬太福音〉第五章到第七章，短短的一兩節就是一則銘言警句，詩中暗用的那一節詩，原是〈馬太福音〉第六章28-29節：「何必為衣裳憂慮呢？你想野地裏的百合花怎麼長起來；它也不勞苦，也不紡線。然而我告訴你們，就是所羅門極榮華的時候，他所穿戴的，還不如這花一朵呢！」但在〈仰慕基督〉詩中，王白淵將這則聖訓交託給「野外雜草」去低語，甚至於在野草低語之後自己增添一段啼鳥的回話：

　　一切皆逝──唯藝術留存

　　藝術亦逝──唯愛留存

　　愛亦逝──唯生命留存

　　萬物皆逝──唯時光靜默無語啊！

---

41 王白淵：〈夜〉，陳才崑編譯：《王白淵・荊棘的道路》上冊，頁44-45。

這四句對話是自己的悟得，所以其後加上「汝等喧囂的池中之蛙」[42] 用以自嘲，藉以降低化用《聖經》的嚴肅性。這時的王白淵不是謹飭的信徒，而是內化聖經，活化教義，虛實對談，似假若真，在聖訓與藝術之間游刃有餘的詩人。

第五節　二八水：濁水原鄉的奔向

詩人以《聖經》寶訓做為自己心靈的原鄉、生命的靈泉。但王白淵真正生活的家鄉卻是彰化八卦山南端，二水鄉惠民村山腳路西側，滾滾濁水溪日夜激盪在村子的南方，這是一個有著奇山異水的所在，足以培育神妙的藝術心靈。

地質學家認為臺灣島的形成就是從第三紀起直到現在仍在活動的造山運動見證。所謂第三紀（Tertiary Period）是指地質時代中生代（Mesozoic Era）到新生代（Cenozoic Era）之間那個漫長的時段，大約從六千五百萬年前開始，到二百五十萬年前。臺灣位於歐亞大陸板塊與菲律賓板塊交界處，菲律賓板塊每年以八點七公分的速度，由東南向西北擠向歐亞大陸板塊，經過四百萬年的擠撞作用，終於形成臺灣南北走向的山脈。最早形成的是脊椎骨的中央山脈，接著是玉山山脈、雪山山脈、阿里山山脈、海岸山脈，最晚形成的是大肚山脈、八卦山脈。[43] 八卦山脈顯然是臺灣最年輕的山脈群，自然保有年輕變動的活力，雖然山丘不高、塹谷不深，卻有豐富的地形、地貌，族群繁多的林木，引人遐想。

造山運動中年輕的八卦山臺地，地勢南高北低，可以下瞰從濁水溪到大肚溪形成的開闊沖積扇平原。二水地區東北面的丘陵就是八卦

---

42 王白淵：〈仰慕基督〉，陳才崑編譯：《王白淵・荊棘的道路》上冊，頁114-115。
43 盧太福、黃愛：《八卦山脈的演化》，彰化縣：彰化縣立文化中心，1996，頁9。

山最高的所在，可達四四三公尺，臨溪所向，處處懸崖，從此往北高度逐漸遞減，全線平均高度約在二〇〇至四三〇公尺之間，抵彰化市時海拔只有一百公尺左右。臺地南北總長度約為三十三公里，東西寬度約在四至十公里左右，南寬，北窄，以植物形象為喻，形如大瓠瓜，瓜蒂在芬園鄉，八卦山北緣，二水是臀腹豐美，可以坐正的部位。八卦山臺地南北縱走，許多坑谷向東西延伸，形成瘦脊稜線，東側山麓（南投方向）臺地坡度較為緩和，西側山麓（面向彰化平原）落差大，往往形成斷崖、縱谷形勢，從空中俯瞰，整座八卦山臺地，以動物形象為喻，又像一隻多腳蜈蚣，腳長的地方是二水，蜈蚣的頭向著北方。[44]依據這樣的敘述，王白淵的故鄉二水，是八卦山臺地最高、山林最寬，險峻懸崖分布最多的丘陵，王白淵老家惠民村所屬山腳路段，其東即是有名的「松柏坑」（豐柏廣場），攀爬陡度極大的山丘之後是南投縣名間鄉的「松柏嶺」，「松柏坑」、「松柏嶺」之別，不只是古地名、今地名之分，而是昂首與俯瞰所處位置的不同，嶺坑之間現在是臺灣野生獼猴保育區域，以山勢而言，二水是彰化縣最為神祕的丘陵地、山林區。

　　再看水勢，野性難馴的濁水溪整整環繞二水鄉東南側，為人所馴服的八堡圳引水灌溉水田，橫貫全鄉。此地原名「二八水」，根據《二水鄉志》記載，「二八水」庄，在「乾隆年間臺灣番界圖」（1760）已見註記，清乾隆二十九年（1764）《續修臺灣府志》，記錄濁水溪沿岸有「二八水渡」，其後《彰化縣誌》（道光版）第二卷〈規制志〉「東螺東西保各庄名」有「二八水」庄，[45]「津」項下有「二八

---

44 吳成偉：《八卦山臺地傳統聚落與人文產業》，彰化縣：彰化縣文化局，2003，頁23-24。

45 周璽撰：《彰化縣誌》（道光版），彰化縣：彰化縣文獻委員會編纂組校訂，彰化縣文獻委員會發行，1969（初版），1993（再版），頁148。

水渡」（註曰：一名香椽渡，二八水與沙連往來通津），[46]「陂圳」項下有「二八水圳」（註曰：在東螺保，橫亙施厝圳、十五庄圳中）。[47]可見清乾隆時代，二八水庄、二八水渡、二八水圳，已是當時的習稱，理論上，先有二八水庄的庄名，才有二八水渡、二八水圳的渡名、圳名。地方文史工作者有就地形、水勢而論，認為濁水溪是由濁水溪和清水溪二條水流會合而成，其下又分為東螺溪、西螺溪匯入臺灣海峽，一合、一分，都呈或正或反「八」字形，所以稱為「二八水」。[48]也有文史工作者就「八」字的發音去思考的，認為明鄭時期從林杞埔（今竹山）到二水，必須渡過清水、濁水兩條溪，所以會說過「二幅（Pak）水」，音訛誤而為「二八（Pat）水」；此地又是清水、濁水兩溪會合之處，稱作「二合（Kap）水」，同樣音訛誤為「二八（Pat）水」。[49]此說甚為有理，先是清、濁「二幅（Pak）水」，後是清、濁「二合（Kap）水」，訛讀為「二八（Pat）水」，最有可能，因為地名的確定原理，幾乎都是先呼其音，再尋其字。

其實單就清、濁二水的會合，有如涇渭分明的地理景觀，就頗有文學神祕想像的空間，何以先清後濁？何以清水、濁水可分可合？地質學家會有合理的解說，年少的心靈未嘗不可以海闊天空去馳騁。何況，從王白淵的溪到謝春木的海，這兩位青少年的交誼不就奠立在臺北城市裡師範學院的學術殿堂與溪海故鄉壯闊山水的沖激之間？

所以，二水山勢、水勢的神祕詭奇，陶冶王白淵的性靈，縱任王白淵的想像，聚合在王白淵的詩篇裡。

---

46 周璽撰：《彰化縣誌》（道光版），頁154。

47 周璽撰：《彰化縣誌》（道光版），頁157。

48 賴宗寶：《好山・好水・好二水》，彰化縣：財團法人彰化縣賴許柔文教基金會，2001，頁19-24。周宗賢總編纂：《二水鄉志》，彰化縣：二水鄉公所，2002，頁173-175。

49 陳國典：〈二水地名的由來〉，《彰化人》第23、24期，1993。

　　例如以〈四季〉為名的詩，很有秩序的分寫春夏秋冬、晨午昏夜，但在形象的應用上，炊煙、雜草、小樹蔭、龍眼林、蝴蝶、樹葉，都是二水農村習見的景物，但在王白淵互文式的意象對映下，虛實交錯，產生美妙的、神奇的心靈悸動，如：昇起的炊煙／飄逸的光芒，灑落的水銀／樹蔭的滴水，飛逝的蝴蝶／仰慕大地的樹葉，不可思議的月亮／農村的燈火，喻體與喻依，相互錯身、對位，再加上特殊的形容詞，如「飄逸的」光芒、「不可思議的」月亮，平實的夜景就增添了神祕的光影。

　　　　昇起的炊煙──
　　　　不──是飄逸的光芒
　　　　爭妍的田野雜草
　　　　噢！是春天的早晨

　　　　灑落的水銀──
　　　　不──是小樹蔭的滴水
　　　　茂盛的龍眼林
　　　　噢！是夏日的白天

　　　　飛逝的蝴蝶──
　　　　不──是仰慕大地的樹葉
　　　　掠空無言的飛鳥
　　　　噢！是秋天的黃昏

　　　　照耀地面不可思議的月亮──
　　　　不──是霧中農村的燈火

　　隨風搖曳堤岸的枯木

　　噢！是冬天的深夜[50]

　　相近的鋪排，隨手造就的神祕，也在〈無題〉詩中顯現，如將
「飄零的落葉」與「陌生人的心聲」相繫，說「片羽不飛的蒼穹」是
「神無表現的藝術」，「路旁綻放無名花」也是「生命的珍貴」。[51] 這
種似晨又似黃昏之際的故鄉村郊之景，王白淵也就近取譬，但當他以
中央山脈、濁水溪為喻時，說的卻是「中央山脈比夢還淡／濁水溪流
貫永遠」。[52]陳才崑曾將王白淵的詩題材分為四大類，藝術理念類、心
思剖懷類、田園抒情類、政治意識類；[53]詩人編者莫渝（林良雅，
1949-）也將《荊棘之道》的詩主題歸納為：吐納心懷、歌詠田野風
光、人物禮讚、政治傾向四類。[54]本節所舉詩例應當屬於「田園抒
情」、「歌詠田野風光」這一類，但經由以上的解析，了解二水空間的
多方曲折，體會詩人對意象處理的妙手之後，我們當會認識王白淵
「神祕詩學」的建構，其來有自。

　　或許以〈二彎流水〉作為本節的結束，既能呼應《奧義書》的梵
我合一，也能感應二水家鄉對王白淵神祕詩學 DNA 的確認。

　　吾影消失於自然的胸脯

　　當一切合而為一

　　啊！這就是生命的歡喜

　　陌生人在叫喊

50 王白淵：〈四季〉，陳才崑編譯：《王白淵‧荊棘的道路》上冊，頁86-87。

51 王白淵：〈無題〉，陳才崑編譯：《王白淵‧荊棘的道路》上冊，頁96-97。

52 王白淵：〈晚春〉，陳才崑編譯：《王白淵‧荊棘的道路》上冊，頁122-123。

53 陳才崑：〈《王白淵‧荊棘的道路》導讀〉，《王白淵‧荊棘的道路》上冊，卷前。

54 莫渝編：《王白淵‧荊棘之道》，臺中市：晨星出版有限公司，2008。

二水匯流為一
二顆心燃燒在一起
啊！這就是生命的進軍
房間突然大放光明

二元歸於一元
靈魂與肉體奉侍同一個神
啊！生命是永恒地
不捨晝夜[55]

第六節　結語

　　論者認為：詩從誕生之初便以神祕主義為基本內容和基本形式，神祕主義與人類詩歌的歷史貫徹始終。[56]

　　臺灣新詩史上，日制時代詩人王白淵出生於彰化二水的八卦山丘陵地山腳下，此地林木叢生，東方既有與庶民生活相接近的果樹果林，又可快速遁入野生獼猴活躍的樹林，南側可以近距離俯瞰濁水溪翻滾濁浪，又能見識到兇猛水勢馴服為八堡圳的灌溉用水，如此山曲水折之處，荒野雅馴交錯的地方，王白淵開始他的生命旅程。成長期經由基督教義、寶山聖訓的生活陶冶，更深入於印度詩哲泰戈爾《吉檀迦利》的詩作中，體現愛是神的實質內涵，展現「詩與神與心」的神祕悸動與感應，在《奧義書》的啟迪下，品賞梵我合一的生命芬芳，終於為臺灣的神祕詩學推開一方瞭望之窗，也為詩生命的獨立性

---

55 王白淵：〈二彎流水〉，陳才崑編譯：《王白淵‧荊棘的道路》上冊，頁110-111。
56 毛峰：《神祕詩學》，臺北市：揚智文化事業股份有限公司，1997，頁6。

做了最佳的見證，讓那些以詩作為鬥爭利器，嗜血好腥的人感到汗顏。

王白淵以自然觀察，蝴蝶從毛毛蟲蛻化、新生的意象，呼應基督教的復活觀，以印度《奧義書》的梵我一如、詩哲泰戈爾以詩服膺愛與神的真諦，結合自己出生地的神祕山水記憶，以基督徒不辭荊棘的實踐步履，為臺灣詩學推開新視窗，終於造就出臺灣新詩壇罕見的神祕詩學。

參考文獻

一 中文書目（依作者姓氏筆畫序）

尹錫南 《發現泰戈爾──影響世界的東方詩哲》 臺北市 圓神出版社有限公司 2005

毛 峰 《神祕詩學》 臺北市 揚智文化事業股份有限公司 1997

王白淵著 莫渝編 《王白淵‧荊棘之道》 臺中市 晨星出版有限公司 2008

王白淵著 陳才崑編譯 《王白淵‧荊棘的道路》上下冊 彰化縣 彰化縣立文化中心 1995

羊子喬編 《楊華作品集》 高雄市 春暉出版社 2007

吳成偉 《八卦山臺地傳統聚落與人文產業》 彰化縣 彰化縣文化局 2003

李有成 《在甘地銅像前：我的倫敦札記》 臺北市 允晨文化實業股份有限公司 2008

周宗賢總編纂 《二水鄉志》 彰化縣 二水鄉公所 2002

周璽撰 《彰化縣誌》（道光版） 彰化縣文獻委員會編纂組校訂 彰化縣文獻委員會發行 1969出版 1993再版

柳書琴 《荊棘之道：臺灣旅日青年的文學活動與文化抗爭》 臺北市 聯經出版事業股份有限公司 2009

孫 晶 《印度吠檀多哲學史》 北京市 中國社會科學出版社 2013

徐梵澄譯 《五十奧義書》 北京市 中國社會科學出版社 1984

楊華著 《黑潮集》 臺北市 桂冠圖書 2001

盧太福、黃愛 《八卦山脈的演化》 彰化縣 彰化縣立文化中心 1996

賴宗寶　《好山‧好水‧好二水》　彰化縣　財團法人彰化縣賴許柔文教基金會　2001

羅秀芝　《王白淵卷——臺灣美術評論全集》　臺北市　藝術家出版社　1999

二　中文篇目（依作者姓氏筆畫序）

王文仁　〈詩畫互動下的個人生命與文化徵象：王白淵及其《荊棘之道》的跨藝術再現〉　《東華漢學》第12期　2010

李怡儒　《王白淵生平及其藝術活動》　嘉義縣　中正大學臺灣文學所碩士論文　2009

李桂媚　〈黑暗有光——論王白淵新詩的黑白美學〉　明道大學《王白淵逝世五十周年紀念學術研討會》論文集　2015

卓美華　〈現實的破繭與蝶舞的耽溺：王白淵其詩其人的矛盾與調和之美〉　《文學前瞻》第6期　2005

高梅蘭　《王白淵作品及其譯本研究——以《蕀之道》為研究中心》　臺北市　臺北教育大學語文教育學系碩士班碩士論文　2006

莫　渝　〈嗜美的詩人——王白淵論〉　《螢光與花束》　臺北縣　臺北縣文化局　2004

郭誌光　〈「真誠的純真」與「原魔」：王白淵反殖意識探微〉　《中外文學》第389期　2004

陳芳明　〈日據時期臺灣新詩遺產的重估〉　《左翼臺灣：殖民地文學運動史論》　臺北市　麥田出版社　1998

陳國典　〈二水地名的由來〉　《彰化人》第23、24期　1993

楊雅惠　〈詩畫互動的異境——從王白淵、水蔭萍詩看日治時期臺灣新詩美學與文化象徵的拓展〉　《臺灣詩學學刊》第1號　2003

楊順明　〈黑潮輓歌楊華及其作品研究〉　臺北市　臺灣師範大學臺
　　　　灣文化暨語言文學研究所碩士論文　2006

趙天儀　〈臺灣新詩的出發──試論張我軍與王白淵的詩及其風格〉
　　　　封德屏主 編　《臺灣現代詩史論》　臺北市　文訊雜誌社
　　　　1996

蕭　蕭　〈八卦山　蘊藏多元的新詩能量──以賴和、翁鬧、曹開、
　　　　王白淵透視新詩地理學〉　《土地哲學與彰化詩學》　臺中
　　　　市　晨星出版有限公司　2007

蕭　蕭　〈後現代視境下的「蝶道」與「詩路」〉　《我夢周公周公
　　　　夢蝶》　臺北市　萬卷樓圖書公司　2013

蘇雅楨　〈論王白淵《蕀の道》的美學探索〉　《臺灣文學評論》第
　　　　10卷第6期　2010

三　中譯書目

泰戈爾著　梁祥美譯　《頌歌集》（*Gitanjali*）　臺北市　志文出版社
　　　　2009

泰戈爾著　糜文開主譯　《泰戈爾詩集‧頌歌集》　臺北市　三民書
　　　　局　1963初版　2003重印二版

〔印度〕甘地（M. K. Gandhi）著　王敏雯譯　*The Story of My
　　　　Experiments with Truth: An Autobiography By M.K.Gandhi*《我
　　　　對真理的實驗‧甘地自傳》　臺北市　遠流出版事業股份有
　　　　限公司　2014

第五章

林亨泰：建構臺灣的新詩理論
——細論林亨泰所開展的八方詩路

摘要

　　林亨泰出生在北斗，成長在北斗，可以用北斗七星中「天璇」與「天樞」的聯線，延長五倍，順利找到眾星拱衛的北極星來譬喻他，那將是沿著現實主義與現代主義的共構與交疊，他輕易站在臺灣詩學中最亮的所在。本文以「詩」、「哲」二字為架構，論述林亨泰的詩如易經八卦所開展的，有著多向現實諷喻，林亨泰的哲，表現在以八爪開發出的多元現代詩論，因而確立臺灣詩哲林亨泰的歷史地位。論文中詳述林亨泰借銀鈴會的變遷找尋自己的靈魂，借現代派的舞臺演出自己的戲碼，借符號詩的實驗樹立自己的形象，借小論文的力量積澱自己的功夫，借笠下影的「引言」傳達現代主義的心聲，借笠下影的「位置」肯定現代主義的價值，借訪問記的挑戰裨補現代主義的闕漏，借座談會的揮灑點化現代主義的精神。林亨泰清楚自己要寫什麼，在做什麼，能將艱深的理論化成各種不同的言語，透過不同的管道，深入影響不同世代的詩人，而且跨越語言，跨越政治藩籬，跨越社團，應該是絕無僅有，臺灣現代詩第一人。

關鍵詞：北斗、林亨泰、現代派、詩哲、銀鈴會

第一節　前言：北斗指極林亨泰

在《臺灣新詩美學》的共構論述中，我將林亨泰（1924-）列於現實主義詩人中加以探索，但在行文時卻又不自覺地吐露他的現代主義觀點。譬如：

其一，在引述呂興昌（1945-）歸結林亨泰詩路歷程所說的話：「林亨泰之『起於批判──走過現代──定位本土』的創作歷程，正是臺灣新詩發展的一個典型縮影。」[1]我更進一步指出「林亨泰『銀鈴會』（1942-1949）時期的『批判』是現實主義的精神，『笠詩社』時期（1964-）的『本土』是現實主義的內涵，『現代派』時期（1953-1964）的『現代』仍是以現實為其內容，只是透過現代主義手法、知性思考、形銷骨立的語言策略，給出心眼裡的現實，就因為給出的是心眼裡的現實，知性的現實，才可以支應真正現實中的千變萬化，才可以傳遞百代千世而依然是『真』的現實。林亨泰的現實反應不同於一般見事起興、聞雞起舞的淺薄現實主義者，因而才有這樣的讚辭：『他真摯地站在現實基礎上，並堅持知性視野，呈現了獨特的形象，堪稱臺灣戰後詩現實主義者的典範。』[2]」[3]在這段話中，我所強調的是：如果不是透過現代主義的洗禮與認知，林亨泰的現實主義詩作將無異於其他的現實主義者，無法超越於一般的現實主義者，因此也就泛泛如同普通的現實主義者。

其二，在「物」之「理」的思考上：「至簡至約的『物』的探

1　呂興昌：〈走向自主性的時代〉、〈林亨泰四〇年代新詩研究〉，二文均收入《林亨泰研究資料彙編》下冊，彰化縣：彰化縣立文化中心，1994，頁365-376，頁378-446。此一引言分別見於頁366、379。

2　林亨泰於一九九二年十月榮獲第二屆「榮後臺灣詩獎」，此為詩獎讚辭，收入《林亨泰研究資料彙編》下冊，頁377。

3　蕭蕭（蕭水順）：《臺灣新詩美學》，臺北市：爾雅出版社，2004，頁181-182。

索，異於一般現實主義者敘『事』的書寫方式。但『評者之討論往往脫離不了一個惡習——即一味地以詩人對現實乃至社會所作的外在描寫的多寡，作為判斷作品中現實觀乃至社會性之有無的憑據。』對這種現象，林亨泰深不以為然，他說：『詩人在許多場合必須把自己所關心的焦點從描寫外在的客觀狀況移至表現內在精神的層次上，縱使他所表現的正是有關現實的外在問題，也非得把它當作內在精神的表現問題來處理不可。』[4]揀擇『物』，探索『物』，推究『物』至極處以尋其『理』，是為了追蹤『物』的『內在精神的層次』，這是林亨泰與一般人相異的現實主義美學特質。」[5]強調這種「從描寫外在的客觀狀況移至表現內在精神的層次上」，其實就是現代主義最主要的精神與內涵，林亨泰早就提出這樣的觀點，並親自加以實踐。

其三，我在〈林亨泰呈現的現實主義美學〉中以這樣的一段話作結：

> 林亨泰，臺灣詩壇的哲人，他的詩冷如匕首，但刺出去的力勁卻熱如鮮血。冷的是言語的削減、情緒的濾除，熱的是生命的活力、物理的沉思，唯其如此，他的詩不會引起喧囂，卻有一股深沉穩定的力量在推促，一把熾熱的火苗在內心深處燃燒。「沒有語言／這世界／可能也沒有什麼驚訝」[6]
> 林亨泰以最精簡的語言說最強悍的事件，引發最大的驚訝。
> 「沒有驚訝／這世界／可能也沒有什麼情愛」
> 林亨泰以哲人之眼深入事物的核心，究其理，闡其微，發現聖

4 林亨泰：〈現實觀的探求〉，《林亨泰全集》（十冊）之第四冊，彰化縣：彰化縣立文化中心，1998，頁204。
5 蕭蕭：《臺灣新詩美學》，頁199-200。
6 林亨泰：〈爪痕集之六〉，《林亨泰全集》（十冊）之第三冊，頁24。

人凡人共通的人性，現實世界共存共榮的奧義。

「沒有情愛／這世界／可能再也無須留戀了」

歸結於人性的現實主義詩作，才是永恆的詩，詩的永恆。[7]

語言 → 驚訝 → 情愛，依循這樣的指標前進，我們才會發現真正完整的林亨泰，長期在現實主義與現代主義之間拉鋸的詩人，而且這種拉鋸無所謂哪方輸、哪方贏、哪方勝、哪方敗。喜歡二分法的人，喜歡站在某個球根指責另一個球根的人，似乎都無法援引林亨泰作為有力的「政治正確」的例證，卻也無法援引為「反證」，更無法忽略林亨泰的存在，他是臺灣新詩史上不能不論述的重要客體。

這時，如果我們回頭看看康原（康丁源，1947- ）筆下的少年林亨泰，成長於濁水溪與大肚溪兩溪之間的他，早已隱隱約約透露出這兩種心思的糾葛：

> 身材高大的林仲禮先生，是林亨泰的三叔，常帶著他到大肚溪畔玩耍，在溪邊，林仲禮常把泥土塗在手掌上，然後用水洗掉，並說：「手髒了要用肥皂，才能洗乾淨。」泥土成了林亨泰心目中的肥皂，只是想不通三淑為何會把泥土當肥皂？[8]

> 小時候的林亨泰，喜歡呼朋引伴一起玩耍，像是個「囝仔頭王」。遊戲的方式是定一個主題，再讓每個人說出自己的想像：以「如果我是神仙」的主題為例，可以這樣說：「如果我要過一條河，我會將雙腳變長，一腳跨過河流。」每個人的想

7　蕭蕭：《臺灣新詩美學》，頁207。

8　康原：《八卦山下的詩人——林亨泰》第一章，臺北市：玉山社，2006，頁13。

法都十分荒誕、誇張，但也因此充滿樂趣。[9]

第一個引言，以泥土當肥皂使用，是相當寫實的鄉土生活，但其中「以泥土代肥皂」的做法，雖然是生活累積的經驗，卻也是創意的發揮。

第二個引言，幻想自己是神仙，練習荒誕與誇張的想像力，顯然是現代主義常用的技巧，卻也是活生生的童年幻想的樂趣。

林亨泰出生在北斗（一九二四年十二月十一日生於當時的臺中州北斗郡北斗街西北斗六百三十六番地外祖母家中），成長在北斗（林亨泰的祖父設籍在北斗街西北斗三百七十九番地），初期教育在北斗地區完成（一九三一年隨父親行醫開業，就讀北斗郡埤頭庄小埔心公學校一年級，第二學期轉回北斗公學校就讀），高等教育在北斗奠基（一九三七年自北斗公學校畢業，進入原北斗公學校高等科就讀兩年畢業），林亨泰與北斗關係密切，一九四四年任教田尾國小，一九五〇年自臺灣師大教育系畢業後，任教北斗中學三年後才轉任彰化高工。因此，在現實主義與現代主義的共構與交疊中，如果以北斗七星的構圖為喻，林亨泰就如北斗七星中的「天璇」與「天樞」的聯線，延長五倍，可以找到眾星拱衛的北極星，或可視為：沿著現實主義與現代主義的共構與交疊，延長五倍，林亨泰成就臺灣詩學中最亮的所在。

以下將以「詩：八卦所開展的多向現實諷喻」、「哲：八爪所開發的多元現代詩論」兩節論述，確立臺灣詩哲林亨泰的歷史地位。

9　康原：《八卦山下的詩人──林亨泰》第一章，頁15。

第二節　詩：八卦所開展的多向現實諷喻

　　曾有年輕學者以林亨泰詩作主題作為分類的依據，約略以年代之別，共時性的歸納出林亨泰詩作的六個內涵：女性處境的關懷，自然景觀的描繪，鄉土經驗的詮釋，社會生活與現象的關切，現實政治的諷喻，心靈世界的反省。[10]呂興昌〈林亨泰四〇年代新詩研究〉則從七個層面探討林亨泰詩作特色，包含：知性光照下的抒情，意念的情境轉化，女性典型的塑造，原住民經驗的詮釋，社會苦難的關懷，現實政治的婉諷，語言的跨越。[11]可以看出林亨泰詩作的現實傾向，其面度十分開闊。

　　康原因為長年與林亨泰共事（彰化高工，1970-1974），他們兩人都長期居住八卦山腰，康原嫻熟八卦山地形地勢，出版過《八卦山》詩集，[12]當他撰寫臺灣第一本林亨泰傳記，自然將此書定名為《八卦山下的詩人──林亨泰》。

　　關於八卦山的命名，最初應該是山上建有「八卦亭」，所以稱為「八卦亭山」，因而與周易八卦產生聯想，如連橫（1878-1936）《臺灣詩乘》中，收入流寓彰化的晉江秀才蔡德輝寫的一首〈八卦山〉詩：「曉登八卦山，歸來讀周易；掩卷一回思，山行尤歷歷。」[13]就是將登八卦山與讀周易相連結。另一個說法，康原認為：臺灣的反清運動中，不管是林爽文、戴潮春、施九緞、陳周全……等，都與八卦會有關，也都在八卦山上開闢戰場。實際上「八卦會」是「天地會」的別稱，乾、坤二卦所對應的就是「天、地」二字，乾隆年間天地會的

---

10 柯菱玲：《林亨泰新詩研究》，臺南市：成功大學中國文學研究所碩士論文，1999。其第五章為〈詩作之主題內涵探析〉。

11 呂興昌：〈林亨泰四〇年代新詩研究〉，《林亨泰研究資料彙編》下冊，頁378-446。

12 康原：《八卦山》，彰化縣：彰化縣文化局，2001。

13 蔡德輝：〈八卦山〉，連橫：《臺灣詩乘》，南投市：臺灣文獻委員會，1992，頁192。

活動，以彰化為中心，因此彰化的民族運動，實為臺灣抗清運動中最重要的一環，彰化為天地會發展之搖籃，故將扼守屏障之山崗稱「八卦山」。[14]顯然，康原有意將林亨泰的生活與思想，指向「抗議」精神的傳承。但我以為回到「八卦」最原始的意義，不以「八卦山」為限，才能真正開展出林亨泰詩與詩論的大格局、大氣魄。

八卦，原是《周易》中的八種圖形，以陽爻（一）、陰爻（- -）組合而成，其名為：乾、坤、震、巽、坎、離、艮、兌，對應著八種自然現象：天、地、雷、風、水、火、山、澤，是中國最古老的哲學的起源，是自然景觀與人文思想的結合，由此八卦發展出來的《周易》，游喚（游志誠，1956-）認為是「最標準的一本文學作品，有結構，有隱喻，有絃外之音，有足供天馬行空的聯想材料。而它正是藉文學形式、文學手法表達或玄妙或平實、或抽象或具體的哲理。」[15]因而有「作者之心未必然，讀者之心未必不然。作者用一致之思，讀者各以其情而得之。」[16]這種讀詩的效應。

以下以時代先後選讀林亨泰八首詩，雖無法符應「天、地、雷、風、水、火、山、澤」的八卦現象，但可以看出林亨泰在「現代」與「鄉土」上既矛盾又協同的努力，可以看出從太極至無極的開展之功。

一　〈我〉

　　我以文明人的感覺
　　找到這深山裡的百合

---

14 康原：《八卦山下的詩人──林亨泰》第九章，頁113-114。

15 游喚（游志誠）：《縱情運命的智慧》，臺北市：漢藝色研文化事業有限公司，1993，頁12。

16 同前注，《縱情運命的智慧》，頁13。

但……

> 我以文明人的感覺
> 又扔掉這深山裡的百合[17]

這是觀察原住民的組詩〈山的那邊〉第九首，不直接描述烏來原住民的生活細節，而是寫漢人優越感之後的羞愧，頗能體會陶淵明〈桃花源〉「不足為外人道也」的心境，「找到」而後「扔掉」是為了保持原住民原有的優遊自在，不受干擾。

彰化詩人對於原住民的書寫，一直走在時代的前頭，如二〇年代創作臺灣第一首新詩的追風（謝春木，1902-1969）所寫的〈詩的模仿〉，其中〈讚美番王〉（1924年），即透過對原住民領導者自主治理家園的歌頌，透露出被殖民的悲哀，有著建立「望所望，愛所愛」的王國的想望。三〇年代賴和（賴河，1894-1943）有舊詩〈正月十四夜珠潭泛舟〉、[18]〈石印化蕃〉[19]之作，更有新詩〈南國哀歌〉（1931

---

17 林亨泰：〈我〉，《林亨泰全集一・文學創作卷1》，彰化縣：彰化縣立文化中心，1988，頁24。

18 賴和：〈正月十四夜珠潭泛舟〉，《賴和全集五・漢詩卷下》，臺北市：前衛出版社，2000。原詩如次：「夜深月微暈，水靜潭澄碧。漁舍幾排筏，參差泊遠澤。一葉舴艋寬，三兩無聊客。擊槳發狂謳，仰天數浮白。興到任風移，遂叩石印柵。一社盡驚起，眾犬吠巷陌。太郎出啟關，婦女窺籬隙。教喚阿吻來，睡眸尚脈脈。云儂夢正酣，何事惡作劇。願聞妙歌聲，聊以慰夙昔。且喜言可通，無事置重譯。相攜笑登舟，宛如范少伯。太郎彈胡琴，吾乃按節拍。婉囀嬌喉輕，風生動岩石。人世誰無憂，罄樽盡今夕。」

19 賴和：〈石印化蕃〉，《賴和全集五・漢詩卷下》，臺北市：前衛出版社，2000。原詩如次：「蕃人無曆史不傳，一事曾聞傳祖先。追逐白鹿忘近遠，遂來浩蕩潭水邊。渴有可飲飢有食，清泉甘洌魚肥鮮。天留此土養吾輩，移家不嫌地僻偏。竊喜紅塵得斷絕，昏昏悶悶長守拙。聚族歌哭恆於斯，不愁世上亂離別。世外桃源古徑通，桃花消息人間泄。漢民冒險入山深，澄潭始染競爭血。伏屍共痛殺傷多，埋石誓天

年），揭露日本殖民政府的霸權、暴虐，從「第三人稱」的悲痛，寫
到「第一人稱」的呼籲：「兄弟們！來！來！來和他們一拚！」讓人
悲憤交加，血脈賁張。林亨泰的〈山的那邊〉寫於四〇年代，外在的
情勢稍見緩和，因此可以從互尊互重的角度來看待文化的差異。

二　〈哲學家〉

> 陽光失調的日子
> 雞縮起一隻腳思索著
> 一九四七年十月二十日，秋天
> 為什麼失調的陽光會影響那隻腳？
> 在葉子完全落盡的樹下！[20]

這是以哲學家的苦思狀態，控訴一九四七年「二二八」事件的荒謬、
不可思議，康原在《八卦山下的詩人》書中引述呂興昌的研究：「林
亨泰的策略是，第一層寫秋天縮著腳獨立的一隻雞的姿態，這已經有
它獨立的美感；第二層透過『思索』的類推使這隻雞看起來具有哲學
家的架勢；第三層透過特殊的時點──一九四七──與景物特徵的暗
示（陽光失調、葉子落盡）營造一種低迷、蕭殺的氣氛，然後再結合

暫講和。漁獵分區不相擾，佳時載酒或相過。猜忌漸忘情誼厚，共存始覺利尤多。
鹽銕鹿脯互交易，浸潤能教蠻性革。語言不作舊啁啾，嘉會己解聯裙屐。飾胸黥面
風尚存，殺人馘首冤早釋。漢人肆詐漸欺凌，求活終年苦力役。社中婦女姿態佳，
下山多作漢人妻。至令壯夫無配偶，丁口減失生率低。散亡相繼年蕭索，夜中冷落
牛驚嘶。相杵歌殘明月下，含情禁淚心楚淒。誰知我亦天孫裔，未甘長作漢人隸。
牛馬生涯三百年，也應有會風雲際。境過循環還到君，今日蕃人更得勢。直率初無
報服心，與君協力永共濟。」

20 林亨泰：〈哲學家〉，《林亨泰全集一‧文學創作卷1》，頁31。

縮腳與思索的動作所流露的疑懼、退縮,終於委婉地烘染出那個歷史時空的實質感受;經過一場瀰天浩劫的知識份子,就像深秋蕭條樹下的一隻雞,因天時的變化(所謂變天),不得不縮腳作哲學性思考,思考天理何在!」[21]當然,所謂「哲學家」也未嘗不是另一種反諷,不知珍愛自己子民的執政者必然也會受到人民的唾棄,這種史實不必深思,昭昭於史冊中。

「雞縮起一隻腳思索著」是一種中性的意象,未必然是孤獨、落寞、疑懼、退縮的暗示,但與「陽光失調、葉子完全落盡」的蕭殺秋氣相結合,那就令人有著聳然的感覺。五○年代林亨泰再度使用這個意象:「雞,/縮著一腳在思索著。//而又紅透了雞冠。//所以,/秋已深了……」[22]寂靜的農村秋景,一幅意象派的悠閒感就呈現在眼前。差別就在:「縮起一隻腳」是現在進行式的「驚慌」狀態,「縮著一隻腳」是長時間不受干擾的平和圖畫。差別也在:「葉子完全落盡」的生機蕭索,當然也不同於「雞冠紅透」的暖色系統親和力。一聳然,一怡然,前者有現實主義的悲秋之痛,後者則有現代主義「我思故我在」的無為之境。意象的創造與使用,可以發展出詩的不同面向,林亨泰強調的「現代性」與「鄉土性」的結合,早在四○、五○年代就展現功力了!

三 〈村戲〉

村戲鑼鼓已鳴響……
親戚從各地方回來,
而笑聲溫柔地爆發……

---

21 康原:《八卦山下的詩人——林亨泰》第四章,頁53。
22 林亨泰:〈晚秋〉,《林亨泰全集二‧文學創作卷2》,頁20。

　　　　村戲鑼鼓再鳴響……

　　　　又有一批親戚回來，

　　　　而笑聲更溫柔地爆發……

　　　　村戲鑼鼓又鳴響……

　　　　最遠的親戚也都到齊，

　　　　而笑聲終於點燃花炮了……。[23]

　　臺灣農民生活清苦，農村經濟逐漸凋弊，但是農家氏族共居的生活模式，卻又是文明都市所缺乏。這首詩以「聲音」入詩，因為在鄉下聲音是溫暖的、共鳴的、相互感應的，鄉下人的笑聲是無邪的、放縱的，聲音的感染力最為強悍。〈村戲〉原來以「層遞」的方式進行，各段末句從「笑聲溫柔地爆發」、「笑聲更溫柔地爆發」、到「笑聲最溫柔地爆發」，句型類疊，層層推湧，是他早期喜歡使用的「疊句」，他認為：「『疊句』──反覆詩句──的運用，本是歐洲抒情詩的一定型，後來也廣被日本自由詩所喜歡採用。它能使殘篇斷句不致陷於支離破碎而得以統一成為完整。」[24]但最後的定稿則是「笑聲點燃花炮」，以不相干的兩件事物、不可能的聯繫法，繫聯在一起，締造高潮，從不變中產生變化，這是現代主義常用的手法。

四　〈黃昏〉

　　　　蚊子們　　在香蕉林中　　騷擾著[25]

23　林亨泰：〈村戲〉，《林亨泰全集二‧文學創作卷2》，頁30-31。
24　林亨泰：〈詩的三十年〉，《林亨泰全集六‧文學論述卷3》，頁8-9。
25　林亨泰：〈黃昏〉，《林亨泰全集二‧文學創作卷2》，頁66。

這是臺灣新詩史上有名的「一行詩」，大膽的創意可以媲美林亨泰一系列的「符號詩」，「蚊子們　　在香蕉林中　　騷擾著」，亞熱帶臺灣農村生活的特殊經驗，務實的報導，不加任何修飾語，竟然就是這首詩成功的地方。

小詩一向擁有東方詩歌展現晶瑩詩想的鑽石魅力，異於西方詠史歌頌的傳統，所以古典絕句只有二十字或二十八字，日本俳句十七字（音節），印度泰戈爾的小詩，都以極短的篇幅負荷極為豐滿的詩想，或者留存極大的冥想空間任讀者想像飛躍。

因為有〈村戲〉這樣的疊句使用，〈黃昏〉這樣的削除雜質、滌盡修飾的功夫，所以才可能產生〈風景 No.1〉、〈風景 No.2〉的經典名詩。

五　〈風景〉

〈風景 No.1〉

農作物　的
旁邊　還有
農作物　的
旁邊　還有
農作物　的
旁邊　還有

陽光陽光曬長了耳朵
陽光陽光曬長了脖子

〈風景 No.2〉

防風林　　的
外邊　　還有
防風林　　的
外邊　　還有
防風林　　的
外邊　　還有

然而海　　以及波的羅列
然而海　　以及波的羅列

〈風景 No.1〉與〈風景 No.2〉同時發表於《創世紀》詩刊第十三期（1959年10月），十年後，江萌（熊秉明）發表三萬字的長文〈一首詩的分析〉於《歐洲雜誌》（1968年12月），此詩此文因而同時成為臺灣現代詩壇詩與論的標竿，千里馬與伯樂同享榮耀。

　　從來論述者都略過〈風景 No.1〉，只談〈風景 No.2〉，如果能將二詩同觀，則北斗、溪洲、埤頭的農田平野景觀歷歷在目，二林、芳苑海岸的防風林特殊景象盡在眼前，沿著斗苑路（北斗到芳苑）西行，一一呈現。〈風景 No.1〉所看見的是比人低矮的農作物，平視或俯視取景，一眼可以看到天邊，所以全詩是左右開展，顯現農田的左右之寬與上下之厚；〈風景 No.2〉看到的是比人高大許多的木麻黃，平視或仰角取境，所以寫的是想像中一排一排往外延伸的林木，一波一波的海。〈風景 No.1〉的「陽光陽光曬長了耳朵／陽光陽光曬長了脖子」有著生命成長的喜悅，屬於陽光的幸福；〈風景 No.2〉的「然而海　以及波的羅列／然而海　以及波的羅列」多的是未來的期待，屬於想像的幸福。

　　林亨泰接受陳明臺（1948-）訪問時，曾提到〈風景〉這首詩有著「新即物主義」的意圖，要讓書寫的對象自我呈現，詩人不加任何主觀暗示，他說：「本來我是靠 Object 要讓讀者自己去想像的。早些時候有人說，那是立體的實驗。其實我是靠即物性的表現寫的。因為那首詩不是用排的，是靠對象的事物，農作物也罷、防風林也罷，是靠那些東西的本身去表現的。」[26]可見這首〈風景〉應用新即物主義的客體客觀呈現，卻獲得立體主義的具象效果，而這種祛除任何形容詞、副詞等修飾語彙的純淨詩作，音韻的呼應在熊秉明的指陳下，豐富無比，是現實主義與新即物主義的完美結合。

六　〈作品第十六〉

寬婦　舉頭望明　白
　　　低頭思故　黑

孤兒　舉頭望明　白
　　　低頭思故　黑

老人　舉頭望明　白
　　　低頭思故　黑

瘋者　舉頭望明　白
　　　低頭思故　黑

---

26 陳明臺：〈詩話錄音〉，《林亨泰全集八・文學論述卷5》，頁8。

貧民　舉頭望明　白

低頭思故　黑[27]

　　發表兩首〈風景〉於《創世紀》詩刊第十三期（1959年10月）之後四年，林亨泰又於《創世紀》詩刊第十九期（1964年1月）發表另一震撼性的詩：《作品》五十一首（含〈序詩〉），標題從〈作品第一〉至〈作品第五十〉依序排列，全詩的內容都以「黑」與「白」作為生命現象的截然對比，如〈作品第九〉以「白」喻生，〈作品第十〉則以「黑」喻死，在同一對比詩中採同一句型，重複使用，真正達至「形銷骨立」，不見血肉的地步，彷彿玉山上的白木林默默支撐臺灣廣大的天空。

　　〈作品第十六〉是典型之作，寡婦、孤兒、老人、瘋者、貧民……，代表著所有孤苦無告者，他們都一樣（一樣的句型，一樣的遭遇）：舉頭望明月，望不見月，只看見空無一物的白；低頭思故鄉，無鄉可思，只看見一片全然的黑，全然的絕望。

　　這五十首詩，將所有事物推至極處，推到極簡處，推到太極圖裡的陰陽二極，一陰一陽，一黑一白，以生四象，以生八卦。如果以這樣至黑至白的兩極觀念，回頭看〈風景〉二詩，相對於「陽光」的「白」，「農作物」是「黑」的，相對於「防風林」的「陽」，「海以及波的羅列」是「陰」的。「然而」，它們是並列的，同存的，分立的，共生的，林亨泰的詩作與詩觀就是將萬事萬物推到兩端極處，極約、極簡處，最原始的本質，陰陽初判的地方，因而有無限大的可能：二儀、四象、八卦、無極……。

　　直至一九八九年，〈風景〉發表之後的三十年，林亨泰仍然堅持

---

27 林亨泰：〈作品第十六〉，《林亨泰全集二‧文學創作卷2》，頁162-163。

著黑與白的兩極書寫,其中一首是「白」消「黑」長而「白」竟然更亮白的〈白色通道〉:「不斷擴大的黑色空間中／白色通道長長地延伸著／黑影子不斷從兩側逼近／白色通道越來越狹窄／／從左邊從右邊黑影湧入／白色通道爲著不讓進來／僵直著單薄身子抗拒著／白色通道越來越細長／／黑色空間總是越來越黑／白色通道總是越來越白／在延伸中仍不斷抗爭著／白色通道顯得更亮白了」。[28]另一首是統合黑白的〈一黨制〉:「桌子上／玩具鋼琴／／白鍵／黑鍵／／只有／一音」。[29]消長與統合是另一種政治上的「黑」與「白」,極端複雜的政治現象,林亨泰仍然以最簡約的「黑」與「白」加以勾勒。

七 〈爪痕集之五〉

慢慢的
被吃掉果肉之後

給人任意丟棄的
龍眼果核

垃圾堆裡
像隻瞪大的眼睛

埋怨地
看著滿地的果殼[30]

28 林亨泰:〈白色通道〉,《林亨泰全集三·文學創作卷3》,頁81-82。
29 林亨泰:〈一黨制〉,《林亨泰全集三·文學創作卷3》,頁97。
30 林亨泰:〈爪痕集──之五〉,《林亨泰全集三·文學創作卷3》,頁23。

《爪痕集》八首詩寫作於一九八二年十一月至一九八三年一月，發表於《現代詩》復刊第三期（1983年3月），是林亨泰繼《作品》五十一首之後重要的一組詩，可以視為後期詩作的高峰。詩的外在形式，或三節、各三行，或四節、各兩行，詩的內容則從大自然的皺摺、歷史的隱晦，看待人心的委婉曲折。其中〈爪痕集之一〉、〈爪痕集之二〉，[31]彷彿是這一輯作品的序詩，標誌著寫作的旨趣，要從乾裂的河床、夕陽的陰影，緊扣著歷史的拋物線，用以窺伺人間。

　　八首中直接取材於日常生活，最富於現實情境，卻也締造最佳效果的是〈爪痕集之五〉。如果以前述黑白兩極的書寫方式看待此詩，竟然完全吻合：「果肉——白，果核——黑，眼睛——黑，果殼——白」。這首詩就以黑白對映的方式，將受傷害的生命、委屈的憤怒，靜靜呈現。讀此詩時彷彿有諸多黑亮的眼睛，瞪視讀者的良心；彷彿有諸多無聲的吶喊，在四周靜靜響起。

　　現代主義者往往以挖掘靈魂深處的震顫為其職志，《爪痕集》時期的作品顯然就有這樣的企圖，但是，假使能以現實生活中的實物為其憑藉，如〈爪痕集之五〉借用八卦山臺地盛產的龍眼、隨地拋擲的龍眼核，則其挖掘的靈魂不會無所依附，靈魂深處的震顫不會憑空消逝，可以深深震撼讀者。

八　〈平等心〉

　　　　了解自己生命的，無法頂替的，可愛的可貴的，
　　　　也了解他人生命的，無法頂替的，可愛的可貴的，

31　林亨泰：〈爪痕集——之一〉、〈爪痕集——之二〉，《林亨泰全集三・文學創作卷3》，
　　頁19-20。

同時，又是超越，又是包涵，又是建構了的，

這無法頂替的也就因此一個不漏地頂替起來。

充滿著個人與超個人，有意識與無意識，

這又是淡泊又是深刻，這又是迴向又是發展，

這又是純潔又是熱誠，這又是理智又是神祕，

同時，這又是傳導又是洞察，這又是磁體又是發光。

遍滿天地，超越大小的，永無止境的擴張開來，

都能為無私無我地存在，都能為一切存在而存在，

無法頂替的，都能一視同仁的，毫無差別的超越，

無法同質的，都能完全公平的，毫無差別的包涵。[32]

　　檢驗林亨泰的詩作以發覺其生命哲學，最直接呈露的是寫於一九九六年五月，發表於五月二十九日《聯合報・副刊》的〈平等心〉。

　　實則平等心的溫厚涵養一直顯影在他各期的詩作中，如早期關懷原住民的詩輯〈山的那邊〉，是族群間的平等心；如長期為林亨泰所愛用的創作方法：讓「物」自己說話，則是物種間的平等心；如自己身處美國時，想到「被趕出故鄉的人／失去故鄉的人／那沉默、執著的心／不就也是我現在的心情嗎？」[33]更是隨時隨地、設身處地為他人著想。

　　〈平等心〉這首詩，以自己獨立的人格，推己及人，所有的個體都是可愛可貴、無可取代、無可頂替的，所有的個體生命因此而有各

32 林亨泰：〈平等心〉，《林亨泰全集三・文學創作卷3》，頁130-131。

33 林亨泰：〈美國紀行〉，《林亨泰全集三・文學創作卷3》，頁57。

種無限的可能（淡泊、深刻、理智、神祕等等），所以他提出無私無我地存在，為一切存在而存在，則所有的生命將可在生命的品質上無限地超越，在生命的視野上無限地擴伸。林亨泰一生的詩與詩觀，是站在這樣的胸懷與視野，向八方拓展而去。

第三節　哲：八爪所開發的多元現代詩論

　　彰化縣立文化中心所出版的《林亨泰全集》共有十冊，但詩集僅得其三，論述及外國文學研究、翻譯，卻有七部，與同輩詩人如余光中（1928-）、洛夫（莫洛夫，1928-）、葉維廉（1937-）等詩與論兼優的詩人相比，大異其趣，他們都有一、二十冊的詩集，論述則只有四、五冊而已。早在一九四九年之前，林亨泰已廣泛接觸西方現代主義作品，其時余光中、洛夫等人尚未啟蒙。一九五六年元月「現代派」成立前後，林亨泰已發表多篇「符號詩」及其他前衛詩論，覃子豪（覃基，1912-1963）、余光中等人的「藍星詩社」，洛夫、葉維廉的「創世紀詩社」，尚未進入現代化的火爐冶鍊。因此，從歷史的出發點、理論質量的發光點而言，林亨泰必然是臺灣第一位新詩理論家。

　　以下將從八個方向為林亨泰的詩論指證他開發的軌轍。

一　借銀鈴會的變遷找尋自己的靈魂

　　「加入銀鈴會，對我的文學生涯而言，是一個重要的起點。」[34]這是林亨泰的女兒林巾力以第一人稱（林亨泰）口吻所寫的傳記《福爾摩沙詩哲林亨泰》第四章「銀鈴會」的開頭語，顯見銀鈴會對林亨

---

34 林巾力：《福爾摩沙詩哲林亨泰》，臺北市：印刻文學生活雜誌出版有限公司，2007，頁84。

泰、對彰化詩學、以至於對臺灣文學的歷史意義與價值。[35]

　　銀鈴會是繼一九三三年超現實主義的「風車詩社」之後臺灣第二
個新詩社團，成立於一九四二年四月，結束於一九四九年四月，銀鈴
會創辦人之一的朱實（朱商彝，1925-）認為是在「苦難的年代裡誕
生」，[36]當時日本偷襲珍珠港，發動太平洋戰爭，從中途島戰役節節敗
退，臺灣男人被拉去南洋充當軍伕，臺灣本土受到美軍 B29 轟炸，臺
灣陷入戰爭的苦難中。林亨泰也稱銀鈴會同仁為「處於最惡劣環境的
不幸世代」，因為太平洋戰爭停戰前夕，是日本軍國主義最為跋扈的
時代，卻也是日本人最難熬、最黑暗的時候，銀鈴會同仁這時候的身
分是日本人；戰後，中國政府貪官污吏橫行，經濟幾近崩潰，是中國
人最為困頓、絕望的時候，國民黨政府轉進臺灣，銀鈴會同仁在這個
時候當了中國人。[37]再加上一九四七年的二二八事件、一九四九年的
「四六事件」，銀鈴會同仁間接、直接受到衝擊，面臨繫捕、拘囿、處
死的威脅，所謂困頓、絕望，所謂惡劣、不幸，臺灣人的歹命無過於
此，林亨泰等銀鈴會同仁所面對的時代，正如惡火一般試煉著詩心。

　　「銀鈴會」是臺中一中三位同期同學張彥勳（1925-1995）、朱
實、許世清所創辦、推動，張彥勳是臺中后里人，朱實、許世清則是
彰化市人，三個人經常交換作品，裝訂成冊，輪流傳閱，相互切磋。
其後還出版《ふちぐさ》（邊緣草）日文油印刊物，向外發行，共出

---

35 關於「銀鈴會」，林亨泰曾寫過〈銀鈴會文學觀點的探討〉、〈銀鈴會與四六學運〉、
　〈跨越語言一代的詩人們——從「銀鈴會」談起〉等三篇文章，與朱實、張彥勳、
　蕭翔文、陳明臺、詹冰、陳金連、許育誠的文章，匯集成《臺灣詩史「銀鈴會」論
　文集》（彰化縣：磺溪文化學會，1995）出版。另，林巾力：《福爾摩沙詩哲林亨
　泰》第四章、第五章都在回憶「銀鈴會」，值得參考。

36 朱實：〈潮流澎湃銀鈴響——銀鈴會的誕生及其意義〉，林亨泰編：《臺灣詩史「銀
　鈴」論文集》，彰化縣：磺溪文化學會，1995，頁12-13。

37 林亨泰：〈編者序〉，《臺灣詩史「銀鈴會」論文集》，頁4。

刊十幾期，根據朱實的想法：「邊緣草是種在花壇四周的一種花草，它不顯眼，默默奉獻，襯托百花爭豔的花壇，寫意並不深奧，只是表示在這苦難的年代裡，我們三個人願在這小小的園地裡找到心靈的綠洲。」[38]這是所有文學愛好者最原始的本心，銀鈴會創會的初衷，卻因為太平洋戰事吃緊，美軍轟炸而中斷。此時屬林亨泰、朱實所宣稱的一九四二年四月至一九四五年八月日本無條件投降為界的「銀鈴會」前期活動，陳明臺（1948-）視之為銀鈴會同人的「文學修業（修練）時期」，[39]林亨泰尚未加入，「評論之活動尚未抬頭」。[40]

「銀鈴會」的後三年半則是指日本無條件投降後至一九四九年四月，銀鈴會同仁不顧政局、社會趨勢、文學界的低迷與暗淡，反而更積極而勇敢地重振旗鼓，不再以「邊緣草」自居，反而有領導時代思潮之自我期許，而以《潮流》命名同仁油印雜誌，自一九四八年五月開始，採季刊方式發行，一年間共出刊五期，成為戰後臺灣第一本（中日文混合）詩雜誌，當時林亨泰已加入為正式同仁，跟朱實是臺灣師範學院（今臺灣師範大學）同學，串連起師範學院學生、臺中一中校友、彰化與后里文友的感情繫聯與思潮激盪，同仁增至三、四十人，重要同仁風格開始確立，[41]五期《潮流》詩雜誌的創作與論述有著輝煌成果：

日文新詩　114首

---

38 朱實：〈潮流澎湃銀鈴響——銀鈴會的誕生及其意義〉，《臺灣詩史「銀鈴會」論文集》，頁13。

39 陳明臺：〈清音依舊繚繞——解散後銀鈴會同人的走向〉，《臺灣詩史「銀鈴會」論文集》，頁93。

40 林亨泰：〈銀鈴會文學觀點的探討〉，《臺灣詩史「銀鈴會」論文集》，頁34。

41 陳明臺：〈清音依舊繚繞——解散後銀鈴會同人的走向〉，《臺灣詩史「銀鈴會」論文集》，頁93。

中文新詩　　30首

日文童謠　　2首

中文民謠　　3首

日文小說　　4篇

中文小說　　2篇

日文評論　　44篇

中文評論　　2篇

日文散文　　13篇

中文散文　　10篇[42]

新詩與評論顯然多於其他文類，日文篇數又壓倒性勝過中文，所謂「跨越語言的一代」，這樣的數證已足以說明一切。跨越語言的一代，其實也跨越了國界、身分、文化使命與文化類型，因而站上另一個制高點──幾乎是人類文化的制高點，大漢、大和（含西洋）、臺灣文化所激湧出來的那個制高點。雖然所謂跨越語言的一代，不完全侷限於「銀鈴會」的同仁，「銀鈴會」同仁也不是臺灣當時繼續詩創作的唯一代表，但林亨泰新加入以後的「銀鈴會」，確實在「文學評論」的格局上有了「質變」與「量變」，在「文化方向」的思考上有了「立足點」與「放眼處」的反思，「銀鈴會」因而成為臺灣自發性詩創作的一個重要果實，臺灣自主傳承詩教養的一個不可或缺的象徵。再加上銀鈴會創始人朱實遠遁日本，許世清不知所終，張彥勳轉戰小說、兒童文學，蕭翔文回歸地理學，詹冰、錦連的個性傾向內斂，臺灣詩史上「銀鈴會」與林亨泰因而結合為一，一脈相傳了臺灣詩史的微弱香火，填補了大家誤認的戰後四〇年代臺灣詩史的空白。

---

42 林亨泰：〈銀鈴會文學觀點的探討〉，《臺灣詩史「銀鈴會」論文集》，頁36。

　　就「承前起後、彌補空白」這點，朱實認為這是「銀鈴會」的歷史意義之一，[43]林亨泰則以「艱苦環境中的奮鬥精神」，[44]解釋這種語言工具更替、政治環境轉換也不可能打敗的臺灣詩人內在的生命韌力。晚一輩的臺灣詩學評論者陳明臺則指出，從銀鈴會到笠的階段，具有「建構起臺灣本土詩史完整系譜之意義」。[45]專門研究《笠》詩刊的學者阮美慧承繼這種說法：「銀鈴會的許多重要成員，日後都成為《笠》詩刊社的重要創始者，如林亨泰、張彥勳、錦連、詹冰等，他們成為《笠》成立之初的重要成員，並將銀鈴會後期所形成的文學風格帶進了《笠》中，使《笠》有注重現實、批判的精神，而這樣的文學風格在日據時期業已完成，因此從銀鈴會到笠正是延續著臺灣新文學的香火。……換句話說，做為詩史完整性連貫，銀鈴會的確有其不可或缺的重要性。」[46]

　　「銀鈴會」存在的歷史意義，朱實與林亨泰有著相同的歷史評述，[47]他們還指出另外兩項重點：第一點，朱實說是「繼承傳統　堅韌不拔」，林亨泰說是「繼承臺灣文學精神」，都指出銀鈴會延續戰前賴和、楊逵所領導的「反帝反封建」的臺灣文學傳統。第二點，朱實稱之為「放眼世界　立足鄉土」，林亨泰則強調「放開胸襟接受世界

---

43 朱實：〈潮流澎湃銀鈴響──銀鈴會的誕生及其意義〉，《臺灣詩史「銀鈴會」論文集》，頁20。

44 林亨泰：〈銀鈴會文學觀點的探討〉，《臺灣詩史「銀鈴會」論文集》，頁63。

45 陳明臺：〈清音依舊繚繞──解散後銀鈴會同人的走向〉，《臺灣詩史「銀鈴會」論文集》，頁106。

46 阮美慧：《笠詩社跨越語言一代詩人研究》〈第五章：分論（三）──原銀鈴會詩人群：錦連與詹冰、張彥勳研究〉，臺中市：東海大學中國文學系碩士學位論文，1997，頁147-148。

47 參見朱實：〈潮流澎湃銀鈴響──銀鈴會的誕生及其意義〉，《臺灣詩史「銀鈴會」論文集》，頁11-22。林亨泰：〈銀鈴會文學觀點的探討〉，《臺灣詩史「銀鈴會」論文集》，頁33-64。

文學」，他們都提到《潮流》季刊所引用、介紹的各國文學家與文學
理論，包括俄國的高爾基、普希金、托爾斯泰，法國的波特萊爾、梵
樂希，日本的石川啄木、島崎藤村、北條民雄，中國的魯迅、林語堂
等等，以及各種文學思潮，如象徵主義、超現實主義、新現實主義等
等。西方現代主義的思潮已在類近無政府、無主義的亂世臺灣悄悄撞
擊詩人的心靈，這是一九四八年五月至一九四九年四月的事，林亨泰
的第一本詩集《靈魂の產聲》（日文版）也在這段時間醞釀、生產、
問世。這時的洛夫剛剛高中畢業，考入國立湖南大學外文系，發表新
詩十餘首，攜帶馮至及艾青詩集各一冊，隨國民黨軍隊來臺；十年
後，一九五八年三月洛夫第一次風格轉變之作〈投影〉、〈吻〉、〈蝶〉
才寫出，一九五九年八月所謂「超現實主義」組詩《石室之死亡》才
動筆。[48]

　　加入銀鈴會，是林亨泰文學生涯一個重要的起點，就在這個起跑
點，林亨泰已經找尋到自己新詩的靈魂。

二　借現代派的舞臺演出自己的戲碼

　　一九五五年，出版日文詩集《靈魂の產聲》之後六年，林亨泰出
版了漢文詩集《長的咽喉》[49]，之後，偶然在書店發現紀弦主編的
《現代詩》，開始以筆名「恆太」投稿《現代詩》，他富於實驗精神的
「符號詩」直接刺激了紀弦好勝、好戰之心，終於放手一搏，為臺灣
新詩現代化加足馬力，一個外省籍的詩運動家提供了舞臺，一個本省
籍的詩理論家舞出了新姿，雙雙成為臺灣戰後最新一波現代主義運動
的先鋒部隊、頭號旗手。

---

48 洛夫：〈年譜〉，《洛夫自選集》，臺北市：黎明文化公司，1975，頁2-3。

49 林亨泰：《長的咽喉》，臺中市：新光書店，1955。

　　讀「臺北中學」（今泰北中學）時的林亨泰已廣泛閱讀日本《詩與詩論》雜誌的春山行夫、安西冬衛、北川東彥、北園克衛，超現實主義推手西脇順三郎、瀧口修造，前衛詩人萩原恭次郎，未來派神原泰等詩人的作品，彷彿經過一番水的淘洗、火的冶煉——但與賴和不同的是：他未經由漢詩薰陶，直接從日文奔向世界。再如橫光利一、川端康成、中河與一的「新感覺派」小說，林亨泰也著迷喜愛，彷彿推開另一扇窗，欣賞不同的景觀——但與賴和不同的是：他專注於新詩創作與論評，不旁騖其他文類。而在現代主義盛行臺灣時文藝青年所琅琅上口的龐德（Ezra Pound, 1885-1972）、艾略特（Thomas Stearns Eliot, 1888-1965）、喬艾斯（James Joyce, 1882-1941）、康明思（Edward Estlin Cummings, 1894-1962）、阿保里奈爾（Guillaume Apollinaire）、紀德（Andre Gide, 1869-1951）、布魯東（Andre Breton, 1896-1966）、里爾克（Reiner Maria Rilke, 1875-1925）、卡夫卡（Franz Kafka, 1883-1924）等等，林亨泰也是在中學後期的階段就開始接觸[50]——但與賴和不同的是：林亨泰率先跳上了現代主義的列車，飛馳於臺灣的土地上。

　　如果，賴和是臺灣新文學之父，林亨泰的新詩地位也應該有更新的評價。

　　此時林亨泰對現代主義已經擁有了周全的認識，整裝、蓄勢，等待引爆，但是整個臺灣新詩壇猶在蒙昧混沌中，唯有紀弦組成現代派、引發現代主義論戰，確實有震聾啟瞶的作用，晚年紀弦在其《紀弦回憶錄》之第二部仍然有著「在頂點與高潮」的喜悅與自得，以第五、六、七等三章加以細論。[51]不過，如此長篇巨幅所論述的，仍然

---

50 林巾力：《福爾摩沙詩哲林亨泰》，頁57-58。

51 紀弦：《紀弦回憶錄》第二部「在頂點與高潮」，臺北市：聯合文學出版社，2001，頁69-115。其第五章、組織「現代派」，第六章、現代主義論戰，第七章、第二個回

還是觀念上的澄清、口號式的呼籲、主觀型的評斷,未見反思、檢討。以長遠的新詩發展史來看,紀弦鼓舞的僅止於求變的勇氣,而非求新的方向,從最初的組社到稍後的論戰,從論文的內容到紀弦自己所創作的新詩語言、形式,顯現浪漫主義的訴求強過象徵主義的塑型,徒有向前衝的戰鬥個性,缺乏向內看的省思智能,即使今日再閱讀《紀弦回憶錄》,長達四十七頁的第五、六、七等三章篇幅,只有兩處簡略提到林亨泰,一是提到《現代詩》第十四期紀弦所寫的〈對〈所謂現代派〉一文之答覆〉、〈談林亨泰的詩〉這兩篇文章,是為駁斥一個「無聊透頂寫雜文的傢伙」所寫的〈所謂現代派〉,其內涵如何則未曾檢討(這兩篇文章也未收入一九七〇出版的《紀弦論現代詩》[52])。一是在現代主義論戰期間,《現代詩》第二十一、二十二期,林亨泰以〈談主知與抒情〉、〈鹹味的詩〉予以聲援,主要論點如何,回憶錄亦闕而不錄。[53]可以看出紀弦粗枝大葉的英雄式的呼告,只管呼聲、力勁是否動人,不管論理、思維是否到位!

相對來看,林亨泰曾經以五篇文章〈新詩的再革命〉、〈現代派運動的實質及影響〉、〈現代主義與臺灣現代詩〉、〈現代派運動與我〉、〈《現代詩季刊》與現代主義〉,[54]記述、省視現代派、現代主義對臺灣詩壇的影響,即使晚出的、類近於自傳的《福爾摩沙詩哲林亨泰》仍列有專章〈《現代詩》季刊與新詩的「現代化」〉,以與「銀鈴會」、「第一本詩集」、《笠詩刊》相配,並且企圖擴大解釋「自波特萊爾以降一切新興詩派」,是「包括十九世紀的象徵派,二十世紀的後期象

合和論戰的結果,記述「現代派」組成前後詩壇局勢的變遷,現代主義論戰的因果始末,彷彿盛世又回。

52 紀弦:《紀弦論現代詩》,臺中市:藍燈出版社,1970。

53 紀弦:《紀弦回憶錄》第二部「在頂點與高潮」,頁74、114。

54 林亨泰:《林亨泰全集五‧文學論述卷2》,頁2-29、117-175。

徵派、立體派、達達派、超現實派、美國的印象派，以及今日歐美各國的純粹詩運動。」[55]希望能為紀弦的「移植」之說添加「在地化」的可能，舉日本「新感覺派」吸取外國前衛文學觀念與嶄新技法，用以豐富自身為證，[56]在在顯示林亨泰迴護紀弦與現代派，用心良苦。

　　衡諸《林亨泰全集》裡的理論之作，學術論述置於卷一、卷二，均為專書、長論，但並無一文發表於《現代詩》；卷三是文學生活回顧、作家作品論、序跋類文章，也與《現代詩》屬性相異；卷四蒐羅文學短論，只有〈關於現代派〉（《現代詩》17期）、〈符號論〉（18期）、〈中國詩的傳統〉（20期）、〈談主知與抒情〉（21期）、〈鹹味的詩〉（22期）、〈孤獨的位置〉（39期）等六篇文章登載於《現代詩》，這些短論總有幾句話呼應紀弦或現代派之說，但文勢一轉，即以林亨泰自己的創見為核心，篇幅雖短小，鋒芒卻銳利，一如閃電、鑽石，醒人耳目，在一九五七、一九五八年早期的新詩天空，或逼人向內省思，或引人往外飛馳。如洛夫與創世紀的改變竟是緊接在這些論述之後：洛夫第一次風格轉變之作是在一九五八年三月，他的「超現實主義」作品《石室之死亡》是在一九五九年八月動筆，他與張默、瘂弦所主導的《創世紀》以〈社論〉的方式說：「雖然我們從未揚著『現代主義』的旗幟，但我們確是現代藝術的證人與實踐者。」[57]擱置「民族主義」黃色三角旗，扛起「現代主義」的大纛，也是在創刊五年之後的一九五九年十月。現代、現代性、現代感、現代主義，從此成為臺灣詩壇人人朗朗上口的詞彙。

---

55 林巾力：《福爾摩沙詩哲林亨泰》，頁140。亦見於《林亨泰全集五・文學論述卷2》，頁18。

56 林巾力：《福爾摩沙詩哲林亨泰》，頁142。亦見於《林亨泰全集五・文學論述卷2》，頁19-20。

57 《創世紀》社論：〈五年之後〉，《創世紀》第13期，1959年10月，頁1。

三 借符號詩的實驗樹立自己的形象

　　如何現代，怎樣前衛，應該是新詩革命者最想找到的方法。臺灣詩壇在焦灼的五〇年代，既已拋除舊詩格律，卻又陷入「五四」、「日制」雙重傳承雙重斷層的懸崖之下，路在哪裡？方法如何尋求？茫無頭緒。「新詩向何處去」筆戰的雙方，應該就是這種焦灼心境的顯現。林亨泰適時在《現代詩》11期（1955年秋季）發表一首題為〈輪子〉的「符號詩」，將詩中「轉」字依其義加以九十度、九十度旋轉四次，將「它」字依其形九十度、九十度再旋轉四次，震撼詩壇，其後又陸續發表〈房屋〉等詩，既顛覆「認識論」，又揚棄「修辭學」，砍斷一般人對字義的長期依賴，讓每一個字成為一個「存在」。[58]並且佐以〈符號論〉（《現代詩》18期）、〈中國詩的傳統〉（《現代詩》20期）的論述，得出這樣的結論：本質上，中國詩的傳統即象徵主義；文字上，中國詩的傳統即立體主義，為「符號詩」（一般稱之為「圖象詩」）找到了東方、西方都可以接受的支點，因而鼓舞了臺灣新詩人創新的勇氣與信心。

　　林亨泰對「符號詩」即知即行，藉由日本神原泰的《未來派研究》（1925）、萩原恭次郎的前衛詩作、法國詩人阿保里奈爾的立體派作品，多方運用不同字體、不同字號、不同顏色、擬聲字詞、數學記號、數字感覺、樂譜、歪斜或顛倒字形、自由順序等方法──林亨泰稱之為「自由語」的創造，或印刷技巧的運用，[59]大量訴諸視覺，勇於推崇圖象。雖然在很短的期間內完成十多首符號詩，發表的時間卻拉長為一、二年之久，影響的波度因而增強。再加上白萩的跟進、爭論，詹冰先發後至的精采作品〈水牛圖〉、〈自畫像〉，「銀鈴會」之後

---

58 林亨泰：〈現代派運動的實質及影響〉，《林亨泰全集五・文學論述卷2》，頁123-128。
59 林亨泰：〈現代派運動與我〉，《林亨泰全集五・文學論述卷2》，頁146-147。

的臺籍詩人，即知即行，為臺灣新詩吹皺一池春水，將新詩創作推向無限可能。

如果沒有林亨泰、白萩、詹冰的圖象詩熱潮，臺灣現代詩的狂飆期或許會延緩，聲勢會減弱。亦即林亨泰「符號詩」所直接刺激的，並不是圖象詩的大量仿製，或立體派的聲譽鵲起，而是整體現代詩技巧的頓然覺醒，一夕之間，詩人鏐鋙盡除，奮勇衝刺，雙重傳承雙重斷層的懸崖反而開出奇險之花。

四　借小論文的力量積澱自己的功夫

林亨泰自承是跨越語言的一代，漢字言說或書寫，不是他的專擅，但在日文閱讀與臺語思考之後，心中所翻湧的理念又不能不一吐為快，因此他選擇以短小的篇幅去承載巨大的思考所得，借小論文的力量積澱自己的功夫，如早期在《現代詩》、《笠》上的作品，無一不是短製小論，卻又耐人咀嚼。因為篇幅短小，作者必須芟穢除垢，剪葉裁枝，去掉蕪雜，所以沒有摻水之嫌；也因為篇幅短小，讀者得以伸張自己的想像，添補罅隙，激盪腦力，激生智慧。

如最早發表在《現代詩》十七期的〈關於現代派〉，以英文字母分段區隔，逐層翻騰，各段都有精義，如〈A〉節所言：

> 「現代派」——這個廣義的稱呼，便是立體派、達達派、和超
> 現實派的總稱。按發生時間的前後，我們應該這樣的稱呼：
> （一）現代派第一期（即指立體派而言）
> （二）現代派第二期（即指達達派而言）
> （三）現代派第三期（即指超現實派而言）

> 然而，「超現實」，乃是自立體派至超現實派的一連串運動所一
> 貫的精神。[60]

幾乎將現代主義異時而交疊，共構而岔生的特性，三言兩語交代清楚。

即如後來驅遣文字漸趨成熟，林亨泰撰寫長論時仍然依循這種模式：壹、貳、參⋯⋯，或 A、B、C⋯⋯，任其演繹、分立、干擾、組合，以小論文的方式去傳達周密的思維，從此成為林亨泰論著的特色。

五　借笠下影的「引言」傳達現代主義的心聲

一九六四年《笠》詩刊創辦初期，一至六期為林亨泰所主編，精心設置「笠下影」、「詩史資料」、「作品合評」等專欄，為臺灣現代詩學的建構付出心血，其中「笠下影」分列「作品」、「詩的位置」、「詩的特徵」三欄，為詩人作品作完整評述的工作，為詩人歷史地位作定音之準備，最早的八期（八位）為林亨泰所撰稿，前面五期是《笠》詩社同仁，林亨泰藉著尚未進入作品評述之前的「引言」（引用同仁的詩見解、詩觀念），為自己的同仁找到他們內心深處「追求現代主義」的心聲：

（一）詹冰（詹益川，1921-2004）

> 詩人如小鳥任憑自然流露的情緒來歌唱的時代已過去；現代的
> 詩人應情緒予以解體分析後，再以新的秩序和型態構成詩，創
> 造獨特的世界。因之詩人該習得現代各部門的學識和教養，傾
> 注其所有的知性來寫詩⋯⋯。我的詩作可以說是一種知性的活

---

[60] 林亨泰：〈關於現代派〉，原載《現代詩》17期，1957年3月，轉引自《林亨泰全集七‧文學論述卷4》，頁6。

動。簡言之，我的詩法是『計算』。我計算心象的鮮度。計算
語言的重量。計算詩感的濃度。計算造型的效率。以及計算秩
序的完美。最後的目標是要創造前人未踏的詩的美的世界。[61]

（二）吳瀛濤（1916-1971）

最初也是最後的，最渺小而也是最龐大的，物質中之物質，生
命中之生命，人工的最高峰，人類智慧的極深奧——這就是原
子，原子的領域，同時也就是新世紀的詩的領域。[62]

（三）桓夫（陳武雄，1922-2012）

認識自我，探求人存在的意義，將現在的生命連續於未來，爲
具備持久性的真、善、美而努力；就必須發揮知性的主觀精
神，不斷地以新的理念批判自己；並注重及淨化自然流露的情
緒，但不惑溺於日常普遍性的感情，而追求高度的精神結
晶。——我想以這種方式，獲得現代詩真正的性格。[63]

（四）林亨泰

我寧願儘力去探求還沒有被那些「懂得價值的人」的足跡所踐
踏過的地方，縱然那是有著猙獰的容貌而不能稱為風景，或者
不過是醜陋的一角而不足以稱為風景，可是，我以為只有在這

61　〈笠下影：詹冰〉，原載《笠詩刊》第1期，1964年6月，頁6。林亨泰：《林亨泰全
　　集六・文學論述卷3》，頁66。

62　〈笠下影：吳瀛濤〉，原載《笠詩刊》第2期，1964年8月，頁4。林亨泰：《林亨泰
　　全集六・文學論述卷3》，頁75。

63　〈笠下影：桓夫〉，原載《笠詩刊》第3期，1964年10月，頁4。林亨泰：《林亨泰全
　　集六・文學論述卷3》，頁84-85。

裡才體會得到人類居住的環境底真正的嚴謹性。[64]

（五）錦連（陳金連，1928-2013）

> 我是一隻感傷而吝嗇的蜘蛛。
>
> 1. 感傷──對存在的懷疑，不安和鄉愁，常使我特別喜愛一種
> 帶有哀愁的悲壯美（當然也不妨含有一些冷嘲和幽默的口
> 吻）。
> 2. 吝嗇──我珍惜往往只用了一次就容易褪色的僅少的語彙
> （身上的錢既少，就不許揮霍的）。
> 3. 蜘蛛──為了捕捉就得耐心等待（並非等著靈感的來臨）。[65]

這樣的引言，可以聽到《笠》詩刊同仁與時俱進的決心與信念，林亨
泰費心為他們找到內心的期許，顯示林亨泰作為編輯者的敏銳，更重
要的，這也顯示出做為一位傑出的評論者，林亨泰十分清楚臺灣現代
詩未來發展的趨勢與走向。

六 借笠下影的「位置」肯定現代主義的價值

　　《笠》詩刊「笠下影」的評論工作，在介紹過《笠》詩社前輩同
仁之後，第六期至第八期轉而介紹「現代派」的三位詩人，仍由林亨
泰執筆，可以看出林亨泰對「現代派」的重視。

　　評介社外詩友，林亨泰改借「詩的位置」肯定「現代派」三位詩

---

64 〈笠下影：林亨泰〉，原載《笠詩刊》第4期，1964年12月，頁6。林亨泰：《林亨泰
全集六‧文學論述卷3》，頁93-94。

65 〈笠下影：錦連〉，原載《笠詩刊》第5期，1965年2月，頁6。林亨泰：《林亨泰全
集六‧文學論述卷3》，頁103。

人的成就，兼而肯定現代主義的價值：

（一）紀弦（路逾，1913-2013）「詩的位置」

當紀弦主編的《現代詩》揭櫫「現代派宣言」時，《藍星》詩刊
猶沉睡於「抒情」的甜夢之中，至於《創世紀》詩刊，也還停
留於「新民族詩型」的樸素階段。又，方思、楊喚、葉泥、鄭
愁予、林亨泰、林泠、壬癸（商禽）、季紅、吹黑明、楊允達、
錦連、黃荷生、薛柏谷等夥友之所以聚集於《現代詩》，並非由
於他們的作品相類似，而是由於作品的顯然相異，這正是意味
著他的重視獨創性（originality）更甚於熟練性（discipline）。[66]

（二）楊喚（楊森，1930-1954）「詩的位置」

就詩的風格看來，他可以說與《現代詩》詩刊上各詩人的作風
是有其顯著的親近性的。即是說，就他的詩並非單純的「抒情
詩」，甚至更能在詩中找到閃爍著的「知性的光輝」這點來
說，或就他不以詩來裝飾自己的弱點這樣「真摯」這一點來
說，平心而論，當我們處處都可以發現與《現代詩》詩刊上的
各作品的類似點時，我們似乎更有理由把他併入《現代詩》詩
刊這一系列裡了。[67]

（三）方思（黃時樞，1925-）「詩的位置」

方思是與紀弦等幾個人推動中國詩導向現代化上，可說是比余

66　〈笠下影：紀弦〉，原載《笠詩刊》第6期，1965年4月，頁6。林亨泰：《林亨泰全
　　集六・文學論述卷3》，頁119-120。

67　〈笠下影：楊喚〉，原載《笠詩刊》第7期，1965年6月，頁10。林亨泰：《林亨泰全
　　集六・文學論述卷3》，頁129-130。

光中早一時期的先進之一。雖然所寫的詩論不多,但由他對介
紹里爾克以及各國現代詩人的手法上,我們將可以窺見並十二
分的了解他對於領會現代詩的深度。[68]

以如此肯定的語氣肯定三人,是因為林亨泰與「現代派」有著相同的
氣息。這種借「笠下影」以彰顯現代主義的努力,常為一般評論者所
忽略,當然也為其後繼續撰寫的人所無法企及。隨著林亨泰離開
《笠》詩刊主編檯,《笠》詩刊追求現代主義的意願越來越淡,而實
踐現實主義的使命感則越來越重,詩理論的份量也少於林亨泰掌舵之
日,間接證明林亨泰對於新詩理論有著立竿見影的自我期許。

七 借訪問記的挑戰,裨補現代主義的闕漏

林亨泰是跨越語言的一代,長篇論述或口頭訪問原來都不是他所
擅長,但經由一次又一次的訪談,一次又一次的反思,他努力借著訪
問記修補早期立論的缺失,增補新的思考所得。

譬如對於現代詩的真摯性之外,他還強調詩的世界性的期許:
「首先我們要認識現代詩的基本精神,我們要具有:A.真摯性:要寫
『現代』的詩,不要虛偽。B.世界性:要有世界一體的觀念,在精神
上與全人類的意識活動緊密連結在一起,這才是重要的。」[69]

再如面對「情感」,林亨泰也曾細分為四個層次,這是談「知
性」的他所罕於言說的,這樣的說辭彌足珍貴:

---

68 〈笠下影:方思〉,原載《笠詩刊》第8期,1965年8月,頁25-26。林亨泰:《林亨泰
   全集六・文學論述卷3》,頁139。

69 楊亭、廖莫白:〈詩的防風林〉,《幼獅文藝》289期,1978年1月。林亨泰:《林亨泰
   全集八・文學論述卷5》,頁28。

「感官的感情」——是由身體上任何部位遭受刺激：如美味、痛覺、飢渴、性衝動等所引起的感情，假如把這種感情與詩史上相對應，代表「歌詠時期」，這種發洩方式相當於這一個層次。

「生命的感情」——是由健康狀態，如莊重、爽快、疲憊等的感覺所引起的，如一種底層流動的地下水脈，這一層次無須外在的刺激，靠自己的力量從生命的深處存在的本源抒洩自己，所以它是更屬人性的，是發自生命的本身。這層次與詩史上的「民謠時期」相對應。

「心情的感情」——是一般人所謂的感情，如喜悅、憤怒、滿足、悲哀、苦惱、羞恥等感情而說的，是多采多姿而富有色彩的感情。這層次的感情在詩史上，該屬於「抒情詩時期」。

「精神的感情」——是凌駕這三個層次感情之上，將一切歸統於價值世界，如憧憬、世界苦、歸依之心等，可以說是屬於最高的一層次的感情。這一層次的感情與「現代詩時期」相對應。[70]

感情之說，最後卻又歸結於理性的判斷，這樣的說詞頗似有著現實世界的情意，卻又必須思考現代主義的表現技巧。林亨泰內心的二元激盪，似乎不曾停息。

八　借座談會的揮灑，點化現代主義的精神

《笠》詩刊的「作品合評」活動，行之既久，影響極遠，尤其是陳千武、林亨泰、錦連、詹冰、白萩（何錦榮，1937-）等長老級的

---

70 康原：〈訪林亨泰先生談文學創作中的情感〉，《臺灣日報》，1979年3月3日。林亨泰：《林亨泰全集八・文學論述卷5》，頁52-53。

發言，對於社內同仁具有相當大的啟示作用、教育功能與「笠」精神的傳承意義。林亨泰常在這種溫馨的場合，語重心長，時有微言大義在其中，頗值得參考。

如「很多人都說文學是生活的反映，這是不錯的，但是把生活誤解為日常生活的流水帳才是生活的表現，那是不可原諒的，文學的真實感（reality）是一種逼真，而不是與日常生活的一致，所謂『小說』本來就是一種 fiction，如卡夫卡的《變身記》，他所寫的雖然是一種虛構（fiction），但是，讀者讀來如果能感到逼真，那麼，這就是文學上的所謂『真實性』。」[71]

如「詩是從痛苦中創作出來才是真正的東西，脫離現代環境要獨善其身，簡直是沒有辦法。」「主知是優位的，抒情在於其次。古詩或許有它的好處，奈已逐漸被現代人所遺忘。」[72]

在「詩與現實」的座談會上，林亨泰說：「題材加上表現方法加上思想性才算完整。」「作家應該要想到怎麼寫的問題，所謂專家就是要有解答為什麼這樣的能力。詩人和小說家就是這方面的專業人員！對怎麼寫這問題不能忽略，不但不能忽略，是更重要的一點。」[73]

第四節　結語：臺灣詩哲林亨泰

二〇〇一年，真理大學準備頒贈林亨泰先生「臺灣文學家牛津獎」，我建議以「臺灣詩哲」的讚辭稱揚他，獲得採納，就如獎詞上

---

71 〈作品合評〉（邱瑩星作品等），原載《笠詩刊》第6期，1965年4月。林亨泰：《林亨泰全集九・文學論述卷6》，頁45-46。

72 〈作品合評〉（鄭炯明作品研究座談會），原載《笠詩刊》第7期，1967年2月。林亨泰：《林亨泰全集九・文學論述卷6》，頁97-98。

73 〈詩與現實〉（中部座談會記錄），原載《笠詩刊》120期，1984年4月。林亨泰：《林亨泰全集九・文學論述卷6》，頁181。

所寫「林亨泰先生的作品，為了成型，在形式層次上，必須足夠意象化與結構化；為了耐讀，在涵義層次上，必須充分深層化與多義化。他的哲學思考，已成為臺灣詩林之典範。」

　　臺灣詩人林亨泰清楚自己要寫什麼，在做什麼，能將艱深的理論化成各種不同的言語，透過不同的管道，深入影響不同世代的詩人，而且跨越語言，跨越政治藩籬，跨越社團，應該是絕無僅有，臺灣第一人。

　　正如一九九六年他寫給張默（張德中，1931-）的信所言，他一生的創作可分為三個時期：

　　　　第一時期：銀鈴會時期，自一九四五年至一九四九年。
　　　　特色：以日文寫作，滿懷社會改革理念。
　　　　第二時期：現代詩時期，自一九五二年至一九六四年六月。
　　　　特色：提出主知的優越性和方法論的重要性。
　　　　第三時期：笠詩社時期，自一九六四年六月至現在。
　　　　特色：強調時代性與本土性，主張「現代」與「鄉土」並不衝
　　　　　　　　突，相信「現代」的成果必能落實於「鄉土」上。[74]

這三個時期的理想一直延續著，激盪著，如社會改革的理念，在後期的作品中更為張皇，如主知的優越性和方法論的重要性，在第三時期依然未曾放棄，作為臺灣第一位新詩理論者，林亨泰努力的「現代」成果如是落實於臺灣的土地上。

74 林亨泰：〈復張默書〉，《林亨泰全集七‧文學論述卷4》，頁301-302。

參考文獻

中文書目（依作者姓氏筆畫序）

呂興昌　《林亨泰研究資料彙編》　彰化縣　彰化縣立文化中心　1994

阮美慧　《笠詩社跨越語言一代詩人研究》　臺中市　東海大學中國
　　　　文學系碩士論文　1997

林巾力　《福爾摩沙詩哲林亨泰》　臺北市　印刻文學生活雜誌出版
　　　　有限公司　2007

林亨泰　《林亨泰全集》（十冊）　彰化縣　彰化縣立文化中心　1998

林亨泰編　《臺灣詩史「銀鈴會」論文集》　彰化縣　礦溪文化學會
　　　　1995

柯菱玲　《林亨泰新詩研究》　臺南市　成功大學中國文學研究所碩
　　　　士論文　1999

洛　夫　《洛夫自選集》　臺北市　黎明文化公司　1975

紀　弦　《紀弦回憶錄》　臺北市　聯合文學出版社　2001

紀　弦　《紀弦論現代詩》　臺中市　藍燈出版社　1970

康　原　《八卦山》　彰化縣　彰化縣文化局　2001

康　原　《八卦山下的詩人——林亨泰》　臺北市　玉山社　2006

笠詩社　《時代的眼・現實之花》（《笠》1-120影印本）　臺北市
　　　　臺灣學生書局　2000

連　橫　《臺灣詩乘》　南投縣　臺灣文獻委員會　1992

游　喚　《縱情運命的智慧》　臺北市　漢藝色研文化事業有限公司
　　　　1993

蕭　蕭　《臺灣新詩美學》　臺北市　爾雅出版社　2004

賴　和　《賴和全集》　臺北市　前衛出版社　2000

第六章
席慕蓉的「詩」字與神祕詩學

摘要

席慕蓉自一九八一至二〇一一年，三十年間出版七本詩集，其中應用「詩」字之作，從《七里香》六首六次，逐冊增多到《以詩之名》二十三首四十六次，合計七冊為九十三首、一五六次，形成特殊的另一種「席慕蓉現象」。本文即透過這九十三首有「詩」字的詩，加以觀察、分析，見到席慕蓉三十年間的思路進程。依其先後出版序，逐冊增多「詩」字的詩集，可以看出席慕蓉詩作由首冊詩集《七里香》所透露的詩是最初的美好與悸動，逐漸潛思冥想，至乎《無怨的青春》裡思考詩的由來與價值。轉入《時光九篇》時，正視詩如何奔赴生命的邀約，積極與生命、心靈對話，甚至於回到自己的原鄉草原，在《邊緣光影》裡發現詩與靈魂相互輝映的光。到了《迷途詩冊》中，詩人和自己狹路相逢，席慕蓉著意在詩中思考詩、思考自我、思考族群，《我摺疊著我的愛》顯露出她的自信，確信詩自足於詩，終至於《以詩之名》宣示自我的覺知，敢以靈魂的撫觸與震顫築造自己的神祕美學，回應原鄉的呼喚。

關鍵詞：席慕蓉、詩字、神祕詩學、靈魂、蒙古原鄉

第一節　前言：席慕蓉的青春王國——畫與詩的相互支撐

　　席慕蓉（1943-）出生於重慶，成長於臺灣，父母皆為來自內蒙古的蒙古人，蒙古語名為「穆倫・席連勃」，其意為「大江河」，「慕蓉」是「穆倫」的近似音譯。一九五九年席慕蓉進入臺灣師範大學藝術系，隨陳慧坤、袁樞真學素描，跟馬白水、李澤藩學水彩，還跟林玉山、吳詠香、黃君璧、張德文等大師習國畫，主修油畫的老師則是李石樵、廖繼春。一九六三年席慕蓉師大畢業，曾任教北市仁愛初中一年，次年席慕蓉即赴比利時布魯塞爾皇家藝術學院，入油畫高級班修習。一九六五年應邀參加比京皇家歷史美術博物館舉辦之「中國當代畫家展」。回國後，曾任職新竹師專（今新竹教育大學）美術科、東海大學美術系。這一系列的美術類學經歷，直接奠立她畫家的身分，間接影響她擷取美的質素的能力，創造「詩意象」的取境效果，成就了情境構圖的敘說功夫。

　　早年席慕蓉曾以蕭瑞、漠蓉為筆名，間用本名「穆倫・席連勃」創作散文。一九八一年大地出版社發行席慕蓉的第一本詩集《七里香》，獲得讀者群的喜愛，也獲得學術界曾昭旭（1943-）的推崇，稱她是「藉形相上的一點茫然，鑄成境界上的千年好夢——使人在光影寂滅，猶見滿山的月色，如酒的青春。」詩評界蕭蕭（蕭水順，1947-）則稱她是「自生自長，自圖自詩，不知有漢，無論魏晉，是詩國裏一處獨立自存的桃花源。」[1]從此，席慕蓉以清朗真摯的獨特風格，觸動了華文世界許多讀者的青春心靈。

1　蕭蕭：〈綻開愛與生命的花樹——談席慕蓉〉，《現代詩縱橫觀》，臺北市：文史哲出版社，2000，頁246。

　　其實更早以前，席慕蓉的同學、小說家七等生（劉武雄，1939-）就曾發表長論〈席慕蓉的世界——一位蒙古女性的畫與詩〉論評她的《畫詩》（素描與詩），[2]《畫詩》（1979）包含素描與詩，書名「畫」在「詩」之前，被歸類為畫冊，其出版早於《七里香》（1981），顯然席慕蓉的畫家身分在論述詩作時應該受到重視，而畫家兼小說家的七等生，重視畫面鋪陳與敘事特質的評論，也以相同的力量在支撐這樣的論點。

　　七等生在提到《畫詩》「集一：歌」中有十二首詩（歌），依序是「山月／給你的歌／十六歲的花季／接友人書／暮色／邂逅／樹的畫像／銅版畫／舊夢／回首／月桂樹的願望／新娘」，他認為「看這樣的排列，彷彿是她個人的成長藉著幾個重要斷面，跳接連綴進展的生命過程；裡面的主詞都是意象，是創作者的我注視原本生活情態的真我，內在的事實完全布滿在這些詩句中，以歌將它唱出。」[3]作為一個畫家兼小說家七等生所看見的是：這些篇名（歌名）是意象呈現，是有畫面的，而且是進展的生命斷面。也就是七等生看見了畫面、看見了敘事性，他看見了詩裡面的情節（本事）、席慕蓉的小說企圖。

　　接著，七等生還提到《畫詩》「集一：歌」的第一首〈山月〉的前兩行是：

　　我曾踏月而來

　　只因你在山中

他說這兩行「意象鮮明，真理俱在」，而且點出「愛是生命個體出生

2　席慕蓉：《畫詩》（素描與詩），臺北市：皇冠文化出版有限公司，1979。

3　七等生：〈席慕蓉的世界——一位蒙古女性的畫與詩〉，席慕蓉：《七里香》，臺北市：圓神出版社有限公司，2000，頁199。

後，尋找、交纏、恩怨、蛻變、離開、懺思、復合、死亡的故事」，[4]
你我終其一生，不能或忘的。也就是說，單從這兩句，小說家、讀者
會從其中的畫面、敘事過程，夾纏進自己的故事，加以衍生。畫家席
慕蓉的基本素養影響著詩人席慕蓉的寫作。

　　反過來思考，一個畫家的畫冊出版，通常文字儉省，文字只用以
陪襯、說明，但席慕蓉的第一本書卻是「畫／詩」同列，不相依傍，
站在畫家的立場思考，「詩」不也是佔著相當大的衝擊力勁？

　　多年來閱讀席慕蓉的詩作，我們可以發現有些字詞在她的詩作中
一再重複出現，例如：夢、美、淚、愛、詩、青春、記憶、月光、
你、我等等，其中「你、我」成為敘事的主體，可以對晤、對話，虛
擬成境，同時又可拉近讀者與作者的距離，彷彿這就是「你和我」的
故事，虛擬成真。其他各字「夢、美、淚、愛、詩、青春、記憶、月
光」，則可顯露席慕蓉詩作的風格與特質，構築出席慕蓉的青春王國。

　　在《草原的迴聲——席慕蓉詩學論集》中，有兩篇論文提及這
樣的現象，李翠瑛論述「夢」字，根據她的統計，七本新版詩集
中，[5]夢字出現八十六次。[6]李桂媚的論題是〈情絲不斷，情詩不

4　七等生：〈席慕蓉的世界——一位蒙古女性的畫與詩〉，席慕蓉：《七里香》，頁200。

5　二〇〇〇年圓神出版社有限公司，重新整理席慕蓉詩集發行，依原寫作順序應為：
　《七里香》、《無怨的青春》、《時光九篇》、《邊緣光影》、《迷途詩冊》、《我摺疊著我
　的愛》、《以詩之名》。茲依原寫作順序，列出圓神的出版年代——席慕蓉：《七里
　香》，臺北市：圓神出版社有限公司，2000。／席慕蓉：《無怨的青春》，臺北市：
　圓神出版社有限公司，2000。／席慕蓉：《時光九篇》，臺北市：圓神出版社有限公
　司，2006。／席慕蓉：《邊緣光影》，臺北市：圓神出版社有限公司，2006。／席慕
　蓉：《迷途詩冊》，臺北市：圓神出版社有限公司，2002、2006。／席慕蓉：《我摺
　疊著我的愛》，臺北市：圓神出版社有限公司，2005。／席慕蓉：《以詩之名》，臺
　北市：圓神出版社有限公司，2011。本文所引詩句，均以圓神新版為準。

6　李翠瑛：〈夢的時空擺盪——論席慕蓉詩中的夢、焦慮與追尋〉，蕭蕭、羅文玲、陳
　靜容編：《草原的迴聲——席慕蓉詩學論集》，臺北市：萬卷樓圖書公司，2015。

斷——席慕蓉詩作的雨意象〉，她統計的結果是七本詩集裡合計運用了五十二次「雨」。[7]但是比起「詩」字，夢字、雨字又不算多了。

　　席慕蓉七本詩集中應用「詩」字，《七里香》六首六次、《無怨的青春》七首十次、《時光九篇》十首十四次、《邊緣光影》二十首三十三次、《迷途詩冊》十五首二十七次、《我摺疊著我的愛》十二首二十次、《以詩之名》二十三首四十六次。合計為九十三首、一五六次。[8]使用次數是「雨」字的三倍，與「夢」字相比也近兩倍。而且，第一冊詩集《七里香》六首六次，第七冊詩集《以詩之名》比起《七里香》擁有「詩」字的首數增加為四倍、次數則是七點六倍，《以詩之名》使用「詩」字首數最多，次數也最多。而且，七本詩集中有兩冊詩集之名就有「詩」字：《迷途詩冊》、《以詩之名》；篇名有「詩」字的，也有三十篇之多，其中《以詩之名》佔八篇最多。[9]

　　詩中有「詩」，未嘗不是詩壇「詩集暢銷長銷」之外的另一種奇異的「席慕蓉現象」，跡近瘋狂，值得探索。本文即藉由文末附錄之統計數字，探討「詩」在席慕蓉詩之寫作進程中的深層意義。

第二節　《七里香》透露詩是最初的美好與悸動

　　《七里香》（大地，1981）與《無怨的青春》（1983）是席慕蓉最早崛起於臺灣詩壇的兩部詩集，兩部詩集的出版時日僅相差一年六個月，不與當時主流詩壇以主知為尚、唯現代主義是從相類近，青春、抒情的兩個渦漩交互作用，有如颱風的藤原效應（Fujiwara effect），

7　李桂媚：〈情絲不斷，情詩不斷——席慕蓉詩作的雨意象〉，蕭蕭、羅文玲、陳靜容編：《草原的迴聲——席慕蓉詩學論集》。
8　本文附錄：表一至表七。
9　本文附錄：表八。

一時風行雲從，所向披靡。因而，這兩部詩集出現的「詩」字，最能
代表席慕蓉最初珍愛「詩」、不經思辨的原衷。

在《七里香》中出現「詩」字的有六首，可以歸納為兩個聚焦點：

一　美好而短暫的過去的記憶

《七里香》中的〈致友人書〉是首次在詩中出現「詩」字的篇
章，詩篇說：辜負了的春日、忘記了的面容、塵封了的華年、秋草，
都會是無聲的歌、無字的詩稿，也就是說它們不一定真落實為紙上的
文字，至少是心中縈繞的詩（意）。[10]這些詩可能短暫如彩虹，隨之也
會雲淡風輕（把含著淚的三百篇詩　寫在／那逐漸雲淡風輕的天
上），終究是席慕蓉珍視的「過去」，或許是剛消逝的夏季，或許是剛
哭過的記憶。[11]這些關於「過去」的記憶都是短暫的，席慕蓉在
〈悟〉這首詩中所悟得的是「江上千載的白雲／也不過　只留下／了
幾首佚名的詩」，甚至於與詩相連的「愛情」，「再回首時　也不過／
恍如一夢」，[12]「無論我曾經怎樣固執地／等待過你　也只能／給你留
下一本／薄薄的　薄薄的　詩集」。[13]

二　詩是被縱容的愛

關於「愛情」，席慕蓉有一個愛情基型，那就是〈抉擇〉詩中所
言「只為了億萬光年裡的那一剎那／一剎那裡所有的甜蜜與悲悽」。

10　席慕蓉：〈致友人書〉，《七里香》，臺北市：圓神出版社有限公司，2000，頁90-91。

11　席慕蓉：〈彩虹的情書〉，《七里香》，頁138-139。

12　席慕蓉：〈悟〉，《七里香》，頁144-145。

13　席慕蓉：〈至流浪者〉，《無怨的青春》，臺北市：圓神出版社有限公司，2000，頁106-
　　107。

你我在世上相聚的那一剎那，那一剎那就是詩、就是美好、就是愛情。以此基型去對應席慕蓉的名篇〈一棵開花的樹〉，時間誇飾為五百年，愛情一樣展現在如何讓你遇見我，在我最美麗的時刻；[14]或者去對應鄭愁予（1933-）的〈錯誤〉，愛情也一樣是在過客的馬蹄聲響起時女子掀簾的那一剎那。[15]

　　但在《七里香》的「詩」字篇章裡，席慕蓉加上了被縱容、受縱容的那種「愛」的感念。如〈他〉這首詩所述：他給了我整片的星空，好讓我自由的去來，這就是一份深沉寬廣的愛，可以讓我在快樂的角落裡，從容地寫詩、流淚，因為我是一個「受縱容的女子」。[16]在《無怨的青春》〈我的信仰〉裡，她說：三百篇詩反覆述說的，也就只是年少時沒能說出的那一個「愛」字。[17]〈自白〉中她說：「屬於我的愛是這樣美麗／我心中又怎能不充滿詩意」「我的詩句像鍛鍊的珍珠……每一顆珠子仍然柔潤如初」。[18]詩是什麼？詩就是愛，愛就是美，「愛、美、詩」三位一體，這是席慕蓉詩作的基本信仰，也是她擄獲無數青春心靈的主要因素。即使到了第三本詩集《時光九篇》裡，閱讀《樂府・子夜歌》，心裡想著的是要把這段沒有結局的愛情故事寫成一首沒有結局的詩，要讓隨我腳步的女子明白「詩裡深藏著的低徊與愛」，即使這愛是被淚水洗過的悲傷——「一襲被淚水漂白洗淨的衣裳緊緊裹住我赤裸熾熱的悲傷」也要讓她成詩。[19]

　　《七里香》的「後記」〈一條河流的夢〉一開始就說自己「一直

14　席慕蓉：〈一棵開花的樹〉，《七里香》，頁38-39。

15　鄭愁予：〈錯誤〉，《鄭愁予詩集I》，臺北市：洪範書店，1979，頁123。

16　席慕蓉：〈他〉，《七里香》，頁186-187。

17　席慕蓉：〈我的信仰〉，《無怨的青春》，頁52-53。

18　席慕蓉：〈自白〉，《無怨的青春》，頁78-79。

19　席慕蓉：〈子夜變歌〉，《時光九篇》，臺北市：圓神出版社有限公司，2006，頁138-141。

在被寵愛與被保護的環境裡成長。」所以,「我一直相信,世間應該有這樣的一種愛情:絕對的寬容、絕對的真摯、絕對的無怨和絕對的美麗。假如我能享有這樣的愛,那麼,就讓我的詩來做它的證明。假如在世間實在無法找到這樣的愛,那麼,就讓它永遠地存在我的詩裡、我的心中。」[20]席慕蓉是具有潔癖的「絕對愛情」的尊崇者,不論是現實中的實存,或是想像裡的或然,她總是那樣堅定要將這樣的愛情封存在自己的詩中成為永恆。

《七里香》的時代,席慕蓉即以愛、青春、美好的過往記憶,作為詩作的內涵而發軔,一直持續到《無怨的青春》繼續發皇。我們可以選擇〈讓步〉這首詩見證席慕蓉寫作的初心——為愛、為青春、為美好,即使因而憂傷終老也無所悔憾。

> 只要　在我眸中
> 曾有妳芬芳的夏日
> 在我心中
> 永存一首真摯的詩
>
> 那麼　就這樣憂傷以終老
> 也沒有甚麼不好[21]

即使到了中壯年,席慕蓉還信守著這種對詩神的承諾:「我依舊相信／有些什麼在詩中一旦喚起初心／那些曾經屬於我們的／美麗與幽微的本質　也許／就會重新甦醒」。[22]那些甦醒的、所謂「美麗與幽微的本質」,不就是詩學神祕的某一介面?

---

20 席慕蓉:〈一條河流的夢〉,《七里香》,頁190-193。

21 席慕蓉:〈讓步〉,《七里香》,頁131。

22 席慕蓉:〈契丹的玫瑰〉,《迷途詩冊》,臺北市:圓神出版社有限公司,2006,頁141。

第三節　《無怨的青春》呈顯詩的由來與價值

　　圓神版的席慕蓉詩集卷前都有一篇新版序〈生命因詩而甦醒〉，其中第 V 頁說：「不管日常生活的表面是多麼混亂粗糙，在我們每個人內心最幽微的地方，其實永遠深藏著一份細緻的初心──那生命最初始之時就已經擁有的，對一切美好事物似曾相識的鄉愁。」席慕蓉沿著這一基調，吟詠她的人生。

　　所以，《無怨的青春》持續前一冊詩集的追求，追求愛、追求青春、追求美好，持續著以最簡潔的語言鋪排心靈的優雅，透露出人世間的真摯與芬芳。再看一次〈我的信仰〉，席慕蓉相信「愛的本質一如生命的單純與溫柔」，這其間的互動又像「光與影的反射和相投」那樣和諧、清幽、自然。席慕蓉說：

> 我相信　滿樹的花朵
> 只源於冰雪中的一粒種子[23]

這一粒種子指的就是一個字「愛」，「愛」是席慕蓉根深柢固的信仰。一般人提到「種子」會說是土中的一粒種子，頂多說是黑泥暗土裡的種子，但席慕蓉用的是「冰雪中的一粒種子」，時間拉遠、空間拉遠，現實經驗拉遠，神祕感也就呈現了。

　　比較《七里香》、《無怨的青春》兩冊詩集的基調大抵相同，但《無怨的青春》在馨香與愛的追求之外，還在叩問詩的由來與價值。如〈詩的價值〉中談到詩的由來，不完全只是美好，更堅實深刻的卻是「痛苦」，以席慕蓉的話來說：「我如金匠　日夜捶擊敲打／只為把

23　席慕蓉：〈我的信仰〉，《無怨的青春》，頁52-53。

痛苦延展成／薄如蟬翼的金飾」。痛苦成詩，這就是詩的價值：「把憂傷的來源轉化成／光澤細柔的詞句／是不是　也有一種／美麗的價值」。詩的由來，是憂傷、痛苦，是佛家的無常觀，是基督教的原罪說；詩的美，是薄如蟬翼的金飾，顯現光澤細柔的特質；合而鍛冶之，造就出人生的救贖，詩的價值。[24]

延續到《時光九篇》，痛苦而成詩依然是席慕蓉成詩的源頭：「而我的痛苦　一經開採／將是妳由此行去那跟隨在詩頁間的／永不匱乏的　礦脈」，[25]痛苦是永遠開採不完的礦脈。宗教家有的認為人有與生俱來的罪罰，有的認為人所面臨的是不測、無常，這種薛西佛斯（Sisyphus）式的推石上山的苦難折磨，席慕蓉承認且接納這些，卻將它們視之為永不匱乏的詩的礦脈，樂天達觀，才能鍛冶自己的苦痛為美，以美消解眾人的憂憤。

感性、理性之間偏倚感性多一些的席慕蓉，也曾以「試驗」來求證詩的可能，〈試驗之一〉的「已知項」是：「一塊小小的明礬就能沉澱出所有的渣滓」，「求知項」則是「如果在我們的心中放進一首詩是不是也可以沉澱出所有的昨日」？[26]答案其實很清楚，詩的價值之一是沉澱，沉澱醜陋、傖俗的渣滓，讓美好的過往情愛可以更清澈。

甚至於在〈結局〉這首詩中，席慕蓉認為春天會再來，春天再來的時候野百合仍然會在同一個山谷生長、羊齒的濃蔭處仍然會有馨香，但沒有人記得我們、記得我們的歡樂與悲傷，一切會被淡忘，席慕蓉卻又樂觀地相信：最終總會留下幾首佚名的詩、一抹淡淡的斜陽。詩與斜陽同在，這是席慕蓉的信仰，不也是詩的價值？詩，來自痛苦、憂傷，卻能走向斜陽式的恆常。曾昭旭（1943-）在鑑賞《無

---

24 席慕蓉：〈詩的價值〉，《無怨的青春》，頁18-19。
25 席慕蓉：〈餽贈〉，《時光九篇》，頁70-71。
26 席慕蓉：〈試驗之一〉，《無怨的青春》，頁138-139。

怨的青春》這本詩集時曾言席慕蓉此集所要傳達的訊息，無非是「無怨的青春」與「無瑕的美麗」，如何達致這無瑕、無怨？哲學家點化我們：「往事本來純淨，而所有的瑕疵只是人莫須有的妄加。因此，只要人隨時把那妄加的障翳撤除了，那本來的純潔便會重現，而這重現的表徵便是詩。詩，乃所以濾除憂傷痛苦而鍛鍊永恆的憑藉啊！」[27]

第四節 《時光九篇》正視詩是生命的邀約

在青春與愛的禮讚，痛苦與憂傷的審視之後，《時光九篇》正視所有詩人（世人）不能不正視的時間，正視時間，其實也是正視生命。《時光九篇》以「詩」字入詩的第一篇是〈生命的邀約〉，席慕蓉認為生命必定由豐美走向凋零，所幸這其間必有愛戀的詩句存在。〈在黑暗的河流上──讀「越人歌」之後〉，席慕蓉所擬設的情境，鋪陳出一個女子遇到光華奪目的王子，她有兩種選擇，一是積極示愛，會像飛蛾撲火，燃燒之後必成灰燼；一是選擇退縮，但退縮後這一生又能剩下什麼？一顆「逐漸粗糙 逐漸碎裂／逐漸在塵埃中失去了光澤的心」而已。所以，在詩中，她勇敢選擇撲向烈火，用輕越的歌、真摯的詩，用一個女子一生中所能準備的極致，撲向命運在暗處佈下的誘惑。《時光九篇》仍是愛戀的詩篇，卻不止於愛戀的歌詠，將詩放在更高的層次：「生命」、「生命中的極致」去審視、去思考、去定位。

〈餽贈〉一詩的小標題「把我的一生都放進你的詩裡吧。」是愛戀的祈求，卻也是生命的啟示：我的一生是痛苦的，卻是你詩的礦

---

27 曾昭旭：〈光影寂滅處的永恆──席慕蓉在說些什麼？〉，席慕蓉：《無怨的青春》，頁202-203。

脈。[28]在此詩之前，席慕蓉或許會強調「痛苦」，在〈餽贈〉這首詩說的卻是「一生」。其後的〈雨後〉詩，逐段肯認「生命　其實也可以是一首詩」、「生命　其實到最後總能成詩」，詩中的生命歷程，席慕蓉借用這樣的意象去呈現：「加深的暮色、不可知的泥淖、暗黑的雲層、留下了淚」，「滂沱的雨、潔淨心靈、不定的雲彩因雨匯成河流」，前一組是黑暗痛苦的受難意象，後一組則是洗滌除穢的淨化意象。[29]也就是說在《時光九篇》的階段，席慕蓉的詩正視生命（包括生命中的痛苦），也淨化生命，回歸到生命的本質、詩的本質。

生命有其歷程，早期席慕蓉的詩關注「過往」，《時光九篇》時期她注意的焦點是「時光」本身。詩是生命，此一命題為真；詩是時光，在席慕蓉詩中，此一命題亦真。如〈雨夜〉這首詩，描述雨夜中有人撐著黑色舊傘走過，雨水把他的背影洗得泛白，這情景「恍如歲月　斜織成／一頁又一頁灰濛的詩句」。[30]歲月是詩。再如長詩〈夏夜的傳說──一沙一界，一塵一劫〉結語是「我們在日落之後才開始的種種遭逢／會不會／只是時光祂脣邊一句短短的詩／一抹不易察覺的微笑」，[31]時光的微笑是詩。

回到〈我〉的反思，席慕蓉說「我」的「喜歡」，一個是「我喜歡出發」，喜歡一生中都能有新的夢想；一個是「我喜歡停留」，喜歡生命裡只有單純的盼望。前者所喜歡的是未來，「那沒有唱出來的歌」；後者指的是過去，「歲月飄洗過後的顏色」。未來與過去，都是歲月、時光，都是詩、歌，都是「我」所「喜歡」。此詩的第三段只有兩行：「我喜歡歲月飄洗過後的顏色／我喜歡那沒有唱出來的歌」，

28 席慕蓉：〈餽贈〉，《時光九篇》，頁70-71。

29 席慕蓉：〈雨後〉，《時光九篇》，頁78-79。

30 席慕蓉：〈雨夜〉，《時光九篇》，頁48-49。

31 席慕蓉：〈夏夜的傳說──一沙一界，一塵一劫〉，《時光九篇》，頁200。

以互文或借代的修辭學角度來看,「我喜歡歲月／我喜歡詩歌」的句
法中是可以理解為歲月即詩歌。

　　《時光九篇》還有幾首詩可以為「詩是生命的邀約」做旁證,
〈歷史博物館〉的副標題就是「人的一生,也可以像一座博物館
嗎?」[32]其後有幾首稍長的詩〈子夜變歌〉、〈在黑暗的河流上〉、〈夏
夜的傳說〉,都與時光、歷史、樂府、傳說或故事相涉,都關涉著
愛、詩、生命。甚至於到了第五冊詩集《迷途詩冊》,詩人還說:「無
從橫渡的時光之河啊／詩　是唯一的舟船」。[33]以這幾首詩還看,讀者
可以發現,時間的長河裡,席慕蓉所選擇的時間點是子夜、黑暗、夏
夜,空間感與事物焦點是變歌、河流上、傳說,這正是醞釀「神祕」
最佳的選擇。

第五節　《邊緣光影》輝映著詩與靈魂的光

　　在《邊緣光影》中的〈歲月三篇〉[34]之第三篇,以〈詩〉為名,
持續著詩是生命邀約的理念,最後的結語說:「我的心如栗子的果實
在暗中／日漸豐腴飽滿　從來沒有／像此刻這般強烈地渴望　在石壁
上／刻出任何與生命與歲月有關的痕跡」。〈歲月三篇〉像是在講歲
月,其實仍然在談詩,第一篇〈面具〉說我們是照著自己的願望訂做
面具,諸如謙虛、愉悅等等,但內心中有著澆不息的憤怒和驕傲的火
焰,深植到骨髓裡的憂愁,甚至於猝不及防的孤獨感,這些都是生命
的刻痕,都是席慕蓉詩作的主要內涵。第二篇名為〈春分〉,緊扣
〈歲月〉的總題,其實仍然在說記憶即便是剝落毀損,那些過往如針

---

32 席慕蓉:〈歷史博物館〉,《時光九篇》,頁118-119。

33 席慕蓉:〈光陰幾行〉,《迷途詩冊》,頁72。

34 席慕蓉:《邊緣光影》,頁28-31。

刺的痛楚、如鼓面般緊緊崩起的狂喜,都可能成為我們的詩句。呼應著、承襲著前面三部詩集的詩意思。

「生命只能在詩篇中盡興」,[35]多有力的一句話!《邊緣光影》繼續呼應、承襲前面詩集的詩意思,特別是「敬呈詩人瘂弦」的〈風景〉,總括了席慕蓉先前的詩觀,譬如:詩是純淨的心,詩帶領我們跨越黑暗而又光耀的時空邊界,詩讓我們瞥見了生命的原形,詩是詩人用一生來面對的荒謬與疼痛。[36]特別是「給喻麗清」且取來當書名的《邊緣光影》,仍在傳播「有愛斯有美、有美斯有詩」的核心價值:「美　原來等候在愛的邊緣╱是悄然墜落時那斑駁交錯的光影」。[37]

不過,《邊緣光影》集中的「詩」句,還要從謙虛、愉悅、憤怒、驕傲、孤獨的生命刻痕中,更深一層地撫觸生命內裡的「靈魂」,讓詩與靈魂相映照,相輝耀。

最先觸及到靈魂的是〈靜夜讀詩〉,靜夜讀詩的感受是「彷彿是跟隨著天使的翅膀╱即或是極輕微的搧動也能掀起疾風╱使我的靈魂猛然飛昇或者　迂迴下降」,因為詩人能記下生命裡最美麗的細節,諸如羽翼在風過時如波紋般的顫動,他俯身向我時那逐漸變得沉重的月色和呼吸。[38]席慕蓉從視覺的圖畫美去審視風的波紋、月色與呼吸,更細緻的美與愛,從生命的現象去思維生命背後靈魂的震顫。

即使是「借句」,從隱地(柯青華,1937-)說的「一生倒有半生,總是在清理一張桌子」的感慨中,生出「那深藏在文字裡的我年輕的靈魂」又該如何清理、如何封存?

---

35 席慕蓉:〈謝函〉,《邊緣光影》,頁144。

36 席慕蓉:〈風景──敬呈詩人瘂弦〉,《邊緣光影》,頁206-208。

37 席慕蓉:〈邊緣光影──給喻麗清〉,《邊緣光影》,頁212-213。

38 席慕蓉:〈靜夜讀詩〉,《邊緣光影》,頁20-21。

　　《時光九篇》、《邊緣光影》都在爾雅出版，前者一九八七年，後者一九九九年，二書相距十二年，是席慕蓉與原鄉蒙古互動頻繁的十二年，一九八八年三月席慕蓉出版詩與散文合集《在那遙遠的地方》（臺北市：圓神出版社有限公司，1988），一九九〇年出版散文集《我的家在高原上》（臺北市：圓神出版社有限公司，1990）、編輯蒙古現代詩選《遠處的星光》（臺北市：圓神出版社有限公司，1990），因而可以發現席慕蓉的詩作在二書之間有著本質上的變化，有如〈龍柏・謊言・含羞草〉裡她藉〈含羞草〉所做的發言：「沉默的退縮與閉合有絕對的必要／否則　我的詩／如何能從一無干擾的曠野／重新出發」，[39]所以這十二年詩人時時在省思自己燈下寫成的詩篇是不是「每一顆心裡真正想要尋找的／想要讓這世界知道並且相信的語言」？[40]詩人在刪除與吐露之間一直在反省、在斟酌，[41]在十字路口幾度躑躅，希望能修改那些不斷發生的錯誤，[42]最終的發現或許是：生命中發著亮光的時刻宛如流水，我們並不需要刻意去複習水聲潺潺，因為詩已是「本體」──無論是微笑與擁抱，都有著悅耳的韻腳。[43]

　　在與原鄉蒙古碰撞後，在幾度反思之後，《邊緣光影》將詩當作「本體」，抹除了那些浮現在表層的外緣、現象，直探靈魂深處。所以在「為內蒙古作家達木林先生逝世周年獻詩」的〈祭〉，她說：「在火焰熄滅了之後　我們／才開始懷想／你那曾經熱烈燃燒過的靈魂」[44]在「敬致詩人池上貞子」的〈執筆的欲望〉裡，她確信這執筆的欲望絕非來自眼前的肉身，有可能是「盤踞在內難以窺視的某一個無邪又

39　席慕蓉：〈龍柏・謊言・含羞草〉，《邊緣光影》，頁34-35。

40　席慕蓉：〈留言〉，《邊緣光影》，頁58。

41　席慕蓉：〈詩的末路〉，《邊緣光影》，頁49。

42　席慕蓉：〈旅程〉，《邊緣光影》，頁124。

43　席慕蓉：〈流水〉，《邊緣光影》，頁66。

44　席慕蓉：〈祭──為內蒙古作家達木林先生逝世周年獻詩〉，《邊緣光影》，頁168。

熱烈的靈魂」。[45]

在這個階段，詩是靈魂的窺探與追索，而「靈魂」何曾淺露？哪一次的靈魂震顫不是神祕的經驗，神祕的冒險？

第六節　《迷途詩冊》中詩人和自己狹路相逢

《邊緣光影》的〈序言〉，席慕蓉已宣示：「詩，不可能是別人，只能是自己。／這個自己，和生活裡的角色不必一定完全相稱，然而卻絕對是靈魂全部的重量，是生命最逼真精確的畫像。」[46]所以，繼《邊緣光影》之後的《迷途詩冊》，席慕蓉在詩中和自己狹路相逢。

詩，寫到《迷途詩冊》，詩之成，對抗的不再只是生命的哀傷，而是萬物的寂滅。「窗外　時光正橫掃一切萬物寂滅／窗內的我　為什麼還要寫詩？」詩人自知這是絕無勝算的爭奪與對峙，「如熾熱的火炭投身於寒夜之湖」[47]但在《迷途詩冊》裡，詩人反身面對自我，蓄存能量以對抗外在的儉俗與荒涼。

〈洪荒歲月〉的副題是「也許只有在詩中才能和自己狹路相逢」，不論是多熱鬧的歡呼、慶賀，當一切歸於沉寂，在我們身邊流動著的，還是洪荒歲月，這是詩人體認的孤獨感，每個人都是孤獨的個體，都是在黑暗的荒莽中穴居的人，詩人透過書寫、透過詩，更加認識自我，用以對抗洪荒。[48]

關於自我，席慕蓉稱之為「詩中詩」，是最深最深的內裡的我，

---

45 席慕蓉：〈執筆的欲望──敬致詩人池上貞子〉，《以詩之名》，臺北市：圓神出版社有限公司，2011，頁30。

46 席慕蓉：〈序言〉，《邊緣光影》，頁5。

47 席慕蓉：〈詩成〉，《迷途詩冊》，頁23。

48 席慕蓉：〈洪荒歲月──也許只有在詩中才能和自己狹路相逢〉，《迷途詩冊》，頁28-29。

以形象語來形容：「這花瓣層層緊裹著的蓮房／這重重蓮房深藏著的蓮子　這每一顆／蓮子心中逐漸成形的夢與騷動」。[49]席慕蓉以詩之奧來暗喻自我的難以窺探，更何況是面對另一個你，另一個「詩之奧」，即使我顯豁如「明信片」，所要投遞的卻是你「從未曝光的深心」。[50]你我之間，是「詩中詩」對「詩中詩」，層層緊裹對重重深藏，何等不易！

　　七部詩集中，席慕蓉寫了許多給詩人的詩，這種「詩中詩」卻不深奧，大多能體貼當冊詩集的旨意，如〈等待──給小詩人蕭未〉的末段說「只有在詩中才能再次相遇／你和你還全然不自知的美麗」。[51]我們不認識蕭未，卻知道詩人唯有在詩中才能與自己狹路相逢。在《迷途詩冊》中還有一首是讀夏宇（黃慶綺，1956-）《Salsa》的讀前感，夏宇詩風與席慕蓉完全走在不同的航向上，但此詩處處透露她對夏宇詩的感激，可以當作席慕蓉以夏宇作為對照組，是自己對詩的反思，另一種對既成詩觀的對抗，因為夏宇不在乎讀者愛不愛她，擁不擁護她的詩，她也不想教化誰、成全誰，[52]夏宇以獨立自主的手段完成不同階段的自我，所以此詩席慕蓉採用極端口語的方式，蕭散的散文體完成，不與其他詩作類近。

　　經過許多反思、否定，這一階段的席慕蓉多次以詩與自我對話，勇於對抗虛偽、浮泛，膚淺，顯現出堅定自信的自我，如同沈奇（1951-）所言：「這夢，已不再是年輕心事與青春理想之無著的幻想和無由的憂傷，而漸次收攝於生命與詩的對質，並最終認領以詩與藝

49　席慕蓉：〈詩中詩〉，《迷途詩冊》，頁36-37。

50　席慕蓉：〈明信片〉，《迷途詩冊》，頁40-41。

51　席慕蓉：〈等待──給小詩人蕭未〉，《迷途詩冊》，頁88-89。

52　席慕蓉：〈我愛夏宇──《Salsa》讀前感〉，《迷途詩冊》，頁96-97。

術為歸所的救贖之途。」[53]因而有了這樣的〈結論〉:「在生活裡從來不敢下的結論／下在詩裡／／詩　應該是／比我還要勇敢的我／比真實還要透明的真實」。[54]

第七節　《我摺疊著我的愛》讓詩自足於詩

《我摺疊著我的愛》距離上冊詩集的出版才兩年半（2002年7月至2005年3月），要從中提出詩的新義，其實並不容易，但在〈夏日的風〉的第二段，席慕蓉如此書寫，真實探究詩的本質，令人驚喜：

> 每一首詩　也都是
> 生命裡的長途跋涉
> 遙遠的回顧
> 在風中　歲月互相傾訴與傾聽
> 在詩中　我們自給自足[55]

將「詩」視為生命跋涉的軌跡，是遙遠的過去的回顧，說「在風中歲月互相傾訴與傾聽」，這些都能在《時光九篇》時期找到論述，但此一時期，我們必須更專注於「在詩中　我們自給自足」這句話，這句話緊緊呼應著〈詩的本質〉這首詩。〈詩的本質〉這首詩，就內涵而言是「誠實地註記下生命內裡的觸動」，就真正的詩精神而言，卻

---

53 沈奇:〈邊緣光影佈清芬——重讀席慕蓉兼評其新集《迷途詩冊》〉,《迷途詩冊》,頁168。

54 席慕蓉:〈結論〉,《迷途詩冊》,頁146。

55 席慕蓉:〈夏日的風〉,《我摺疊著我的愛》,臺北市:圓神出版社有限公司,2005,頁40-41。

是改裝紀伯倫（Khalil Gibran, 1883-1931）「愛是自足於愛的」這句
話，確認「詩是自足於詩」。[56]紀伯倫的原意是說：「愛不取什麼，只
取他自己；愛不給什麼，只給他自己；愛不占有，也不被占有，因為
愛是自足於愛的。」這是不談條件的愛，不是「你不好好讀書我就不
愛你」，不是「你愛我太少我要離開你了」這種恐嚇式的愛、比較性
的愛。至於「詩是自足於詩」的真諦，應該比較像莊子「無用之用」
的說法，詩，不是為了使人愉悅，不是為了使人心靜，不是為了社會
運動、福國淑世，但，有一於此，也無妨。

　　以〈幸福〉為例：「要有一支多麼奢華的筆／才能寫出一首　素
樸的詩／但是如果一切都是有備而來／我愛　我們將永遠也不能／記
得彼此」。[57]這種無心的愛，就是自足的愛，不待外求，自然溢出。詩
的寫作亦然。詩要有意象，詩要能諧韻，詩要有架構，詩要這樣開展
那樣收束，這都不是詩的必要條件，但也都無妨於詩的創作。自在
的揮灑，揮灑自在，詩與生命就這樣自然地互為表裡，但又不會相互
牽制。

　　進一步以〈素描簿〉來說明，「那些埋伏在字句間而又呼之欲出
的意象是一首詩的生命」，這是有條件的詩創作論；「在我們真正的生
命裡，那些平日暗暗牽連糾纏卻又會在某一瞬間錚然閃現的記憶」，[58]
則是無條件的詩的本質論。讓詩自足於詩，就是不要用前面的條件去
束縛詩人、恐嚇新手，而是讓好鳥枝頭、落花水面，都可以成為朋
友，都可以化成文章，魔幻寫實、跳躍想像、閨秀唯美，或者「反覆
低迴　再逐層攀昇」的蒙文「諾古拉」所習得的「我鋪展著我的愛／
我的愛也鋪展著我／我的鋪展著的愛／像萬頃松濤無邊無際的起伏／

56　席慕蓉：〈詩的本質〉，《我摺疊著我的愛》，頁80-81。
57　席慕蓉：〈幸福〉，《我摺疊著我的愛》，頁52。
58　席慕蓉：〈素描簿〉，《我摺疊著我的愛》，頁78-79。

遂將我無限的鋪展開來」，[59] 都可以順手拈來，入詩入歌，可誦可唱，形成詩自己的風格。

愛，席慕蓉堅持的基調；摺疊，呼應席慕蓉不自覺卻處處顯露的類疊、複沓、設問的修辭特色。《我摺疊著我的愛》，讓詩自足於詩，席慕蓉自足於席慕蓉。

第八節　《以詩之名》宣示自我的覺知

《以詩之名》是席慕蓉最新的詩集，出版於二〇一一年。承繼前六部詩集的詩體認，將奠基於《我摺疊著我的愛》的「詩自足於詩、席慕蓉自足於席慕蓉」的思理，更加堅實地樹立起綱維，撐開詩的天地。

席慕蓉的覺知以四大綱維張揚開來：

一　情愛的觸發與湧現

寫於一九八四年的〈眠月站〉，收入在《以詩之名》中，已經十分清楚地標誌著席慕蓉以詩宣示自我的覺知。

> 古老的奧義書上是這樣說的──顯現與隱沒都是從自我湧現出來的。所以，正如那希望與記憶一樣，在我終於明白了的時刻，才發現，從你隱沒的背影顯現出來的所有詩句，原來都是我自己心靈的語言。
> 所有的一切都是來自領悟了的自我。[60]

59 席慕蓉：〈我摺疊著我的愛〉，《我摺疊著我的愛》，頁130-133。
60 席慕蓉：〈眠月站〉，《以詩之名》，頁118。

席慕蓉在阿里山眠月站觀賞山林，畫畫寫詩，體驗到山、林與霧、嵐的互動，想起古老的奧義書說的話：顯現與隱沒都是從自我湧現出來的，想起詩，當然也是極其自我的產物。〈眠月站〉詩前引用〈自說經・難陀品・世間經〉的話語做為小序：「有情所喜，是險所在，有情所怖，是苦所在，當行梵行，捨離於有。」[61]觀察〈眠月站〉此篇詩文，席慕蓉的用意不在於悟得「捨離於有」、鼓勵大家「當行梵行」。卻在昭告天下「有情所喜，是險所在」，我們仍要以詩冒險前行；「有情所怖，是苦所在」，我們不惜茹苦含辛，不怖不懼，因為情之所鍾，正在我輩。

與愛同行，不捨不離，席慕蓉的詩作秉持這樣的意念，設計情事，模擬情境，思考情節，就是要你感受、激動。時間可以推到〈白堊紀〉，她以熔岩噴湧、雲霧蒸騰，形容青春，即使是這樣的青春，也不一定給我們留下隻字片語，「唯有這剛剛滴落的淚水炙熱如昨／提醒我確實曾經深深的愛過」。「還需要寫詩嗎？」[62]這就是詩啊！或者，我們所製作、翻閱的〈紀念冊〉，大家所在意、注目的是紀念冊的圖文內容，席慕蓉詩中卻蹦出一個「他」：「他總是站在記憶中的窗邊／在第一頁／在最早的時刻／在所有的／詩句／之前」。[63]「他」在，情愛在，詩與紀念冊才有在的必要。「他」是誰？——讓心靈悸動的神祕靈魂。

我讀過青年詩人嚴忠政（1966-）的一字詩，題目是〈原來我們都模仿愛〉，文本是「海」。[64]海很大，海卻是模仿「愛」。席慕蓉在二〇〇九年寫的〈寂靜的時刻〉也這樣稱述：「即使是再怎樣悠長的一

61 席慕蓉：〈眠月站〉，《以詩之名》，頁114。

62 席慕蓉：〈白堊紀〉，《以詩之名》，頁52-53。

63 席慕蓉：〈紀念冊〉，《以詩之名》，頁68。

64 嚴忠政：〈原來我們都模仿愛〉，《聯合報》副刊，2014年3月17日。

生啊／其實也只能容下　非常非常／有限的　愛」。[65]這麼大、這麼悠長、這麼充沛的「愛」，即使伴隨著淚痕斑斕，即使留下的詩行間有著許多追悔，它一直是席慕蓉詩的源頭、詩的血脈，一直在席慕蓉的詩中觸發、湧現。

二　詩心的期許與堅持

《以詩之名》的集名那樣清楚而霸氣地以「詩」為名，集中有「詩」字的作品共二十三首，出現四十六次，這樣的數字或許還不足以證明席慕蓉對詩的熱愛與堅持，我們或可借文本來驗證。

為年輕的詩人，席慕蓉寫下〈詩的曠野〉，說「詩　就是來自曠野的呼喚／是生命擺脫了一切束縛之後的／自由和圓滿」，所以在詩的曠野裡，要如一匹離群的野馬不依附、不投靠，獨自行走。[66]此詩將詩的空間設定為曠野，拓荒、奔馳的野性，不可滅除，大膽擺脫僵硬的韁索，才有自己的自由和圓滿。為年長的詩人，她寫〈給晚慧的詩人〉，依時間之序而談，年長者一天或者一週七日都在尋詩，不是生命的荒廢；更長的時日是一生，要讓一生都不會後悔，除了寫詩，也沒有別的更好的方式。[67]年少年長，早熟晚慧，詩是一生的志業。至於〈我的願望〉，她希望自己所愛的詩人，開自己的花，結自己的果，不要成為一間面目模糊的小雜貨舖，這是「我的願望」，深自期許詩與自己的話。

讀詩的經驗，她認為在親切平淡之後，總會有猝不及防的意象，如冰山從暗夜的海面森然顯現，卻「深藏著你一生的憾痛／恍如對鏡

65　席慕蓉：〈寂靜的時刻〉，《以詩之名》，頁59。
66　席慕蓉：〈詩的曠野——給年輕的詩人〉，《以詩之名》，頁114。
67　席慕蓉：〈晚慧的詩人〉，《以詩之名》，頁140-141。

／是何其遲來何其悔之不及的甦醒」。[68]這種偶遇是讀詩的驚喜，卻未嘗不是告訴讀者：「詩，深藏著你一生的憾痛」，怎能不讀詩，怎能不以詩甦醒自己！

不論讀或寫，「一生　或許只是幾頁／不斷在修改與謄抄著的詩稿」。[69]一生，或長或短，席慕蓉堅持藉詩來認知自我、印證心靈。

三　靈魂的撫觸與震顫

宇宙不停地在消蝕崩壞，詩人還是在燈下不放棄執筆的欲望，因為「難以窺視」、「無邪又熱烈」的那個靈魂盤踞在內。寫詩一直是靈魂的冒險——我們的靈魂在冒險；或者是靈魂的窺探——我們在窺探靈魂的奧祕。[70]這是席慕蓉為池上貞子教授日譯她的詩集《契丹的玫瑰》（東京思潮社，2009）所寫的序文前的序詩〈執筆的欲望〉，大抵可以視為席慕蓉的詩觀，她對陌生讀者的自我介紹詞。

靈魂是神祕的，閱讀席慕蓉的詩，未嘗不可以當作是神祕美學的體驗，所以，對於一首詩的進行，席慕蓉在面對文學大師齊邦媛教授（1924-）時脫口而出的就是「在可測與不可測之間」，她藉由山林的雲霧嬝繞、藤蔓的糾葛、野鹿的穿梭、溪流的奔跳，形容那種神祕的氛圍：「意念初始如野生的藤蔓　彼此糾纏／是忽隱忽現的鹿群　挪移不定／我摸索著慢慢穿過／那些被迷霧封鎖住的山林　深處／聽見溪澗輕輕奔流跳躍的聲音／我的詩也逐漸成形　終於／來到了皓月當空的無垠曠野」，這是一般詩人也可以釀製的神祕，關於詩創作的進程。但是更進一步的，詩的閱讀，靈魂與靈魂的對話，席慕蓉卻有獨

---

68 席慕蓉：〈偶遇〉，《以詩之名》，頁102-103。
69 席慕蓉：〈執筆的欲望——敬致詩人池上貞子〉，《以詩之名》，頁30。
70 席慕蓉：〈執筆的欲望——敬致詩人池上貞子〉，《以詩之名》，頁30-33。

特而罕見的想像：

> 在字裡行間等待著我的解讀的
> 原來是一封預留的書信
> 是來自遼遠時光裡的
> 一種　彷彿回音般的了解與同情[71]

　　甚至於「再寄呈齊老師」時，她以「明鏡」為喻，認為《巨流河》這樣的大著作是「文字加時間再乘以無盡的距離」，遂成明鏡。《巨流河》是時代的明鏡，是繫住靈魂免於漂泊的另一根金線，是歷經歲月挫傷依然無損的生命本質，應該是「近乎詩」。[72]

　　靈魂的呼應與探索，詩與大河小說同樣具有神祕的撫慰能量。席慕蓉認為來自靈魂所選擇的信仰似近又遠，「彷彿是自身那幽微的心房」，「又彷彿是那難易觸及的渺茫的穹蒼」，是心與天地的共鳴與互通。[73]

四　原鄉的呼喚與共鳴

　　齊邦媛教授（1924-）的《巨流河》（天下文化，2014）被稱為是一部反映中國近代苦難的家族記憶史，一部過渡新舊時代衝突的女性奮鬥史，一部用生命書寫壯闊幽微的天籟詩篇。席慕蓉的蒙古語本名「穆倫・席連勃」，意義就是「大江河」，「大江河」、《巨流河》相互呼應，曾為《巨流河》寫了兩首好詩的席慕蓉，一樣馴服於她的蒙古

71　席慕蓉：〈一首詩的進行——寄呈齊老師〉，《以詩之名》，頁34-39。

72　席慕蓉：〈明鏡——再寄呈齊老師〉，《以詩之名》，頁40-43。

73　席慕蓉：〈秘教的花朵〉，《以詩之名》，頁46-47。

原鄉，從她的原鄉獲得依傍，早已用散文、新詩，寫下她生命裡蒙古的《巨流河》。

與集名相同的詩篇〈以詩之名〉，有著四次的呼唱，呼唱「以詩之名，搜尋記憶」、「以詩之名，呼求繁星」、「以詩之名，重履斯地」、「以詩之名，重塑記憶」，歷史、生態、文化、愛的鄉愁，盤根錯節，糾結在心中，虯曲在詩篇裡。更早之前，席慕蓉就曾以詩尋找族人，她說在她朗誦了一首詩之後，異於尋常靜默的族人會在黑暗中整雙眸子燃燒起來，[74] 她以燃燒的眸子辨識出喧嘩世界裡隱藏著的族人，這是聲息相通、脈息呼應，詩的呼喚，族的馴服。因此，她相信孤獨的胡馬的嘶鳴，即使是在中唐韋應物（737-792）的〈調笑令〉詞中，[75] 千百年來也不會有人忘懷！[76]

她羨慕蒙古國詩人巴・拉哈巴蘇榮，可以用一整個族群在時光的洪流裡披沙揀金而成的蒙古語、蒙古文寫詩，指日就是日，指月就是月，音韻天成，字詞精確。[77] 她寫長達十六頁的「類史詩」歌頌英雄噶爾丹。[78] 因為她聽見了她的族群眾多善良的靈魂竟被逐寸輾碎，她聽見了她的族群最後僅存的草原被撕裂、被活埋。[79]

因為這樣的聆聽與共鳴，自我有所覺知，她的詩有了另一種勁健的美。

---

74 席慕蓉：〈尋找族人〉，《迷途詩冊》，頁122。

75 〔中唐〕韋應物〈調笑令〉：「胡馬，胡馬，遠放燕支山下。跑沙跑雪獨嘶，東望西望路迷。迷路，迷路，邊草無窮日暮。」

76 席慕蓉：〈胡馬之歌——唐・韋應物有詞寫胡馬〉，《以詩之名》，頁162-163。

77 席慕蓉：〈母語——寫給蒙古國詩人巴・拉哈巴蘇榮〉，《以詩之名》，頁164-165。

78 席慕蓉：〈英雄噶爾丹（1644-1697）〉，頁218-233。

79 席慕蓉：〈他們的聲音〉，頁214-215。

第九節　結語：席慕蓉以詩撐起的天地

席慕蓉詩集含「詩」字的篇數，從《七里香》的百分之九點五二起跳，逐冊增多，增至第四冊詩集《邊緣光影》時已達百分之二十八點九九，最大的高峰是兩冊書名含有「詩」字的的詩集：《迷途詩冊》百分之三十五點七一，《以詩之名》百分之三十七點七〇，這樣的數字十分驚人，[80]經由逐冊檢視這些「詩」字詩篇，終於可以更深入了解「詩」在席慕蓉寫作進程中的深層意義。

依其先後出版序，逐冊增多「詩」字的詩集，可以看出席慕蓉詩作由首冊詩集《七里香》所透露的詩是最初的美好與悸動，逐漸潛思冥想，雖然仍在青春鮮嫩中喚醒喜悅，但已在《無怨的青春》歲月裡思考詩的由來與價值。多少詩評家還逗留在席慕蓉最初的兩冊詩集中訕笑自己的青澀歲月，不知道席慕蓉已面對時光，進入《時光九篇》中，正視詩如何奔赴生命的邀約，積極與生命、心靈對話，甚至於回到自己的原鄉、草原、曠野、蒼穹，發現中國的邊緣可能成為她文學生命的中央，發現《邊緣光影》裡詩與靈魂相互輝映的光。近年來的三冊詩集，《迷途詩冊》中，詩人和自己狹路相逢，顯然並未在詩冊中迷途，從這一冊詩集開始，席慕蓉著意在詩中思考詩、思考自我、思考族群，《我摺疊著我的愛》她已充滿自信，知道詩自足於詩，席慕蓉自足於席慕蓉，到了最新的一部詩集《以詩之名》，可以看出她的英豪之氣，以詩宣示自我的覺知，覺知情愛的最初觸發與湧現，堅定自己的詩心期許，以靈魂的撫觸與震顫築造自己的神祕美學，回應原鄉的呼喚，積極擴大詩的影響力。

閱讀過席慕蓉三八八篇詩，精讀了她九十三首有「詩」字的詩，

---

80 參考本文附錄：表九。

釐清了她七本詩集的思路進程，我們雖然無法預測她未來的走向，但可以肯定未來席慕蓉的詩篇裡仍然會出現詩字，源源不絕，也還會有人繼續觀察她的「詩」字詩，又鋪展出的詩天地，或許就像二〇一五年三月二十三日她在《中國時報·人間副刊》發表的新作，詩，會是〈發光的字〉：

總有那麼一日
讓我能找到　一首
好像只是為了我而寫下的詩
讓心不再刺痛　讓自己
在瞬間　好像就已經完全明白

如蒼天之引領萬物
錯落的詩行由詩人全權散布
請看　那夏夜的群星羅列
彼此相隨　在詩的軌道上
我們的世界如此緻密　如此深邃

總有那麼一日吧
那些發光的字　終於前來
為我　把生命的雜質濾淨
把七首　挪開（2015.2.21）

（發表於第九屆濁水溪詩歌節「席慕蓉詩學討論會」〔2015年10月〕）

參考文獻

席慕蓉詩集（依出版時間序）

席慕蓉　《七里香》　臺北市　大地出版社　1981　臺北市　圓神出版社有限公司　2000

席慕蓉　《無怨的青春》　臺北市　大地出版社　1983　臺北市　圓神出版社有限公司　2000

席慕蓉　《時光九篇》　臺北市　爾雅出版社　1987　臺北市　圓神出版社有限公司　2006

席慕蓉　《邊緣光影》　臺北市　爾雅出版社　1999　臺北市　圓神出版社有限公司　2006

席慕蓉　《迷途詩冊》　臺北市　圓神出版社有限公司　2002、2006

席慕蓉　《我摺疊著我的愛》　臺北市　圓神出版社有限公司　2005

席慕蓉　《以詩之名》　臺北市　圓神出版社有限公司　2011

附錄

表一　席慕蓉《七里香》詩意象統計

題目	詩句	頁數
〈接友人書〉	無字的詩稿	91
〈抉擇〉	完成了上帝所作的一首詩	101
〈讓步〉	永存一首真摯的詩	131
〈彩虹的情詩〉	把含著淚的三百篇詩　寫在	139
〈悟〉	幾首佚名的詩	144
〈他〉	從容地寫詩　流淚	186

合計六首六次　　李桂媚‧王薇淳‧蕭蕭二〇一五年九月三十日製表

表二　席慕蓉《無怨的青春》詩意象統計

題目	詩句	頁數
〈詩的價值〉	若你忽然問我／為什麼要寫詩	18
〈我的信仰〉	我相信　三百篇詩／反覆述說著的　也就只是／年少時沒能說出的／那一個字	53
〈自白〉	別再寫這些奇怪的詩篇了	78
〈自白〉	你這一輩子別想做詩人	78
〈自白〉	我心中又怎能不充滿詩意	78
〈自白〉	我的詩句像斷鍊的珍珠	78
〈致流浪者〉	也只能／給你留下一本／薄薄的　薄薄的　詩集	107
〈試驗——之一〉	一首詩／是不是　也可以／沉澱出所有的　昨日	139

題目	詩句	頁數
〈請別哭泣〉	我已無詩／ 世間也在無飛花　無細雨	170
〈結局〉	只剩下幾首佚名的詩　和／ 一抹／淡淡的斜陽	173

合計七首十次　　李桂媚・王薇淳・蕭蕭二〇一五年九月三十日製表

表三　席慕蓉《時光九篇》詩意象統計

題目	詩句	頁數
〈生命的邀約〉	或者偶爾寫些／有關愛戀的詩句／ 其實也沒有時麼好擔心的	19
〈最後的藉口〉	一切錯誤都應該／被原諒　包括／ 重提與追悔／包括　寫詩與流淚	32
〈雨夜〉	恍如歲月　斜織成／ 一頁又一頁灰濛的詩句	49
〈餽贈〉	——把我的一生都放進妳的詩裏吧。	70
〈餽贈〉	而我的痛苦　一經開採／ 將是妳由此行去那跟隨在詩頁間的／ 永不匱乏的　礦脈	71
〈雨後〉	生命　其實也可以是一首詩	78
〈雨後〉	生命　其實到最後總能成詩	79
〈我〉	我喜歡在夜裏寫一首長詩	109
〈歷史博物館〉	涉江而過　芙蓉千朵／ 詩也簡單　心也簡單	119
〈子夜變歌〉	只想把這段沒有結局的故事／ 寫成一首沒有結局的詩	140
〈子夜變歌〉	詩裏深藏著的低迴與愛	140

題目	詩句	頁數
〈在黑暗的河流上〉	用我清越的歌　用我真摯的詩／用一個自小溫順羞怯的女子／一生中所能／為你準備的極致	171
〈夏夜的傳說〉	並不知道她從此是他詩中／千年的話題	188
〈夏夜的傳說〉	只是時光祂脣邊一句短短的詩／一抹不易察覺的　微笑	200

合計十首十四次　李桂媚・王薇淳・蕭蕭二〇一五年九月三十日製表

表四　席慕蓉《邊緣光影》詩意象統計

題目	詩句	頁數
〈靜夜讀詩〉	在靜夜裏翻讀著我深愛的詩人	20
〈靜夜讀詩〉	詩　原來是天生天長	21
〈靜夜讀詩〉	而我深深愛慕著的詩人啊／你們應是一棵又一棵孤獨的樹	21
〈借句〉	不斷撕毀那些無法完成的詩篇	23
〈歲月三篇・春分〉	我真的有過／許多如針刺如匕首穿胸的痛楚？／許多如鼓面般緊緊繃起的狂喜？／許多一閃而過的詩句？	30
〈龍柏・謊言・含羞草〉	否則　我的詩／如何能從一無干擾的曠野／重新出發	35
〈詩的末路〉	當要刪除的　終於／超過了要吐露的那一部分之時／我就不再寫詩	49
〈留言〉	將遲疑的期許在靜夜裡化作詩句	57
〈留言〉	在每一盞燈下細細寫成的詩篇／到底是不是每一顆心裏真正想要尋找的／想要讓這世界知道並且相信的語言	58

題目	詩句	頁數
〈流水〉	生命中發著亮光的時刻宛如流水／ 詩已是本體　並不需要／ 刻意去複習　水聲潺潺	66
〈控訴〉	是誰挪用了你原來的／文字　是誰／ 掠奪了我真正的詩	72
〈給黃金少年〉	那個昨天還有狡點的笑容／ 說話像是寓言與詩篇的孩子	93
〈點著燈的家〉	請讓這島嶼的傷痛終於成歌成詩	97
〈植樹節之後〉	寫一首詩其實真的不如／ 去種　一棵樹	104
〈植樹節之後〉	如果全世界的詩人都肯去種樹	105
〈植樹節之後〉	每一座安靜的叢林　就都會充滿了／ 一首又一首／耐讀的詩	105
〈光的筆記〉	白晝間努力追隨著你的種種舉止／ 在夜裡以細微的差距都進入了我的詩	120
〈旅程〉	而那些墨跡未乾的詩篇／ 轉瞬之間讀來竟都成讖言	123
〈旅程〉	那些燃燒著的詩句還正熾烈光焰照耀四野	124
〈月光曲〉	學會了像別人一樣也用密碼去寫詩／ 讓欲望停頓在結局之前的地方	130
〈秋來之後〉	──歷史只是一次又一次意外的記載， 詩，是為此而補贖的愛。	138
〈謝函〉	終於相信生命只能在詩篇中盡興	144
〈祭──為內蒙古作家達木林先生逝世週年獻詩〉	如今你的名字是一首暗啞的詩／ 正在高原上沉默地傳唱	169
〈短箋〉	有誰會將詩集放在行囊裡離去／ 等待在獨居的旅舍枕邊／一頁一頁地翻閱	202

題目	詩句	頁數
〈風景──敬呈詩人瘂弦〉	詩　其實早已經寫好了	206
〈風景──敬呈詩人瘂弦〉	詩中只留下了你純淨的心	206
〈風景──敬呈詩人瘂弦〉	誰還會去追問／ 詩成之時的你的年齡	206
〈風景──敬呈詩人瘂弦〉	詩　其實早已經寫好了	206
〈風景──敬呈詩人瘂弦〉	只有詩人才能碰觸	207
〈風景──敬呈詩人瘂弦〉	只有詩人　才能帶領我們／ 跨越那黑暗而又光耀的時空邊界	207
〈風景──敬呈詩人瘂弦〉	詩　其實早已寫成留待後世吟誦	208
〈風景──敬呈詩人瘂弦〉	然而這卻也正是詩人用一生來面對的／ 荒謬與疼痛	208
〈邊緣光影──給喻麗清〉	多年之後　你在詩中質疑愛情／ 卻還記得那棵開花的樹　落英似雪……	212

合計二十首三十三次　　李桂媚・王薇淳・蕭蕭二〇一五年九月三十日
製表

表五　席慕蓉《迷途詩冊》詩意象統計

題目	詩句	頁數
〈詩成〉	窗外　時光正掃射一切萬物寂滅／ 窗內的我　為什麼還要寫詩？	23
〈洪荒歲月〉	──也許只有在詩中才能和自己 狹路相逢	28
〈詩中詩〉	這詩中的詩啊　是否就是／ 對一切解釋都保持沉默的／ 那最深最深的內裡的我？	37

題目	詩句	頁數
〈明信片〉	最幽微的花香／在若無其事的／詩句中　緩緩綻放	40
〈多風的午後〉	日落之前　緩緩穿越過時間的草原／終於明白　該如何去細讀你的詩篇	50
〈神話〉	在遙遠的地方　還能／翻讀著彼此的詩句而入睡	52
〈早餐時刻〉	詩　其實也不能怎麼教育我	66
〈早餐時刻〉	然而是何等的幸福　如果可以／在早餐的桌上遇見一首好詩	66
〈早餐時刻〉	如果可以在早餐的桌上／與詩人同行　走進幽深小徑	67
〈光陰幾行〉	無從橫渡的時光之河啊／詩　是唯一的舟船	72
〈光陰幾行〉	我無所事事／並且滿足於只用光陰來寫詩	75
〈靜靜的林間——敬呈詩人王鼎鈞〉	據說在那裡，詩是火焰，是唯一的光。	78
〈靜靜的林間——敬呈詩人王鼎鈞〉	白髮詩人／一身飄然曠野	78
〈女書兩篇〉	年少時光曾經擁有多麼狂野的文筆和浪漫的詩情	85
〈女書兩篇〉	如今卻是與詩人結褵了半生的沉默又木然的妻	85
〈等待——給小詩人蕭未〉	只有在詩中才能再次相遇／你和你還全然不自知的美麗	89
〈花開十行——給邱邱〉	詩　也許只是／我們在結構完整緊密的一生裡／努力去剔除　匿藏的／種種飄忽的真象	94

題目	詩句	頁數
〈我愛夏宇——Salsa 讀前感〉	還沒打開詩集只看到封面就讓我如此快樂又俯首貼耳地準備讓她帶我去旅行	96
〈我愛夏宇——Salsa 讀前感〉	更不在意我有沒有準備好去研究她的詩	96
〈我愛夏宇——Salsa 讀前感〉	我不能決定到底是應該使用刀片還是手指在讀詩之前先劃開書頁	97
〈我愛夏宇——Salsa 讀前感〉	從來沒有那個詩人能讓我們	97
〈我愛夏宇——Salsa 讀前感〉	能讓我們在讀詩時如此貼近並且用這樣傾斜的姿勢	97
〈我愛夏宇——Salsa 讀前感〉	還不敢打開詩集因為不知道這次她要怎樣設定距離	97
〈契丹的玫瑰〉	多希望一首詩的生命能如／一朵　契丹的玫瑰	140
〈契丹的玫瑰〉	有些什麼在詩中一旦喚起初心／那些曾經屬於我們的／美麗與幽暗的本質　也許／就會重新地甦醒	141
〈結論〉	在生活裡從來不敢下的結論／下在詩裡	146
〈結論〉	詩　應該是／比我還要勇敢的我／比真實還要透明的真實	146

合計十五首二十七次　　李桂媚・王薇淳・蕭蕭二〇一五年九月三十日製表

表六　席慕蓉《我摺疊著我的愛》詩意象統計

題目	詩句	頁數
〈夏日的風〉	每一首詩　也都是／ 生命裡的長途跋涉	40
〈夏日的風〉	在風中　歲月互相傾訴與傾聽／ 在詩中　我們自給自足	41
〈譯詩〉	一首轉譯的詩　多半不能讓我／ 感覺到原來游走在字面上的色光	42
〈譯詩〉	也難以重現　那在完稿的剎那／ 曾經是如此綿密／ 或者　如此空茫寂靜的詩行	42
〈譯詩〉	要如何譯出詩人在多年前所書寫的／ Je nai pas oublie	43
〈幸福〉	要有一支多麼奢華的筆／ 才能寫出一首　素樸的詩	52
〈秋光幽微〉	這時日的消逝是否　也正以／ 悲喜交雜的方式在成就著我們的詩？	54
〈試卷〉	在最後　只能示之以／無關的詩	59
〈真相〉	偶爾，在無邊的曠野之上，在古老的詩行之間，在月光下，還會傳來一些微弱的回音	73
〈四季〉	一個古老的木製書架上放了幾本，她的詩集。／窗外，有豐美的四季	77
〈素描簿〉	如果，那些埋伏在字句間而又呼之欲出的意象是一首詩的生命	78
〈素描簿〉	那麼，在我們真正的生命哩，那些平日暗暗牽連糾纏卻又會在某一瞬間錚然閃現的記憶，是不是在本質上就已經成為一首詩？	78

題目	詩句	頁數
〈詩的本質〉	翻開剛剛送來的詩集的校樣	80
〈詩的本質〉	再閱讀一次自己的詩	80
〈詩的本質〉	儘管時光越走越急，她的詩卻越寫越慢	81
〈詩的本質〉	是的，詩也是自足於詩	81
〈尋找族人〉	是何等異於尋常的靜默／那一雙眸子卻在黑暗中燃燒起來／在我朗誦了一首詩之後	122
〈劫後之歌〉	這悲傷的刻度　到最深處／能不能　轉換成一首詩？	124
〈劫後之歌〉	用風來測試　用淚來測試／在茫茫的人海裡／用一首又一首的詩……	125
〈兩公里的月光〉	有人說　時光總在深夜流逝／（是的　在十三歲的日記本裡／我也寫過相類似的詩句）	146

合計十二首二十次　　李桂媚‧王薇淳‧蕭蕭二〇一五年九月三十日
製表

表七　席慕蓉《以詩之名》詩意象統計

題目	詩句	頁數
〈執筆的欲望——敬致詩人池上貞子〉	一生　或許只是幾頁／不斷在修改與謄抄著的詩稿	30
〈一首詩的進行——寄呈齊老師〉	一首詩的進行／在可測與不可測之間	34
〈一首詩的進行——寄呈齊老師〉	是什麼　還在誘惑著我們／執意往詩中尋去	37

題目	詩句	頁數
〈一首詩的進行──寄呈齊老師〉	我的詩也逐漸成形　終於／來到了皓月當空的無垠曠野	37
〈一首詩的進行──寄呈齊老師〉	並茄終於相信了／那一個　在詩中的自己	38
〈明鏡──寄呈齊老師〉	經歷歲月的反覆挫傷之後／生命的本質　如果依然無損／就應該是　近乎詩	42
〈秘教的花朵〉	詩的秘密在於出走或者隱藏	46
〈白堊紀〉	還需要寫詩嗎？	53
〈寂靜的時刻〉	多年前寫下的詩句／如今都成了隱晦的夢境	58
〈紀念冊〉	她總是站在記憶中的窗邊／在第一頁／在最早的時刻／在所有的／詩句／之前	68
〈小篆〉	故土變貌　恩愛成灰／只剩下詩行間的呼吸與追悔	70
〈詮釋者──給詩人陳克華〉	詩人所說　一個人真好的那種感覺	77
〈詮釋者──給詩人陳克華〉	還要向詩人多求些什麼呢？	77
〈詮釋者──給詩人陳克華〉	他已經給了你　他最好的詩	77
〈詮釋者──給詩人陳克華〉	譬如　一次在早餐桌上的閱讀／使我能與詩人同行	77
〈詮釋者──給詩人陳克華〉	在新葉初發的櫻樹林間／（何等美好的孤獨！）／一如　在他的詩中	78
〈詮釋者──給詩人陳克華〉	還要向詩人再多求些什麼呢？	78
〈詮釋者──給詩人陳克華〉	他已經給了你　他最好的詩	78

題目	詩句	頁數
〈詩的曠野 —— 給年輕的詩人〉	在詩的曠野裡／ 不求依附　不去投靠	90
〈詩的曠野 —— 給年輕的詩人〉	詩　就是來自曠野的呼喚／是生命擺脫了一切束縛之後的／自由和圓滿	91
〈偶遇〉	你只是從此記住了一個詩人的名字	103
〈偶遇〉	記住了他的一首詩　記住了	103
〈偶遇〉	記住了／你讀詩的這一刻　一如／記住這夜的窗外／曾經有過微微透明的月色	103
〈桐花〉	可以放進詩經	110
〈桐花〉	雪白的花蔭與曲折的小徑 在詩裡畫裡反覆出現	111
〈眠月站〉	從你隱沒的背影裡顯現出來的所有詩句，原來都是我自己心靈的言語	118
〈我的願望〉	不希望　我愛的詩人／最後成為一間面目模糊的／小雜貨舖	136
〈晚慧的詩人〉	如果／想要把一天／或者七日 都全部荒廢／可以去／試著寫一首詩	140
〈晚慧的詩人〉	除了寫詩　恐怕／ 也沒有別的更好的方式	141
〈恐怖的說法〉	詩　是何等奇怪的個體	142
〈恐怖的說法〉	詩繼續活著	143
〈恐怖的說法〉	無關詩人是否存在	143
〈恐怖的說法〉	要到了詩人終於離席之後	143
〈恐怖的說法〉	詩／才開始真正完整的／顯露出來	143
〈陌生的戀人〉	失去了你的悲傷　將來或許可以／ 一字一句寫成詩行	153

題目	詩句	頁數
〈以詩之名〉	以詩之名　我們搜尋記憶	158
〈以詩之名〉	以詩之名　呼求繁星	159
〈以詩之名〉	以詩之名　重履斯地	159
〈以詩之名〉	以詩之名　我們重塑記憶	160
〈胡馬之歌〉	空留那孤獨的嘶鳴在詩中	162
〈母語——寫給蒙古國詩人巴·拉哈巴蘇榮〉	為你披沙揀金而成的語言和文字／可以　一生都用母語來寫詩	165
〈黑駿馬〉	已經走遠了的那個我們深愛的詩人啊／騎在黑駿馬的背上	172
〈黑駿馬〉	所吟誦的詩篇　最起初／應該也只是為了／一個　極為孤獨的自己而已	173
〈他們的聲音〉	我的詩心　漸漸冰封即使仍在溫暖的島嶼／我的書桌卻落滿了霜雪恍如寒夜	214
〈他們的聲音〉	為什麼久不見從前那樣美麗的詩作／我只能誠實回應因為我聽見了他們的聲音	215
〈英雄噶爾丹（1644-1697）〉	這一支如史詩所描述的雄獅隊伍／果然　在轉瞬間／就掌握了天山南北兩路	224

合計二十三首四十六次　　李桂媚·王薇淳·蕭蕭二〇一五年九月三十日製表

表八　席慕蓉詩名含詩之詩篇

題目	詩集	頁數	備註
〈短詩〉	《七里香》	94-95	內文無詩字
〈彩虹的情詩〉	《七里香》	138-139	《七里香》2篇
〈詩的價值〉	《無怨的青春》	18-19	
〈燈下的詩與心情〉	《無怨的青春》	182-183	內文無詩字 《無怨》2篇
〈詩的成因〉	《時光九篇》	16-17	內文無詩字
〈中年的短詩〉	《時光九篇》	88-91	內文無詩字 《時光》2篇
〈詩的蹉跎〉	《邊緣光影》	18-19	內文無詩字
〈靜夜讀詩〉	《邊緣光影》	20-21	
〈歲月三篇・詩〉	《邊緣光影》	28-31	內文無詩字
〈詩的末路〉	《邊緣光影》	48-49	
〈請柬——給讀詩的人〉	《邊緣光影》	110-111	內文無詩字
〈祭——為內蒙古作家達木林先生逝世週年獻詩〉	《邊緣光影》	168-169	
〈風景——敬呈詩人瘂弦〉	《邊緣光影》	206-208	《邊緣》7篇
〈詩成〉	《迷途詩冊》	22-23	
〈詩中詩〉	《迷途詩冊》	36-37	
〈靜靜的林間——敬呈詩人王鼎鈞〉	《迷途詩冊》	78-79	
〈等待——給小詩人蕭未〉	《迷途詩冊》	88-89	
〈詩的圉圍〉	《迷途詩冊》	92-93	內文無詩字 《迷途》5篇
〈蜉蝣的情詩〉	《我摺疊著我的愛》	34-35	內文無詩字

題目	詩集	頁數	備註
〈譯詩〉	《我摺疊著我的愛》	42-43	
〈詩的本質〉	《我摺疊著我的愛》	80-81	
〈創世紀詩篇〉	《我摺疊著我的愛》	96-100	內文無詩字《摺疊》4篇
〈執筆的欲望——敬致詩人池上貞子〉	《以詩之名》	30-33	
〈一首詩的進行——寄呈齊老師〉	《以詩之名》	34-39	
〈詮釋者——給詩人陳克華〉	《以詩之名》	76-79	
〈詩的曠野——給年輕的詩人〉	《以詩之名》	90-91	
〈晚慧的詩人〉	《以詩之名》	140-141	
〈以詩之名〉	《以詩之名》	158-161	
〈母語——寫給蒙古國詩人巴·拉哈巴蘇榮〉	《以詩之名》	164-165	
〈塔克拉瑪干——並致詩人吳晟〉	《以詩之名》	174-175	《以詩》8篇

合計三十篇　　　李桂媚‧王薇淳‧蕭蕭二〇一五年九月三十日製表

表九　席慕蓉詩集含詩字之詩篇比例

詩集	出現次數	出現篇數	全集詩篇數	出現比例（篇）
《七里香》	6	6	63	9.52%
《無怨的青春》	10	7	61	11.48%
《時光九篇》	14	10	50	20.00%

詩集	出現次數	出現篇數	全集詩篇數	出現比例（篇）
《邊緣光影》	33	20	69	28.99%
《迷途詩冊》	27	15	42	35.71%
《我摺疊著我的愛》	20	12	42	28.57%
《以詩之名》	46	23	61	37.70%
總計	156	93	388	23.97%

李桂媚・王薇淳・蕭蕭二〇一五年九月三十日製表

第七章

兩極共構下的彈性詩學：

黃河浪新詩方法學的理論與實踐

摘要

　　黃河浪出生於福建長樂市，畢業於傳統的福建師範大學，受過完整的中文系教育，對於文字驅遣的能力，詩學認識的眼界，必然異於同時代崛起於詩壇的其他文友，在歷史發展的細微軌跡裡，需要有特別的史觀去看待他。長樂市是福建省會福州的門戶，也是明朝鄭和七下西洋的啟錨處，三十五歲的黃河浪循著水流南移香港，五十五歲時黃河浪循著洋流東遷檀香山，確實值得我們從新詩地理學的角度加以關注。

　　本文藉由黃河浪生前出版的最後一冊詩集《披黑紗的地球》（2008），從新詩現象學的角度，探討詩人離開母土、故里、傳統的中華文化的「歷史餘溫與記憶」，跟現實社會中的新鄉、海島、衝激的新生活的「現實探索與反思」，如何相互對峙、衝撞，形成彈性、張力，激迸詩意。復從新詩方法學的表現途徑，從最基本的要求：「準確」與「精煉」開始，追求「變得出無窮的花樣，裝得進無限的內容」的極大彈性，提示主客易位、時空交錯、虛實轉換、感官互通、矛盾回饋、詞性更替等方法，檢視黃河浪的理想與實踐、現實與實現。

關鍵詞：黃河浪、彈性詩學、新詩方法學、虛實轉換、矛盾回饋

第一節　新詩現象學：「異域追求」與「精神返鄉」

　　黃河浪（1941-2012），原籍福建長樂，畢業於福建師範大學中文系，曾在福建任教多年，二十世紀六〇年代開始在報刊發表文學作品。一九七五年移居香港，一九七九年以散文〈故鄉的榕樹〉獲香港市政局所舉辦的首屆中文文學獎散文組冠軍，八〇年代起，這篇散文被選入中國大陸高中語文課本第一冊，一般大學也開始長期沿用為教材或補充教材；另有散文〈春臨太平山〉，〈維園中秋夜〉，〈愛石的人〉等作品在二〇〇九年分別入選香港語文課本或教材，他的語文駕馭能力深受中國大陸與香港地區的語文教育界所肯定。一九九五年移居美國，曾擔任夏威夷華文作家協會主席、《珍珠港》文學報主編，華僑大學客座教授，並主編出版夏華作協成員作品集《藍色夏威夷》兩集，鼓舞華裔作家。黃河浪移居夏威夷之後，仍常往來於香港、夏威夷之間，海島、海洋、海浪乃成為他詩中常見的意象。二〇一二年六月不幸感染肺炎，七月十八日晚不幸逝世於香港東區醫院，享年七十有一。

　　自一九八〇年開始，黃河浪出版詩集九冊：《海外浪花》（福州市：福建人民出版社，1980）、《大地詩情》（北京市：中國友誼出版公司，1986）、《天涯迴聲》（香港：香港新天出版社，1993）、《香江潮汐》（香港：香港天馬圖書公司，1993）、《海和少女》（哈爾濱市：哈爾濱出版社，1994）、《風的腳步》（香港：獲益出版公司，1999）、《海的呼吸》（香港：天地圖書公司，2001）、《黃河浪短詩選》（香港：銀河出版社，2002）、《披黑紗的地球》（香港：大世界出版公司，2008）。另有散文集《遙遠的愛》（北京市：中國文聯出版公司，1994）、《生命的足音》（香港：明報出版公司，2003）兩冊，在香港或檀香山華語創作地區，其數量應該在水平之上。

　　細觀黃河浪詩集之名，不外乎：海外、浪花、天涯、迴聲、潮汐、海、海的呼吸、風的腳步，香港詩人路羽（傅小華，1959-）[1]以「海外流散詩人」稱呼他，說「回望」是黃河浪長持的藝術姿態，說他是一位挾著文化鄉愁在海外漂泊的孤獨詩人，總是在記憶中清晰地流浪著、寂寞地歌唱著、回望著。空間處理時往往產生：在「異域追求」與「精神返鄉」中陷入困境，所以他的詩歌「總是體現深厚的歷史餘溫與現實的探索與反思」。[2]這種說法，其實就是說一個有著文化底蘊的詩人永遠是在兩極共構中尋求最佳的著力點、最佳的彈幅，也是蕭蕭（蕭水順，1947-）在《臺灣新詩美學》[3]想建構的新詩美學：兩極共構中的交疊。路羽在同一篇論文中同時強調「當詩人易地而居後，往往既有了故園的生活經驗和濃烈記憶，另一方面也逐漸積累當地的生活經驗，而當這兩種經驗交織在詩人的詩歌中時，它們並不是處於各自為營，相安無事的狀態，而會出現碰撞、重疊、交錯，正是因此，詩歌才表現出一種耐人尋味的張力。」亦即詩人所離開的母土、故里、傳統的中華文化，所謂的「歷史餘溫與記憶」，跟現實社會中的新鄉、海島、衝激的新生活，所謂的「現實探索與反思」，相互對峙、衝撞，形成彈性、張力，詩，就在這種彈性、張力中激迸而出。

　　不論稱之為離散、流散、流離或流亡，他們所所撞擊出來的詩作

1　路羽，本名傅小華，古城泉州人，一九七八年定居香港，美國世界文化藝術學院文學博士，當代詩學會秘書長，國際炎黃文化研究會副會長兼秘書長，香港文化總會副秘書長，北京師範大學珠海分校文學院國際華文文學發展研究所特約研究員，著有詩集《紅翅膀的嘴唇》、《藍色午夜》、《路羽詩選》、《路羽短詩選》（中英對照）等。

2　路羽：〈論海外流散詩人的寫作──以詩人黃河浪為例〉，北京大學「新詩研究所」、首都師範大學「中國詩歌研究中心」聯合主辦的《中國新詩：新世紀十年的回顧與反思──兩岸四地第三屆當代詩學論壇》論文集，2010年6月26-27日。並載於《當代詩壇》53、54期，香港：銀河出版社，2010年7月，頁182-184。

3　蕭蕭：《臺灣新詩美學》，臺北市：爾雅出版社，2004。

之幅度、精彩度，要比固樁於一方者（東方或西方，故鄉或異鄉）來得更高、更優異。

　　以這樣的新詩現象去檢視黃河浪的新詩方法學，確實有若合符節的地方，黃河浪的新詩方法學主要見諸〈詩是最高級的語言藝術〉一文，此文原為出席香港市政局圖書館主辦的「文學月會」講座之講稿，後來收入《披黑紗的地球》中，成為詩集的「代序」。因此，本文將以這篇新詩方法學的論述，去見證黃河浪離開母土福建，流徙香港、檀島之間，「異域追求」與「精神返鄉」，「歷史餘溫」與「現實探索」中的兩可與兩難，並以此文所在的《披黑紗的地球》中的詩作，做為證例，堅固其新詩方法學的可行性與可信度。

第二節　新詩方法學初階：「彈性」詩學的預備── 準確與精煉

　　《披黑紗的地球》出版於二〇〇八年，[4]是黃河浪生前出版的最後一冊詩集，全書分為三輯，第一輯「牆與橋」，是遊菲洲、歐洲的文化衝擊與生活感觸，大多以組詩的方式寫成，呼應著前面所說的「異域追求」；緊接著的第二輯「山海蒼茫」，真的呼應「精神返鄉」，環繞著中國蒼茫的山海、金陵的舊跡、水鄉的黃昏、雲南的印象而書寫。這兩輯作品，上海評論家汪義生（1951-）認為是運用「廣角鏡」取景，表現手法大開大闔。但《披黑紗的地球》第三輯作品「花的選擇」，汪義生以為這是用「特寫鏡頭」聚焦的結果，他說：「這一輯中有許多作品有點像宋代文人畫的『平遠小景』，並不刻意描繪一幅完整的畫面，往往截取水之一隅、山之一角、樹之一葉。」[5]實

4　黃河浪：《披黑紗的地球》，香港：大世界出版公司，2008。
5　汪義生：〈用生命擁抱淒美的詩魂〉，《披黑紗的地球》，頁163-164。

則，我們也可以將這種「特寫鏡頭」聚焦法，視為新詩方法學最基本
的要求：「準確」與「精煉」。

　　黃河浪在〈詩是最高級的語言藝術〉中，開宗明義即說：詩是一
種語言藝術，詩必須依賴語言而生存，如靈魂托付軀體。他指出詩語
言的基本特徵，首要就是「準確」與「精煉」。[6]

　　關於「準確」，黃河浪認為準確不同於照相，照相只是將外界事
物巨細靡遺原樣搬進來，「詩人的任務不是對事件的敘述，而是表
現；不是對外部世界的描摹，而是對內部世界的發掘。」[7]以黃河浪
自己的詩作為例，主題詩〈披黑紗的地球〉，這是一首控訴地球生態
遭受破壞的作品，但詩中不曾浪費筆墨在描寫空氣汙染、水汙染這種
表層的現象，而是更深層地挖掘出內在的痛，死亡的威脅，如第一
節，是前提式、總論式的指控，一針見血：

　　　由荒塚裡伸出來
　　　死神白骨森森的手
　　　閃電一擊
　　　文明的脊柱嘩啦啦碎裂
　　　肝　腸　寸　斷
　　　痛徹整個世紀[8]

　　如同在為「準確」所舉的瘂弦（王慶麟，1932-）詩例：「屋後放
著小小的水缸。／天狼星常常偷偷的在那兒飲水／獵戶星也常常偷偷
的在那兒飲水」（瘂弦：〈一九八〇年〉），這幾句詩寫天上的星光倒

6　黃河浪：〈詩是最高級的語言藝術〉，《披黑紗的地球》，頁3-5。
7　黃河浪：〈詩是最高級的語言藝術〉，《披黑紗的地球》，頁4。
8　黃河浪：〈披黑紗的地球〉，《披黑紗的地球》，頁26。

映在水缸裡，其中點撥出生活想像的盎然興味，然而凡常日子裡未必可能看見倒映在水中的星，更不可能有星星飲水的事實，但因為是天狼、是獵戶（星座），是動物、是人，他們有飲水的需要，所以詩人突發奇思異想，使天體也有了人性的溫暖；而且，字面意義上，獵戶可能追捕天狼，詩人卻讓獵者與被獵者同飲一缸水，可以讓人領會：對比事物有著和諧的可能，對峙事物又何其幼稚可笑。這就是黃河浪心目中意象創作的「準確」，追求的是事物本質的真，而非現實生活中的必然、或然。

若此，荒塚裡未必會有白骨森森的手伸出來，但死神緊緊相逼的絕境卻讓人難喘一口氣；閃電一擊未必能讓人類脊柱碎裂，但人類洋洋自得的文明創造，卻是大地生態的最大殺手，只是當大地反撲，文明的假象卻又不堪一擊。所以，詩的準確不在耳聞目睹的事實，而是在事務發展過程思理的純真、物理的本然。

就「準確」而言，一次就命中靶心是一種準確，但以〈披黑紗的地球〉這首詩來看，第三節：「一丸仇恨／孵出滿天亂舞的蜂群／海裡游弋的鯊魚／因血腥味而興奮如狂／空中盤旋的禿鷹／聞到屍體腐爛的氣息」，[9] 黃河浪以陸、海、空三種不同的生物，都因仇恨、血腥而造成更大的屠殺、死亡，這三種現象其實都是生物界的自然本能，本來不值得控訴，但詩人將這三種現象集聚在一起所形成的旋風，卻已經不是指陳單一的蜂群、鯊魚、禿鷹的生物特徵，而是在指控世界上某些邪惡的嗜血狂，這就是分進合擊的「準確」選擇，這一節詩所控訴的不是字面上的蜂群、鯊魚、禿鷹，所謂的「外部世界」，而是字義上從未觸及的侵略者、戰爭發動者。換句話說，「敘述」的是蜂群、鯊魚、禿鷹，「表現」的是殺人魔的喪心病狂。因此才有第四節

---

9 黃河浪：〈披黑紗的地球〉，《披黑紗的地球》，頁27-28。

的「人也是一種食肉獸」、第五節的「比野獸進化的是殺人者都有美麗如花的理由」,[10]更為強烈的斥責。

　　至於「精煉」,黃河浪引用龐德(Ezra Pound, 1885-1972)的話:「詩是不折不扣的用文字做成的剪嵌細工,二者都需要極大的精確性。」強調詩「必須用最節省的文字,蘊含最豐富的意義」,所以提煉語言的過程,有如「釀五穀為酒,採百花為蜜,煉礦石為鈾,曬海水為鹽」,[11]黃河浪所用的譬喻已經告訴我們,「精煉」是一種化學性的變化,量變質變,奪胎換骨。他舉的華語詩作是北島(趙振開,1949-)[12]的一字詩:

　　〈生活〉

　　　網

這首一字詩,不僅顯示出文字的精簡已經精簡到無以復「減」,意義的「精煉」,更是以簡單的一個字蘊藏諸多的意義的輻射:一者可以道盡現代人為生活所困,無法解脫的窘境,有如在網中,越掙扎越被束縛──「我被網」;二者可以正面敘說生命的本質在於「捕捉」、「攫取」、「弱肉強食」,要生活就必須去「網羅」──「我網人」;三者可以呼應陶淵明「誤入塵網」的詩意,古今聲息互通;四者預言了二十一世紀的今天,人人都用手機、電腦,無時無刻不掛在網上,無

10　黃河浪:〈披黑紗的地球〉,《披黑紗的地球》,頁28-29。
11　黃河浪:〈詩是最高級的語言藝術〉,《披黑紗的地球》,頁5。
12　北島(1949-),原名趙振開,中國當代詩人,朦朧詩代表人物之一。曾獲瑞典筆會文學獎、美國西部筆會中心自由寫作獎、古根海姆獎學金等,被選為美國藝術文學院終身榮譽院士。現應聘為香港中文大學中文系教授。

可豁免；五者可以藉由「網」字的同音字如「往」、「枉」、「罔」、「惘」、「魍」，衍展詩思。一個「網」字，讀者可以發展出這麼多的可能，是因為這麼多的詩意，詩人「精煉」為一個「網」字。

關於「精煉」，黃河浪自己的實踐仍然可以從〈披黑紗的地球〉找到例證，那就是這首詩的最後一節：

> 死寂許多年後
> 自廢墟瓦礫中
> 長出一棵小草
> 人們說
> 那是和平[13]

蘊具人道關懷的詩人不忍地球陷入滅絕，在詩的最後暗藏了劫後餘生中「重生」的訊息，那就是植物中柔而有勁的「草」是「和平」的象徵，地球活存的微弱希望。詩人在動物廝殺殆盡之後，以一枝小草維繫和平、象徵新生；從陸、海、空全面性的浴血爭鬥中，保留一枝小草用以維繫地球活存的生機。這就是「精煉」的實踐。

第三節　新詩方法學進階：「彈性」詩學的各種神態

在準確與精煉之後，黃河浪還提出「跳躍」、「含蓄」、「彈性」等三種詩語言的特徵。

所謂「跳躍」指的是詩人通過想像可以出入古今、上下天地，在時間和空間上自由往來，黃河浪將它形容為「不是漫步，而是舞蹈；

---

13 黃河浪：〈披黑紗的地球〉，《披黑紗的地球》，頁30。

不是平靜的池沼，而是奔湧的波浪。」[14]這種跳躍的詩思，在《披黑紗的地球》中隨處可見，以〈羊年說羊〉為例，可以見其出入古今中外、上下天地虛實，仍然優游自在。

〈羊年說羊〉

......
羊大為美，兀自領頭
小羊羔兒，默默地走
羊心已病，傳染一大群
牧羊人呢？在天邊飲酒

羊啊，馴服的羊
靠近人，就裝模作樣
喝點水，就得意洋洋
還幻想插上羽毛能飛翔
荒野上，羊的命運是奔跑
再奔跑，以風的速度
避開披著羊皮的狼[15]

這是〈羊年說羊〉的後兩段，以黃河浪這兩段詩相互加以評比，可以看出「跳躍」的速度與幅度，如何做自我的操控？前段有兩處應用文字學（羊大為美，羊心為恙），有兩處以羊字自動引申（領頭羊，羊

---

14 黃河浪：〈詩是最高級的語言藝術〉，《披黑紗的地球》，頁6。
15 黃河浪：〈羊年說羊〉，《披黑紗的地球》，頁31-33。

羔、羔羊），有一處與羊字似相關又不相關（群），但這五處繫連太緊密，反不如牧羊人「在天邊飲酒」，似用典卻未用典，有著一點點諷刺，多了一些些興味。反觀後段，有三處應用文字學（佯，洋，祥），三字的字義顯然拉開了距離，「跳躍」的速度與幅度優於前段甚多，最後「避開披著羊皮的狼」，與寓言故事彷彿相關卻另有警世意義，有著一種辛酸的黑色幽默，掌握了「跳躍」的美好身影。

所謂「含蓄」，指的是「倚重比喻或象徵，曲折地表達情感，含不盡之意於言外。」即使語言明白曉暢、直抒胸臆，也要「如湖潭之澄清，一樣具有深度，飲之清甜。」「如瀑布（之）飛瀉，自有其動人的氣勢和多彩的風姿。」[16]

「含蓄」的詩例就以〈小孩說海〉、〈魚兒說水〉加以佐證。

〈小孩說海〉

小女孩說媽媽你看
海是鹹得發慌的一匹
藍色怪獸
伸出貪饞的舌頭
一次又一次舔食沙灘
只因這海灣太甜
鋪滿了又細又軟的
白砂糖

---

16 黃河浪：〈詩是最高級的語言藝術〉，《披黑紗的地球》，頁7。

〈魚兒說水〉

一隻鳥從水上飛過
她相信自己的舞姿
永遠印入了湖心裡

一尾魚淡淡地說
我在湖中游來游去
空空的水裡沒有東西
你來，他記起你的美麗
你走，他忘了你的影子[17]

〈小孩說海〉模擬童稚的心靈，將沙灘想成是又細又軟的白砂糖，因此可以將海譬喻為一匹藍色怪獸，一次一次的海水漲潮就像是鹹得發慌的海伸出貪饞的舌頭在舔食白砂糖。此詩有童心、童語、童趣，關鍵詞顯現在白砂糖的譬喻，也在鹹與甜的相對味覺，雖然沒有獨創的象徵意涵，但在童詩欣賞上，純真就是大人世界的寶，值得讚賞。海水的鹹味是海灘戲水的孩子必有的經驗，但海浪為何來了又去，去了又回？詩人大發童心，以孩子嗜甜的心理去為大海尋求合理的解釋，鹹甜之間的對等差異是詩之興味所在，詩的含蓄處就在此一對比與譬喻的應用上。〈魚兒說水〉的思理高度卻又拉大了與童詩〈小孩說海〉的差距，題目句法相近，意涵層次截然相異。〈魚兒說水〉設想鳥與魚的對話，有著莊子式的寓言趣味，同時又有著哲理式的禪學趣味。首段說鳥兒飛越湖心，鳥兒深信自己會在湖的心中留下刻痕；次

---

17 黃河浪：〈小孩說海〉、〈魚兒說水〉，《披黑紗的地球》，頁33-34。

段寫魚游於水中悠然自得，不覺察水的存在、浮力或阻力的存在，這種情況就像活躍在大氣中的動物不覺察空氣的存在，所以魚兒說：「空空的水裡沒有東西」，類似於人類稱「大氣中」為「空中」，他們把整個大氣瀰漫的空間就叫「天空」。經由這樣的辯證，鳥兒留下刻痕的想法是感性的、浪漫的，魚兒所認定的「你來，你美麗；你走，他忘記」，卻有著理性的、現實的功利思想。兩相辯證，詩人不曾提供所謂的答案，客觀地只讓魚兒說水，不讓自己說法，不參與，不介入，不執兩端也不落兩端，這就是詩人的「含蓄」。

至於「彈性」，黃河浪引用聞一多（1899-1946）的話，將詩的無限度彈性界定為：「變得出無窮的花樣，裝得進無限的內容」。他自己的引申卻是：

> 所謂「變得出無窮的花樣」可理解為語言結構上的伸縮自如，變化萬千。……至於「裝得進無限的內容」，是指內涵有很大的包容性和延展性。[18]

黃河浪緊緊掌握住「彈性」二字的意涵，型塑出他的詩學觀點，如語言結構的「伸縮自如」，內涵的「包容性」、「延展性」，都是從「彈性」二字所發展出來的。如果兩點之間最短的距離是直線，那麼最美的線條毫無疑問就是曲線，直線如開門見山、一覽無遺，曲線則是委婉圓轉、柔中帶勁，因此，黃河浪所說的「像電影的蒙太奇手法」的詩中的「跳躍」，經營著某種內在的連繫，其實就是「彈性」；「以有限暗示無限，以小我暗示大我，從一粒沙看整個世界，由一滴水反射太陽的光輝」這種「含蓄」，也是「彈性」帶來的效能。以余光中

---

18 黃河浪：〈詩是最高級的語言藝術〉，《披黑紗的地球》，頁8-9。

（1928-）的一首〈撐桿跳選手〉來思考：

〈撐桿跳選手〉

那富於彈力的選手他是位超人
有三點必須看準：
何時長桿刺地？
何時奮身一縱起？
送他上去那長桿，何時該拋棄？

敏感而強勁，顫顫那長桿似弓
將他激射向半空
他將自己倒蹴
精巧地蹴成一道弧
──而旋腰，迴身，推桿
凌空一霎間，在勝利的頂點
他半醒半醺飄飄然降回地面[19]

此詩第二段，余光中以影片慢動作的方式將一個撐竿跳選手（撐竿跳選手，一般使用「竿」字，余光中在本詩使用「桿」字，引其原文時，尊重作者原創之意），連續性的彈力與動感凝定在詩中，一連串的動詞「激射」、「倒蹴」、「旋腰」、「迴身」所形成的急速時間與彈性空間，正是黃河浪所要求的，包括「跳躍」、「含蓄」的詩的「彈性」。那也就是撐竿跳選手彈起，詩躍起的第一個最美弧度，而「推

19　余光中：〈撐桿跳選手〉，《與永恆拔河》，臺北市：洪範書店，1979，頁127-128。

桿」、「飄飄然」、「降回」則是緩和性的第二個弧度之美。詩的彈性力
勁、優雅美姿，盡在於此。

值得注意的是，這撐竿跳選手的「彈性」來自於長桿刺地是否準
確？奮身縱起是否得時？長桿拋棄是否合宜？這富於彈力的選手他所
必須看準的：準確、得時、合宜，其實就是黃河浪新詩方法學初階：
「彈性」詩學的預備——準確與精煉，唯有站在這樣的基礎上，才有
可能發展出詩的彈性空間、詩的彈性力勁。

第四節　新詩方法學高階：兩極共構的彈性詩學

在撐竿跳的過程中，長桿刺地的同時人也縱起，此時彈性（或者
說是弧度）同時呈現，直到選手落地為止，刺地的那一點與落地的那
一點，形成「彈性」的兩極，這兩極同時存在才能呈現彈性之美，所
以，黃河浪的「彈性詩學」也似撐竿跳，有賴於「兩極」、「共構」的
同時呈現，那有形或無形的彈性，自覺或不自覺的詩意，才可能隱隱
在字裡行間遊行。那彈性，那詩意的美的最大弧度，取決於「兩極」
的距離與穩定。這就是黃河浪新詩方法學的最高階：兩極共構的彈性
詩學。

兩極共構的彈性詩學，黃河浪表現在〈詩是最高級的語言藝術〉
中的「詩語言的變化和創新」這一節，他提出了六種方法，各有千秋，
為了符應兩極共構之說，我稍做更易，顯現兩極所在，略論如下：

一　主客易位

黃河浪舉宋詞人辛棄疾（1140-1207）「我見青山多嫵媚，料青山
見我應如是。情與貌，略相似。」為例，認為主客易位是將主體和客

體的位置互相調換，反客為主，能表達更深刻的感受，可以達及天人合一、物我兩忘的境界。[20]

黃河浪自己的作品有多處使用這種技巧，如〈鐘錶店〉：「迷惘中轉身看見／門前綠樹直直地說／我用自己的影子／量度日月」，[21]以樹影量度日月是人的感知，詩人卻用綠樹直說。如〈畢卡索故居〉說擺在調色板上的畫筆還蘸著未乾的油彩，彷彿在展示：「地中海的暗藍波浪／如何浸透少年的眼睛」，[22]事實上是少年的眼睛看盡地中海暗藍的波浪，詩人反客為主，因此地中海暗藍的波浪成為渲染有力的主角，畢卡索畫中的逼真海浪因而溢滿讀者想像的海中。

美學上有美在客觀與美在主觀兩種理論，如亞里斯多德（Aristotélēs，西元前384-322年）以樸素唯物論作為哲學基礎，要從客觀事物中尋找美的根源，樸素唯物論或稱為樸素唯物主義，認為用某一種或某幾種具體物質形態可以解釋世界的本原，如中國古代的「五行」說，金、木、水、火、土就是形成世界的最初五種元素，古印度的「四大」說，即佛教界的地、水、火、風，這種樸素唯物主義學說認為美是客觀事物本身，形式、體積的大小、適宜，整體的秩序、比例及有機和諧所顯現；美在主觀說則以為美不是客觀世界我們所見到的事物本身的特性，而是人類意識和心靈活動的產物，是人的情感在觀念中外射於物、賦予物的，康德（Immanuel Kant, 1724-1804）、叔本華（Arthur Schopenhauer, 1788-1860），一直到克羅齊（Benedetto Croce, 1866-1952）的美學，都由此發展出來。[23]回視黃河浪的「主客易位」說，顯然是將詩人的主觀意識強加在客體之上，

---

20 黃河浪：〈詩是最高級的語言藝術〉，《披黑紗的地球》，頁10。
21 黃河浪：〈鐘錶店〉，《披黑紗的地球》，頁48-49。
22 黃河浪：〈畢卡索故居〉，《披黑紗的地球》，頁57。
23 木鐸出版社：《美學辭典》，臺北市：木鐸出版社，1987，頁8-10。

表面上看起來以客為尊，其實客體的意思正是主體的設計，因此形成水乳交融、天人合一的美好境界。

二　時空交錯

時間與空間本來是兩種不同的概念，詩人往往混為一體，使之交錯，或者超越二者，賦予詩更大的張力。黃河浪在文章中舉用洛夫（莫洛夫，1928-）〈秋末事件〉中的詩句：「梧桐正以巴掌大的落葉／丈量從秋天到地面的距離」為例，秋天是時間，地面是空間，落葉卻將二者結合了。這也就是向憶秋〈洛夫詩歌的辯證色彩〉所說：「辯證色彩於洛夫詩歌中主要體現為生與死、有與無的悖論統一；虛與實、動與靜、俗與奇的對立相依上。」[24]不僅是時空交錯，更可以是悖論的統一，對立的相依，生死禍福的依倚，亦即是本文兩極共構的立論根基。

世間詩不離時間感、空間物，以黃河浪的〈木耳〉來看：「雨的絲弦，紛紛／沾濕心靈的季節／老樹也彎下腰來／洗耳恭聽／從春筍到洞簫的／變奏」，[25]當洛夫以落葉丈量秋天到地面的距離，黃河浪也藉木耳恭聽從春筍到洞簫的變奏，春筍是實物，佔有空間，洞簫是藉樂器以代音樂，當然是時間的藝術，時空交錯的巧妙技巧，面對詩魔洛夫，黃河浪毫不相讓。

24　向憶秋：〈洛夫詩歌的辯證色彩〉，廣西《民族學院學報》（哲學社會科學版），2001，頁12。

25　黃河浪：〈木耳〉，《披黑紗的地球》，頁137。

三　虛實轉換

關於虛實轉換，黃河浪認為詩以經營意象為要務，往往把抽象、虛幻的東西轉化為具象；同時，為了表達更廣闊的意念，故意將具象事物抽象化。這種虛者實之，實者虛之的理念與技巧，幾乎是所有新詩人所共有，或許也可以稱之為「形象思維」（Imagination），相對於理性思維、抽象思維可能捨去感覺、知覺等感性材料，通過概念的組合、判斷，達到理性的認識，「形象思維」是通過表象的選擇、集中、想像、虛構，使形象凝聚成生動鮮明的、有典型性的藝術形象；相對於抽象思維的冷靜態度，「形象思維」在整個審美或創作過程中，有著藝術家強烈的感情誘導和推動。[26]

這種類型的詩作極其豐富。如寫西洋的〈弗拉明戈舞〉：「當音樂與舞步嘎然而止／靈活的肢體凝固為／月下冷傲的雕像／總覺得仰起的臉上／隱隱有路途的風霜」，[27]「月下冷傲的雕像」是今日眼見的實，「音樂與舞步／靈活的肢體」是昔時美感的凝止；「仰起的臉上」是現實的眼前的真，「路途的風霜」卻是想像的虛中之情。再如寫故土的〈棲霞山〉：「古寺的鐘聲款款而來／清亮如一注寒泉／有山鳥拍翼飛起／悉悉索索落下／遍地的詩句」，[28]以寒泉清亮寫鐘聲，已是一絕，「山鳥拍翼」的實擬與「詩句落下」的美好想像，更是絕配。

虛實相生，兼含了藝術創造的直觀性和想像性，兼具著藝術欣賞的形象美和意境美，清人笪重光（1623-1692）說：「真境現時，豈關多筆；眼光收處，不在全圖」；「空本難圖，實景清而空景現；神無可

26　木鐸出版社：《美學辭典》，頁483-484。

27　黃河浪：〈弗拉明戈舞〉，《披黑紗的地球》，頁59-60。

28　黃河浪：〈棲霞山〉，《披黑紗的地球》，頁66。

繪，真境逼而神境生。位置相戾，有畫處多屬贅疣；虛實相生，無畫
處皆成妙境。」這種移步換景、留白增生的技法，是水墨、禪詩最常
應用的家常步數，現代詩人當然多所傳承。

四　感官互通

黃河浪認為寫詩應該五官開放，接受外界所有的訊息，所以視
覺、聽覺、嗅覺、味覺、觸覺，可以混同起來，如肯明斯（Edward
Estlin Cummings, 1894-1962。或譯 E. E.康明斯）的〈日落〉：「螫人
的／金色蜂群／停在教堂尖頂上」，這裡寫的是金黃色陽光（視覺），
卻用螫人的蜂群譬喻，有了觸覺的痛、聽覺的響聲，停在教堂尖頂又
有了渴望救贖的心覺想望，是五官通覺的全面應用。另外，黃河浪又
舉了蓉子（王蓉芷，1928-）的詩：「誰的手指觸鍵時有七色的音響的
雨」，是將音樂轉化為色彩（七色），又將聽覺（音響）與視覺（七
色）、觸覺（觸鍵）相通，其中的關鍵字「雨」竟然可以串聯聽覺
（雨聲）、視覺（雨絲）、觸覺（雨的涼度），讓感官互通，詩意擴
增。黃河浪將這種寫作技巧稱之為「五官通感」。[29]

關於通感，美學的研究認為各種感官的感覺在大腦中形成聯繫，
可以溝通，所以日常生活中，我們對溫度與聲響的感覺常常相通，會
將「熱」、「鬧」連用；中國古詩人李賀（790-816）會寫出「歌聲春
草露，門掩杏花叢」的生動詩句，以視覺的「露」寫聽覺的「歌」；
蘇東坡（蘇軾，1037-1101）的「小星鬧若沸」，在視覺的畫面裡感受
到聽覺的激動。[30]

---

29 黃河浪：〈詩是最高級的語言藝術〉，《披黑紗的地球》，頁12。
30 木鐸出版社：《美學辭典》，頁75-76。

　　前舉黃河浪「虛實轉換」的詩〈棲霞山〉:「古寺的鐘聲款款而來／清亮如一注寒泉／有山鳥拍翼飛起／悉悉索索落下／遍地的詩句」,「鐘聲」是聽覺,「寒泉」是視覺與觸覺;「山鳥拍翼飛起」是聽覺、視覺,「悉悉索索落下詩句」是聽覺與心覺,它們虛實轉換間也是兩種不同的感覺在相互通流。再如〈水鄉黃昏〉:「亭子裡,評彈的弦聲／灑下晶晶的光芒／小船上、吳儂軟語／飄來淡淡的荷香」,弦聲與光芒,吳儂軟語與荷香,它們不也是相互感應、並時感染,融融洽洽,難以區分!

五　矛盾回饋

　　黃河浪認為詩人為了表達一種複雜的感覺或意念,會故意將兩個含意相反的或對立的詞語放在一起,構成詞組,以取得相互撞擊,互相襯托的效果。他將這種詞組稱之為「矛盾語」,[31] 以寫作技巧的統一性而言,我以「矛盾回饋」來表達這種既對立又反饋的微妙而高超的手法。

　　黃河浪舉證了這些佳句:

> 我達達的馬蹄是美麗的錯誤（鄭愁予〔鄭文韜〕,1933-）
> 震耳欲聾的寂靜（瘂弦〔王慶麟〕,1932-）
> 一支水仙在後面燃著熊熊冰冷的火焰（方莘〔方新〕,1939-）

　　黃河浪自己的佳作更多:

---

31 黃河浪:〈詩是最高級的語言藝術〉,《披黑紗的地球》,頁12-13。

煙火瀰漫的盛典中，必需有／犧牲奉祀在祭壇上／神才會降下
吉祥（〈羊年說羊〉）

美是永恆的殘缺（〈斷臂的維納斯〉）

曾以冰寒徹骨的絕望／烙在死囚脊背上（〈牆與橋〉）

教堂的尖頂犀利如劍／冷颼颼插入雲霄／似乎說，挺得越高／
越能靠近上帝（〈巴黎聖母院〉）

伸手觸摸斷牆的臉／塗鴉之下看不到表情／只有堅硬的冷／唯
一灼熱的曾是／子彈，以及鮮豔的／血（〈柏林牆〉）

當年的囚徒推開圍牆／坐到比國王更高的位置上／生前窮得只
剩下一枝鵝毛／死後的尊榮能否預支？（〈塞萬提斯廣場〉）

中國詩評家陳仲義（1948-）將這種反話式的技藝（Paradox）統
稱為「弔詭」（臺灣譯為弔詭、反話，中國大陸譯為詭論、悖論、反
論、佯謬、矛盾修飾、矛盾語），陳仲義引述結構主義學派的主張，
認為「科學的趨勢必須是使其用語穩定，把它們凍結在嚴格的外延之
中；詩人的趨勢恰好相反是破壞性的，他用詞不斷地在互相修飾，從
而互相破壞彼此的詞典意義。」[32]依據他多年研究海峽兩岸漢語新詩
的心得，弔詭是一種「以謬求真」的方式：「它的哲學依據不外是矛
盾的對立統一。或者總體對抗，局部貫通；或者一邊對峙，一邊轉
化；或者表面弩張箭拔，內裡暗送秋波；或者絕對極端，實則相對統
一；或者佯謬假謬，實則求真求是；或者詭辯悖言，實則正話反說，
都可體現為多種型態，再兼雜以俳諧、對比、巧智、反諷等輔助。」
因而陳仲義得出結論：「弔詭，在源遠流長的承傳中，將會愈發風

---

32 〔美〕克林斯‧布魯克思（Cleanth Brooks）：《悖論語言》，《新批評文集》，北京市：
　中國社會科學出版社，1988，頁319。此處引自陳仲義：《現代詩技藝透析》，臺北
　市：文史哲出版社，2003，頁257-262。

光。」[33]黃河浪如此大量在詩中使用「矛盾語」，倡議「矛盾語」，正是兩極共構下所肆力發展的「彈性詩學」。

六　詞性更替

相對於「矛盾語」的使用，對於變更詞性的「轉品」修辭，黃河浪雖然很清楚漢語詞性的轉變、替代，可以增加新鮮感和活力，也詳列了「名詞作動詞」、「名詞作形容詞」、「形容詞作動詞」、「形容詞作名詞」等變化，但在他自己的詩中，這種例子並不多，僅在〈鐘錶店〉中曾有這樣的安排：「整排乖巧的金童子／向人亮晶晶表白／鑲了鑽石黃金的時間／最昂貴」，[34]金童子是金錶的轉化，可以視為「虛實轉換」；鑲了鑽石黃金的「時間」，是鐘錶的借代，也是一種「虛實轉換」；唯有「亮晶晶表白」屬於詞性更替，「亮晶晶」原為形容詞，在此作「副詞」使用，修飾「表白」。

轉品，作為修辭諸多方法之一，新詩人偶一為之並無不可，但若時時刻意為之，說不定就有晚明「竟陵派」文人為求文章「幽深孤峭」，遭來朱彝尊（1620-1709）的指責：「倡淺率之詞，以為浮響；造不根之句，以為奇突；用助語之辭，以為流轉。著一字，務求之幽晦；構一題，必期於不通。」[35]修辭學專家黃慶萱（1932-）特引此段，警惕不合口語習慣的「轉品」可能隨著「竟陵派」而灰飛煙滅，[36]黃河浪雖然將這種修辭列為使詩語言新奇的方法之一，自己並不多加實踐，或許也有警惕後學者的仁慈心意在。

---

33 陳仲義：《現代詩技藝透析》，臺北市：文史哲出版社，2003，頁261-262。

34 黃河浪：〈鐘錶店〉，《披黑紗的地球》，頁48-49。

35 朱彝尊著，姚祖恩、黃君坦校點：《靜志居詩話》，北京市：人民文學，1998，頁502-503。

36 黃慶萱：《修辭學》，臺北市：三民書局，2010（增訂三版七刷），頁261。

第五節　黃河浪新詩學的現實與實現

　　一九四一年出生福建長樂市的黃河浪，應該有《詩經》所言「長安久樂」的人生嚮往，畢業於傳統的福建師範大學，受過完整的中文系教育，對於文字驅遣的能力，詩學認識的眼界，必然異於同時代崛起於詩壇的其他文友，當許多詩人，包括一九四九赴臺的所謂前行代詩人還在搜尋枯腸、字斟句酌的時候，黃河浪已經可以流利駕馭語言，掌握詩意。因此，在兩岸詩學發展史上，他不同於臺灣詩人的離散經歷，既要掙扎於生存與求知的縫隙裡，還要流徙在傳統與現代的矛盾中；也不同於遭遇文革迫害、傷痕累累，只知使用直白語言、淺俗文字，與文言完全脫離的大陸戰後一代。在歷史發展的細微軌跡裡，對於黃河浪，需要有特別的史觀去看待他。

　　長樂市是是福建省會福州的門戶，也是明朝鄭和七下西洋的啟錨處，黃河浪出生於新中國要建未建之時，多少僑胞選擇離開故居、尋求新鄉的年代，一九七五年三十五歲的黃河浪開始循著水流南移香港，一九九五年五十五歲的黃河浪循著洋流東遷更遠的檀香山，這種地理環境的人文啟發，對於黃河浪的新詩寫作，現象學與方法學的現實與實現，確實值得我們從新詩地理學的角度加以關注。

　　本文已掀起扉頁，在陸與海、海與島的地理位置，傳統與現代、世居與僑居的文化衝擊，兩極共構之處，現代漢語詩人將會撐起什麼樣的彈性空間，黃河浪的彈性詩學，或許已可提供一些借鏡。

參考文獻

一　黃河浪詩集

黃河浪　《披黑紗的地球》　香港　大世界出版公司　2008

二　中文及譯著書目

木鐸出版社　《美學辭典》　臺北市　木鐸出版社　1987
朱彝尊著　姚祖恩、黃君坦校點　《靜志居詩話》　北京市　人民文
　　　學　1998
黃慶萱　《修辭學》　臺北市　三民書局　2010增訂三版七刷
陳仲義　《現代詩技藝透析》　臺北市　文史哲出版社　2003
蕭　蕭　《臺灣新詩美學》　臺北市　爾雅出版社　2004
克林斯・布魯克思　《悖論語言》　《新批評文集》　北京市　中國
　　　社會科學出版社　1988

三　中文篇目

路　羽　〈論海外流散詩人的寫作──以詩人黃河浪為例〉　北京大
　　　學「新詩研究所」　首都師範大學「中國詩歌研究中心」聯
　　　合主辦　《中國新詩：新世紀十年的回顧與反思──兩岸四
　　　地第三屆當代詩學論壇》論文集　2010年6月26-27日　並載
　　　於《當代詩壇》53、54期　香港　銀河出版社　2010年7月
　　　頁182-184
余光中　〈撐桿跳選手〉　《與永恆拔河》　臺北市　洪範書店
　　　1979　頁127-128
向憶秋　〈洛夫詩歌的辯證色彩〉　廣西《民族學院學報》（哲學社
　　　會科學版）　2001　頁12

第八章
試探菲華詩人的文化歸屬

摘要

　　泰、新、馬、菲的華人文學，與臺灣、大陸、香港純熟的語言駕馭技巧不同，此四國所顯現的東南亞熱情衝力也與日韓東北亞的冷凝定性相異，中南半島的神祕色彩更與歐美西洋的開放精神大異其趣。本文特選菲華詩人的作品為例，探討菲華文學潛藏在文字意象之後的文化歸屬，這種歸屬的猶疑心態，也可能是華人流寓海外的共同心聲，「亂離詩」的現代版、國外版、海洋版。其中值得探索的，不外乎家園的懷思與寄託，自我的喻意與象徵，父母的定位與迫尋，文化的歸屬與歷史的妥協。

關鍵詞：菲華詩人、文化歸屬、亂離詩、家園的懷思

第一節　前言

　　宦場爭權奪利，有時只是個人功名利祿的追求，有時卻是黨派利益的維護，影響所及，當官的人貶謫邊荒，竄逐蠻夷，甚至於引發戰爭，造成戰亂，如果再加上大自然的災變，則人民流亡、遷徙，永無寧日，寓之於詩，也就形成了傳統詩歌中的亂離詩。

　　李正治在《神州血淚行——中國古典詩歌中的亂離》中認為：「『亂離』不屬於個人的事件，往往是牽連一個地區，或者大半個神州的人民，所以個人的悲哀，都會滲透進廣土眾民的悲哀裡面，成為共同的心聲。」[1]

　　不過，我們知道，傳統的動亂流離不管如何牽連，如何遠行，事件的發生、人物的接觸、風土的適應，都不會超出國境、遠離國土。頂多是外族文化（如遼、金、元、清）入侵，也終因為外族人數少，不會產生立即的，語言、生活、文化上的不便。以這樣的觀點來看「移民血淚行」，飄洋過海的艱辛，「落」異國之「地」期望「生」自己之「根」的煎熬掙扎，從茫茫大海到莽莽大地的無路無厝的無依感，移民的血淚依然有亂離詩中所述及的戰亂流離、鄉愁感懷，卻也更多失落、尋根、抗拒、調適、定位、歸屬的疑惑，如果再加上異國政府有形無形的歧視、迫辱，則其椎心之痛，又遠非國境內的流亡詩人所可比擬。

　　泰國、新加坡、馬來西亞、菲律賓的華人，在飄流過海後往往聚居一處，形成特殊的文化族羣，此四地又與臺灣、大陸相距不遠，中

1　李正治：《血淚神州行——中國古典詩歌中的亂離》，臺北市：故鄉出版社，1980。此處引文多出自本書〈導論〉第二頁。本書將「亂離詩」分成四種類型：一、動亂篇——從來人世多劫難，二、流離篇——神州遍地泣哀鴻，三、感懷篇——茫茫亂世雜悲歡，四、丹心篇——留取丹心照汗青。

間復有香港可左可右的中繼點為之聯繫，緊緊跟隨宗主國的文學進化而有著或斷或續的衍變；四地不同的地主國的文化衝擊，政經趨勢，對當地華人文學也有著或大或小的牽引力量。因此，泰、新、馬、菲的華人文學除了與臺灣、大陸、香港純熟的語言駕馭技巧不同，東南亞的熱情衝力也與日韓東北亞的冷凝定性不同，亞洲東方的神祕色彩更與歐美西洋的開放精神不同。如此激盪而殊異的文學特質確實值得考察。

　　以菲律賓華文文學而言，《文訊月刊》曾在一九八六年六月編撰〈菲律賓華文文學特輯〉[2]，一九八九年七月「菲華藝文聯合會」出版王禮溥著的《菲華文藝六十年》[3]，這一刊一書合在一起觀察，菲華文學的縱切面與橫斷面，就可以有比較完整的認識。至於菲華詩壇的了解，透過和權的〈菲華詩壇近況〉[4]與李瑞騰的〈菲華新詩的一

2　李瑞騰策畫的〈菲律賓華文文學特輯〉刊載於《文訊月刊》第24期，1986年6月。此輯包括菲華文學印象、菲華文學歷史、菲華文藝季刊、菲華文學會談，重要篇章如施穎洲的〈菲華文藝播種時期的回憶錄〉、邢光組的〈追憶在菲二十年的文藝活動〉、施清澤等人主持的座談會紀錄〈菲華文學的困境與突破〉。

3　王禮溥：《菲華文藝六十年》，菲律賓：菲華藝文聯合會，1989，在此書〈緒言〉中，他認為六十年來，菲華重要文藝著作有：
醞釀時期（1928-1950）：李成之《碧瑤集中營》、潘葵邨《違忍三年》、吳重生《出死入生》、長城叢刊之一《鈎夢集》。
播種時期（1951-1964）：長城叢刊之二《海》新詩集，長城叢刊之三《芳草夢》散文集、《菲律賓的一日》、《文學季刊》、《菲律賓華僑新詩選集》、《菲律賓華僑散文選集》、《商報小說集》、《菲律賓短篇小說集》。
萌芽時期（1965-1972）：《劇與藝》、《文藝稿》、《菲華創作》、《菲華文藝年選》。
冬眠時期（1973-1980）：《菲華短篇小說選》、《菲華散文選》。
成長時期（1981-）：《菲華文壇》季刊、《玫瑰與坦克》新詩集、《稔》、《世界中文小說選》、《綠帆十二葉》、《穰》、《茉莉花串》、《菲華文學》、《菲華新詩選》、《菲華散文選》、《菲華小說選》、《晨光文選》。

4　和權：〈菲華詩壇近況〉，《文訊月刊》第24期，1986年6月。

些考察〉[5]，也可以全盤掌握。本文則希望以菲華詩人的詩作，探索他們潛藏在文字意象之後的文化歸屬，這正是他們創作不輟的最赤裸、最原始的動力，也可能是華人流寓海外的共同心聲，「亂離詩」的現代版、國外版、海洋版。

第二節　家園的懷思與寄託

早期的新詩以歌詠為主要的抒情方法，菲華詩壇最早的一本新詩選集《海》[6]，出版於一九五一年元月，可以看出全書深受「新月派」詩風影響，文采華美，聲韻諧和，菲律賓向有「千島」之稱，因此以「海」為書名，頗有隔洋興歎之意。在這本《海》之中，詩人對家鄉繫念極深，以傳統的抒情方法在「夢」裡重回家鄉，如亞薇〈歸〉詩的第一首〈過城郊〉[7]，形式整齊，典型的豆腐乾體，正傳達了夢中故鄉的寧靜美：

〈過城郊〉

在椰島的夢裡我常憧憬登高望鯉城，
鯉城卻在渺漫十年歲月中變了原形：

5　李瑞騰：〈菲華新詩的一些考察〉，香港《香港文學》第80期，1991年8月。在這篇文章裡，李瑞騰首先對菲華新詩出版做歷史掃描，其次從歷年詩選看菲華詩風變化，有史的掌握，也有質的考察。

6　《海》為「長城叢刊之二」，由柯叔寶、施穎洲主編，封面署名「邢光祖等」著，一九五一年元月由菲律賓長城出版社發行。此書共收詩創作二十七首，菲詩譯作七首，作者計十五位，取材於馬尼拉《大中華日報》「長城」文藝副刊。

7　〈歸〉詩共二首，第一首〈過城郊〉，第二首〈入村〉，作於一九四八年元月三十一日，見《海》頁31-32。

　　高大深厚的城牆和基石拆毀成平地，
　　古代偉大的象徵啊！在文明裡消泯。

　　迎著隆冬的冽風，我輕悄踏著黃昏，
　　黃昏隱現家鄉的石徑，阡陌和野墳，
　　落霞映紅了枯枝和整片深綠的麥浪，
　　鳥兒飛繞著家鄉，吐著炊煙的遠村。

這時期的詩作大多是「遙望古老的祖國，懷念苦難的家園」[8]，有些詩作則以移民墾拓的艱辛為念：「多少人夢想南洋／多少人一到南洋沒有消息！燭火淌著眼淚；／鮮花散亂墓前。／未死的人帶些什麼回去？／一堆堆的墓土／一個個的家！」[9]這時期的詩作也因為臺灣海峽尚未形成對峙局面，詩學的波濤尚未掀起風暴，仍然保留「遺民式」的感慨歌詠。

　　六年後出版的《菲律賓華僑新詩選集》[10]，則有比較多的心力專注於菲島華人的現實生活，對於菲島的人文景觀與自然風物也賦予關懷，換句話說，在現實的認同度上較諸《海》集詩作更為積極，李瑞騰曾引述梅津的詩〈頹廢的心靈〉中的詩句：「悲哀永遠被埋葬於毀滅的墓墟，閒適的人生奮鬥不出堅決偉大的犧牲。」以為：「這正是往外遷移的華人應有的性格，是面對坎坷人生應有的態度。」[11]在梅津的詩裡，詩人已經確認：「新的生命排斥舊有的逗留，／枯焦的屍

8　林立：〈憔悴，我們的心！〉，《海》，頁46-48，一九四八年改舊作而成。

9　許冬橋：〈南洋的家〉，《海》頁61-62。

10　亞薇主編：《菲律賓華僑新詩選集》，馬尼拉：第一出版公司，1957（初版），選錄十四位詩人的六十四首詩。

11　參見李瑞騰：〈菲華新詩的一些考察〉，香港《香港文學》第80期，1991年8月。

體伏埋著往昔的創傷，／微風輕輕吹走了這一代，／又孕育下一代的細蕊。」[12]落地生根的意願逐漸增強。但是，一遇到華僑與菲府為生存而鬥爭時，弱勢意識衍生的悲憫與憤怒之情，不自覺油然而生，在《菲律賓華僑新詩選集》中，剛好有兩首為遭遣配的華僑所寫的詩，正顯示出：不得已的菲律賓現實，想望中的中國歸屬。

若艾的詩〈你們三十七個，為什麼？〉[13]，嚴厲指控遣配華僑之不當，自由、民主、人性、公理，不能只是樣品、櫥窗，在詩中他說：「只要有個人說：該死的『秦那』！就有人附和：要他們統統滾開！」他問：「是誰主宰我們的命運／不是我們自己／為什麼？」

黃明德的詩〈我得歸去，看看家園是怎樣的荒涼？〉[14]，提到四十年異國求生，只因家鄉求生不易，如今：「做不自由的人──在自由的異邦，毋寧做自由的鬼──在不自由的故鄉。」所以要回去看看，縱使家園荒涼，更重的一句話：「縱使歸去後被共匪槍斃！」死了也好葬身在故國底大地。所謂落葉歸根，就詩中老華僑而言，不是因為年老而還鄉，而是因為在僑居地受到不平等的苛虐，橫遭遣配的厄運，因而不得不歸回家園，這時不管家園是否有苛政。詩人這樣的安排是現實的無奈，也是歸屬的無奈！

考察菲華詩壇，自從一九六一年「暑期文教講習班」聘請臺北詩人授課以來（一九六一年為余光中，一九六二年為覃子豪，一九六三年為紀弦，一九六五年為蓉子），與臺灣詩壇關係更趨密切，表現技巧深受臺灣現代詩壇影響，因此，在表達北望家園的鄉愁時，菲華第

---

12 梅津：〈新的生命排斥舊的逗留〉，《菲律賓華僑新詩選集》，頁113-114。

13 若艾：〈你們三十七個，為什麼？〉，《菲律賓華僑新詩選集》，頁62-67，此詩寫於一九五五年。

14 黃明德：〈我得歸去，歸去看看家園是怎樣的荒涼？〉，副題是〈一個將遭遣配的老華僑底申訴〉，《菲律賓華僑新詩選集》，頁103-104，此詩寫於一九五一年六月。

二代詩人顯然就已拋棄「歌詠」的方式，改以「呈現」意象、「體會」感覺為念，如莊垂明（小夜曲）的〈簫聲響時〉[15]，月曲了的〈固定的方向〉[16]。

　　〈簫聲響時〉

　　風向南，隨暮色而來的紫燕們
　　在浪人陌生的夢境
　　撒下，一夜疏落的鄉愁了
　　而他不能僅苦楚的羈旅在這陌生的夢境
　　當簫聲響時，當簫聲響時——
　　啊！他會把淚，把淚
　　灑向北方淒迷的雲霞裡

在這首詩裡，「風向南」，「淚向北」；「風向南」所以會帶來故鄉家園的氣息，所謂「胡馬依北風」是也；「淚向北」則人之面向北方自亦可知，灑淚以對，則人之思家愁鄉自亦可知。而風向南、淚向北之間的唯一憑藉是簫聲，循簫聲的幽怨悽涼，逆溯而上，這樣的鄉愁已非現實事物為之憑藉，文化中國的鄉愁已逐漸成形。到了月曲了的〈固定的方向〉，在南方千島間，一樣的芒果奇香，一樣炎日曬黑的皮膚，憑什麼追認「我」？我與菲人又有什麼不同？詩人說：「憑今夜木桌上的一壺茶／我在茶杯中／等江南的春曉」「憑我不言不語的

15　莊垂明（小夜曲）：〈簫聲響時〉，雲鶴主編：《詩潮——第一年選》，馬尼拉：以同
　　出版社，1962。

16　月曲了：〈固定的方向〉，《月曲了詩選》，臺北市：林白出版社，1986。亦收入《菲
　　華新詩選》，福州市：福建人民出版社，1983。

胸膛／內有一片／令人發呆的海」。特別值得注意的是「木桌上的一壺茶」，這就是中國文化的顯影，鄉愁不再是家園記憶，而是生活中無形的文化融入（保留），茶與簫聲都是生活文化的中國代表，茶味苦澀而甘，簫聲幽怨而悠遠，據以入詩，最能傳述文化中國的鄉愁。

詩的技巧承受臺灣的影響，詩的內容則由陸塊中國轉向文化中國，這是菲華詩人的鄉愁模式。

第三節　自我的喻意與象徵

菲華詩人月曲了在問：「憑什麼追認我？」

在眾多菲人聚集的異地，少數的華人要如何確立自我，是融入菲人的生活大鎔爐之中，為其所同化，或者堅持閉塞的中國文化系統，保留自己？

五〇年代的臺灣詩人忙著寫反共詩，六〇年代的臺灣詩人忙著向自我探尋，向自我挖掘，往個人內心深處企圖發現詩的祕境。菲華詩人則期望在眾人與個我之間辨認「我」的真貌，「我」到底是誰？這裡的「我」不僅是詩人私己的我，更是菲律賓華人的公我，我的面貌、我的心境、我的地位到底何？這種惟恐失去自我、迷失自我的辛酸，形成菲華詩壇的一大特色。

〈野生植物〉　　　雲鶴

有葉

卻沒有莖

有莖

卻沒有根

　　　　有根
　　　　卻沒有泥土
　　　　那是一種野生植物
　　　　名字叫
　　　　遊子[17]

此詩前段以「層遞法」逼進，有的野生植物「有葉卻沒有莖」，有的
「有莖卻沒有根」，有的「有根卻沒有泥土」，這是海帶、靈芝、草
菇，還是浮萍、苔蘚？藻類還是菌類？低等而卑微的植物？在這首詩
裡，根、莖、葉的有無或種類，其實並不重要，詩人所要強調的是
「沒有泥土」的無所依恃，野生野長無人照顧的命運，遊子的心聲，
華僑的寫照，遊子的辛酸，華僑的無奈！「我」──沒有泥土的野生
植物。

　　高等一點的譬喻，也不過是「橘子」而已！

　　　　〈橘子的話〉　　　　和權

　　　　咱們恆是一粒粒
　　　　酸酸的桔仔
　　　　分不清
　　　　生長的土地

---

17 雲鶴：〈野生植物〉，《菲華新詩選》，頁33，並有同名詩集發行。此詩亦收入張香華
　主編：《玫瑰與坦克》，臺北市：林白出版社，1986，頁174。在《玫瑰與坦克》中，
　此詩最後兩字「遊子」改為「華僑」，以詩而言，「遊子」較佳，以控訴力而言「華
　僑」更具力量，結論卻是：遊子、華僑，都是野生植物，沒有泥土，無人照顧。

是故鄉

還是異鄉

想到祖先

移植海外以前

原是甜蜜的

而今已然一代酸過一代

只不知

子孫們

將更酸澀

成啥味道（原載於《葡萄園》詩刊第八十六期〔1984年3月〕）[18]

字面上的意義，類似於橘踰淮為枳的故事，實際上蘊含著菲籍華人的
共同酸澀。和權是菲律賓第二代的華裔，在被承認與不被承認的未定
位間，曾經有過內心爭戰的痛楚，也有著現實的內外搏鬥的怨傷，橘
子由甜而酸的品種變革，是因為外在水土的不合，也是因為內在心裡
的憂急，一代酸過一代的預測，又是多麼的無奈！橘子如何能由酸澀
的味道再回復原來的甘甜多汁呢？如果不能回到原來的土地、空氣、
陽光、水，如果沒有與故鄉相類的這一切環境，如果沒有悠閒如歸的
心情，橘子必定會一代酸過一代的，踰過山嶺與海洋，橘，還能是中
土的橘嗎？[19]
　　剝開的橘子，好像呈現出流落他鄉的異客心中斑斑的血淚，那酸

---

18 和權：〈橘子的話〉，《橘子的話》，臺北市：林白出版社，1986，頁47-48。

19 以上論述取自蕭蕭：〈一棵橘子的血淚淤痕〉，和權詩集：《橘子的話》，頁14-15。

澀的汁液，那理不清的纖維，甚至於那多疙瘩的皮膚，好像都縮寫著移植的哀怨。「我」——踰海為枳的酸橘子。

　　和權也曾以「蝦」和「蟹」為喻，說蝦在億萬年前原是「龍」的族類，「在海外困居」之後已沒有龍昂首的雄姿，也沒有龍穿雲的豐采，只能在水族箱裡載浮載沈，繼續繁衍；而「蟹」來自巨浪打擊的海岸，可左可右，可是遠離水域之後，不論走什麼路線，怎麼橫行，都無生機。一九六六年出生的王勇則以「海螺」為喻，探討「家」在那裡？

〈海螺〉

在沙灘上
撿拾海螺
只想聽一聽
海螺裡
祖先飄洋的歌

為什麼今天
海螺不上岸
難道說
此岸
也沒有它們的家[20]

對於祖先如何飄洋過海，新一代的詩人仍有心聆聽，文化的傳承隱然

20　王勇：《海螺》，《玫瑰與坦克》，頁49-50。

還有生機，只是哪裡是海螺的家？「此岸『也』沒有它們的家」，這
表示了「彼岸」當然沒有它們的家，此岸彼岸都不是它的家，家在何
處？哪裡才是它的歸屬？海螺的悲哀，也就是「祖先飄洋」的悲哀，
自然也是「我」的悲哀。「我」——兩岸無家的海螺。

　　兩岸無家，猶可逐浪海上，兩面被煎，如何活存？

　　菲律賓由七一〇七個海島組成，四面環海，海外有島，島外依然
是海，因此，在自我的隱喻中，菲華詩人都選擇了海洋生物，和權的
〈蝦〉、〈蟹〉，王勇的〈海螺〉都是如此，文志的〈煎魚〉也是如
此，〈煎魚〉只有五行，都將魚的生命置入煎熬、疼痛之中，這種煎
熬與疼痛是菲華詩人的生命最苦痛的象徵。

　　〈煎魚〉

　　在鍋裡
　　翻過來　疼
　　翻過去　痛
　　兩面都被煎熬
　　都是魚的骨肉[21]

當然，這種煎熬的苦痛也可以是人類生命的共同象徵，不過，此詩
用了「魚」、用了「兩面」、用了「骨肉」，我們可以強烈地感受到從
家鄉到異鄉，骨肉分離的那種煎熬，珍惜此岸，也疼惜彼岸的那種
心境。

---

21 文志：〈煎魚〉，千島詩社編：《千島詩選》，菲律賓：千島詩社，1991，頁41。

第四節　父母的定位與迫尋

　　華僑社會對家族倫理的重視，遠勝過在臺灣的我們，「華僑義山」外觀結構富麗堂皇，內部裝潢不輸一般家庭的起居室，水電俱全，這種慎終追遠，重視祖墳的行為，自是中國儒家文化的張皇。因此，表達在詩中時，敬謹恪遵父母教訓，承襲傳統生活方式，承襲傳統祭祖儀式，注重下一代的家庭教育，都成為習見的題材。陳一匡的〈傳遞〉可以統合說明這種血緣重於一切的文化傳承：

　　〈傳遞〉

　　　　以一雙瘦長的竹筷
　　　　夾住五千年的倫理傳統
　　　　爸說：「傳下去
　　　　別讓它在南洋淹沒。」
　　　　而我以堅毅的雙手
　　　　護住五千年未曾熄滅的火種
　　　　遞下去：「光揚它
　　　　讓它照亮第二故鄉。」[22]

一方面繼往，一方面開來，父子世襲而呵護的就是五千年不熄的倫理傳統，即使寫的是「傘」，陳一匡也一樣想到父與子的庇蔭，他在〈傘〉這首詩中這樣說：「擎把傘／截斷雨絲／不讓它纏上／臂彎中

---

22 陳一匡：〈傳遞〉，《玫瑰與坦克》，頁134。

／小兒子的微笑／傘外／雨絲穿梭／竟織成／父親的容顏」[23]父子親情深濃，母女亦然，文志的詩〈睡在母親的懷抱裡〉[24]，說他看見小女兒甜睡在妻的懷抱中，就不期然想起自己小時候睡在母親懷裡，醒來卻已經來到海外，因此，他終究不忍喚醒睡在母親懷裡的孩子。

　　寫父親、寫母親，就等於是寫祖先、寫宗主國。王勇寫〈爸爸的草鞋〉，說草鞋目前是濕而且爛，但爸爸曾穿著草鞋揹他翻山越嶺，所以他知道：「這雙草鞋裡／藏了好大的一片土地」。菲華詩人也寫課子教女的詩，不僅一片關愛溢乎言表，最重要的還在於教他們認識「中國」，企圖在一片蟹行文字與西洋文明橫掃菲島社會時，保留頑抗的力量，雖然這種力量越來越微弱，誠如謝馨所說：華僑弟子傳到第四代，子孫們在紙上就開始像螃蟹那樣橫著走[25]，不過，堅持中國語文教育的家庭仍然勉為其難，苟延殘喘，如此微弱的氣息，更值得我們關注：

　　　　〈出世仔的話〉　　　　　陳默

　　　　妹妹初上幼稚園
　　　　爸爸考她認字
　　　　寫了個「人」
　　　　她說 TAO
　　　　爸爸摟著她
　　　　親了又親

23　陳一匡：〈傘〉，《千島詩選》，頁197-198。

24　文志：〈睡在母親懷抱裡〉，《玫瑰與坦克》，頁33-34。

25　謝馨：〈華僑子弟〉，《波斯貓》，臺北市：殿堂出版社，1990。

學期終
爸爸又寫了
「中國」
她茫然搖頭
爸爸雙手蒙住臉
喑啞裡聲調：
「學『人』倒學得好
怎麼『中國』就學不來？」
（註：「出世仔」意指中菲混血兒。TAO乃菲語，意即人。）[26]

學「人」學得好——現實生存就在眼前。學「中國」就學不來——夢幻中國太遙遠了。

　　菲華詩人還企圖透過傳統生活、傳統節慶、傳統禮儀、傳統道德，去追尋逐漸泯滅的文化真髓，即使捕捉到的只是民族文化的浮光掠影也聊勝於無。

　　譬如陳一匡的〈除夕〉[27]，「想把古老的傳統／圍成海外一脈相傳的薪火／想把板蕩菲京／圍成煙雨江南」，但是，鞭炮聲卻只響在心坎裡的漢家陵闕。再如白凌的〈除夕〉[28]，寫的也是三代圍爐吃年夜飯的情景，吃的是道道地地的中國菜，「有的捧碗舉筷」「有的刀叉齊下」，生活型態顯然不同，因此接下來才有：「飄散兩種鄉愁」、「細啃雙重國籍」、「追問兩個新年」這樣的歧異，在顯然的矛盾中尋求可能的諧和。

---

26 陳默：〈出世仔的話〉，《玫瑰與坦克》，頁160-161。

27 陳一匡：〈除夕〉，菲律賓現代詩研究會主編：《萬象詩選》，香港：銀河出版社，1988，頁79。

28 白凌：〈除夕〉，《千島詩選》，頁99-100。

　　由遠而近，自上而下的時間裡，詩人肯定父母宗祖，詩人也追尋
父母的血緣流向，教育子女，期望血緣與地緣的結合，因為生存是迫
切需要，第一要務。

第五節　文化的歸屬與歷史的妥協

　　在實際的生活中不能不菲化，在理想的文化歸屬卻依然要堅持文
化的中華，菲華詩人很清楚這樣的拉鋸，也很矛盾於這樣的拉鋸。

　　　〈另一種風箏〉　　　　王勇

　　　一個小小的
　　　結　緊緊繫著你
　　　從晉江的日出
　　　到岷灣的日落
　　　風的翅膀
　　　雲的圈套
　　　都不能牽走你
　　　　只因有那麼個小小的
　　　結　自從前
　　　一直牽繫到未來[29]

　　菲華詩人大部分來自福建晉江，所以此詩說從晉江到岷灣，這是

---

29 王勇：〈另一種風箏〉，《萬象詩選》，頁28-29。

空間的繫念，而且也從從前到未來，這是時間的牽繫，永無終期，如「風箏」一般隨之飛翔、飄蕩，菲與華如此牽繫著他們過去的先祖與未來的子孫，牽繫著他們的生生世世。

不過，風箏的牽繫是這一頭跟另一頭，總在線的兩端，好像是一東一西，一左一右的爭戰，互有勝負。吳天霽則以白天與黑夜、醒與夢來區分，他的詩〈家在千島上〉[30]，說朋友、親人用最親密的「母語」，講盤古開天、女媧補天、羿射九日、夸父追日這樣美麗的中國神話。「神話多美麗／已經是遙遠的年代了／只在夢裡／與我們相依」，天亮以後，看到的是海與島嶼，想到的是曝曬魚網、修補舟楫。神話與現實的交替如此來回往復，織就了定居在千島上的華人生活面貌。

對立的存在，不如混血共生。依人類學的觀點來看，眾多種族共同營生的地方，往往會產生綜合性的文化，菲華詩人在保持某些尊嚴之餘，也不能永遠是拒絕溶化的冰，平凡、謝馨，都有這樣的看法，只是平凡猶有不平之氣，謝馨則已經能從欣賞的角度來看待這種演變了！

　　　　〈冰塊之被同化〉　　　　平凡

　　　　冰塊一被投入杯中
　　　　固體的個性就
　　　　一分分地在溶解
　　　　杯中的氣候　容不了
　　　　冰塊心中一直堅持著

---

30 吳天霽：〈家在千島上〉，《玫瑰與坦克》，頁80-82。

堅硬　透明的形象　以及

零下四度的優越感

一代　兩代　三代

四代也不算太久

液化的過程是痛苦的

杯中的液體

歡迎冰冷的個性

排斥固體的高傲

總之

冰塊一被投入可樂之中

只能溶化為

黑皮膚的冰汽水

被投入啤酒之中

只得溶化為

金頭髮的冰啤酒

而布滿杯外的

全是晶瑩的

汗滴

淚滴與

血滴[31]

或許是因為被同化了，不再保有固體的高傲，只能在杯緣外層滲出水滴，因此，此詩不免有無奈的感覺。如果不是被同化，只是混合、共

31　平凡：〈冰塊之被同化〉，葉來城（白凌）主編：《正友文學》，菲律賓：中正學院校友會，1989，頁15-16。

生，大家依舊保有各自的特性，那就呈現繽紛而熱鬧的局面了！謝馨的詩〈HALO　HALO〉[32]，就以混血兒的美麗來寫一種菲律賓的特殊冰品，依據她詩後的附註「HALO　HALO」是菲語「混合」之意，此處係指一種冷飲甜食，「以各式蜜餞、果凍、牛奶、布丁、紫芋、米花等，摻碎冰，冰淇淋攪拌而成。」食用時，個別的風味依然存在，卻另有一種獨特的、混合而成的，迷人風味。因此，在詩中，她認為這是一種多元性的文化背景的象徵——不同的語言、迥異的風俗習慣、宗教信仰和生活方式，所以會形成神祕複雜的迷人氣息。菲律賓社會有西班牙、美國、中國及馬來人種的交互影響之遺迹，而且此刻還繼續共同呼吸於同樣的土地上，繼續相互影響，因此，謝馨詩中的迷人氣息，或許正可告慰掙扎在文化歸屬與歷史妥協之中的菲華詩人。

　　至於政治認同問題，在文化找到歸屬之後，也就屬於微枝末節了，陳一匡以水果為喻，寫成了〈竊笑〉一詩[33]，說臺灣椪柑淹沒了唐人街，青島蘋果砌成了人行道，華僑品嘗著風味，強烈爭辯著優劣，果攤上，成熟的佳果卻相偎竊笑！

　　其實，何獨菲華社會如此，海峽兩岸不也尋求適當的文化歸屬與歷史妥協，政治紛爭，不值識者一笑！

　　——本文原刊於《藍星詩刊》第二十九、三十號（1991年10月）

---

32 謝馨：〈HALO　HALO〉，謝馨：《波斯貓》及《說給花聽》。《波斯貓》，臺北市：殿堂出版社，1990；《說給花聽》，臺北市：殿堂出版社，1990。

33 陳一匡：〈竊笑〉，《千島詩選》，頁200-201。

參考文獻

一　中文書目（依作者姓氏筆畫排列）

千島詩社編　《千島詩選》　菲律賓　千島詩社　1991

月曲了　《月曲了詩選》　臺北市　林白出版社　1986

王禮溥　《菲華文藝六十年》　菲律賓　菲華藝文聯合會　1989

李正治　《血淚神州行——中國古典詩歌中的亂離》　臺北市　故鄉
　　　　出版社　1980

李瑞騰　〈菲華新詩的一些考察〉　香港　《香港文學》第80期
　　　　1991年8月

亞薇主編　《菲律賓華僑新詩選集》　馬尼拉　第一出版公司　1957

和　權　《橘子的話》　臺北市　林白出版社　1986

柯叔寶、施穎洲主編　《海》　菲律賓　長城出版社　1951

張香華主編　《玫瑰與坦克》　臺北市　林白出版社　1986

菲律賓現代詩研究會主編　《萬象詩選》　香港　銀河出版社　1988

雲鶴主編　《詩潮——第一年選》　馬尼拉　以同出版社　1962

葉來城（白凌）主編　《正友文學》　菲律賓　中正學院校友會　1989

福建人民出版社　《菲華新詩選》　福州市　福建人民出版社　1983

謝　馨　《波斯貓》　臺北市　殿堂出版社　1990

謝　馨　《說給花聽》　臺北市　殿堂出版社　1990

二　中文篇目（依作者姓氏筆畫排列）

李瑞騰策畫　〈菲律賓華文文學特輯〉　《文訊月刊》第24期　1986
　　　　年6月

和　權　〈菲華詩壇近況〉　《文訊月刊》第24期　1986年6月

第九章
網路世代的可能輝煌：
以蘇紹連主編的「吹鼓吹詩人叢書」為論述範疇

摘要

　　「臺灣詩學季刊雜誌社」創辦於一九九二年十二月六日，同仁蘇紹連並於二○○三年六月十一日設立「吹鼓吹詩論壇」網站，定位為新世代新勢力的網路詩社群，提供發表平臺，讓許多新人展現詩藝，二○○五年九月創刊紙本《吹鼓吹詩論壇》，確立「新世代網路詩社群・詩腸鼓吹，吹響詩號，鼓動詩潮」的理想，二○○九年起，更進一步訂立「臺灣詩學吹鼓吹詩人叢書」方案，與「秀威資訊科技有限公司」合作，獎勵在「吹鼓吹詩論壇」創作優異的詩人，出版其個人詩集，四年間已出版十五冊詩壇網路新秀作品，足以見證臺灣詩史上新世紀、新世代詩人的成長，本文以此套叢書作者四人為範疇，檢驗新世代詩人的特殊技巧與心靈，論述網路新世紀的可能輝煌。

關鍵詞：新世代網路詩社群、臺灣詩學、蘇紹連、吹鼓吹詩論壇

第一節　前言：臺灣的鼓吹

「臺灣詩學季刊雜誌社」創辦於一九九二年，當初參與創辦的八位詩人[1]具有足以聚焦的共識，一是為臺灣新詩的創作與發達，貢獻心力，二是為建立臺灣觀點的詩學體系，累積學力。因此，「挖深織廣，詩寫臺灣經驗；剖情析采，論說現代詩學」成為「臺灣詩學季刊雜誌社」目標顯著的文字「logo」。誠如長期擔任社長職位的李瑞騰（1952-）所說：「我們站在上世紀九〇年代，面對臺灣現代新詩的處境與發展，存有憂心；對於文學的歷史解釋，頗為焦慮。我們選擇組社辦刊，通過媒體編輯及學術動員，在現代新詩領域強力發聲，護衛詩與臺灣的尊嚴。」[2]這是對詩藝的執著，對歷史的承當。前行代詩人瘂弦（王慶麟，1932-）更在《臺灣詩學》創刊之時即給予肯定：「《臺灣詩學季刊》的創立，說明臺灣現代詩經過四、五十年的努力，在質量上已到達了相當的藝術水準，早已形成了一個新的傳統，也造成了一個獨特的文化氣候，面對著這樣的發展，把臺灣現代詩的批評和研究提升到更嚴謹的學術層次，不但十分必要，而且也是臺灣現代詩歷史發展的必然。它代表臺灣現代詩的創作和理論，進入了成熟期。」[3]《臺灣詩學》的歷史使命如此昭然若揭，從此展開跨越世紀的不懈奮鬥旅程。

一九九二至二〇〇一的前十年，《臺灣詩學》經歷向明（董平，

1　《臺灣詩學季刊》創刊時（1992）有八位朋友共同參與，他們是：尹玲、白靈、向明、李瑞騰、渡也、游喚、蘇紹連、蕭蕭。創刊二十周年（2012）時，同仁共有十三位：丁旭輝、尹玲、方群、白靈、向明、李癸雲、李翠瑛、唐捐、陳政彥、解昆樺、鄭慧如、蘇紹連、蕭蕭。

2　李瑞騰：〈與時潮相呼應——臺灣詩學季刊社十五周年慶〉，《在中央》，臺北市：唐山出版社，2007，頁5。

3　瘂弦：〈詩的新座標〉，《臺灣詩學季刊》第2期，1993，頁147-148。

1928-）、李瑞騰兩位社長，白靈（莊祖煌，1951-）、蕭蕭（蕭水順，1947-）兩位主編，以季刊方式發行四十期二十五開本詩雜誌，評論與創作同步催生，在眾多偏向詩作發表的詩刊中獨樹一幟，對於增厚新詩學術地位，推高現代詩學層次，顯現耀眼的成績。

　　二〇〇三年五月改變編輯路向，易名為《臺灣詩學》學刊，邁向純正學術論文刊物之路，每篇論文經過匿名審查通過始得刊登，是一份理論與實踐並重、歷史與現實兼顧的二十開本整合型詩學專刊（半年一期），也是臺灣地區最早成為 THCI 期刊審核通過的詩雜誌，首任學刊主編鄭慧如（1965-）負責前五年十期編務，設計專題，率先引領風騷，達陣成功。繼任主編為詩人唐捐（劉正忠，1968-），賡續理想，擴大諮商對象，將詩學學刊提升為華文世界備受矚目的詩學評論專刊。

　　這一年六月十一日「臺灣詩學」同仁蘇紹連（1949-）以個人力量闢設「臺灣詩學・吹鼓吹詩論壇」網站（http://www.taiwanpoetry.com/phpbb3/），原先在網頁上到處尋訪知音的新詩寫作者，彷彿遇到了巨大的磁石，紛紛自動集結在蘇紹連四周，「吹鼓吹詩論壇」網站儼然成為臺灣地區最大的現代詩交流平臺，以二〇一二年五月而言，網站上的版面除「臺灣詩學總壇」、「詩學論述發表區」之外，可供網友發表詩創作的區塊，以類型分就有散文詩、圖象詩、隱題詩、新聞詩、小說詩、無意象詩、臺語詩、童詩、國民詩等，以主題分則有政治詩、社會詩、地方詩、旅遊詩、女性詩、男子漢詩、同志詩、性詩、預言詩、史詩、原住民詩、惡童詩、人物詩、情詩、贈答詩、詠物詩、親情詩、勵志詩等，另有跨界詩作：影像圖文、數位詩、應用詩、朗誦詩、歌詞・曲等等，不可或缺的意見交誼廳、詩壇訊息、民意調查、詩人寫真館、訪客自由寫、個人專欄諸項，項項俱全，文章總數已達十二萬篇以上，網頁通路所應擁有的功能無不具足，新詩創

作、評論與教學所應含括的範疇與內容，無不齊備，前任社長李瑞
騰曾期許的「臺灣現代新詩具體而微的百科全書」，「吹鼓吹詩論壇」
網站應已達成。

　　臺語「吹鼓吹」原指「吹嗩吶」而言，「鼓吹」二字以臺灣話來
說，是名詞「嗩吶」，就普通話而言則為動詞：「讚揚」、「倡導」、「鼓
舞」。蘇紹連將「吹鼓吹詩論壇」定位為「新世代新勢力的網路詩社
群」，並以「詩腸鼓吹，吹響詩號，鼓動詩潮」十二字為論壇主旨，
典出唐朝馮贄《雲仙雜記》卷二之「俗耳針砭詩腸鼓吹」：「戴顒
（377-441）春日攜雙柑斗酒，人問何之，曰：往聽黃鸝聲，此俗耳
針砭，詩腸鼓吹，汝知之乎？」[4]蘇紹連認為黃鸝鳥的聲音悅耳動
聽，可以發人清思，激發詩興，而詩興的激發最重要的就是要砭去
俗思，而以雅興取代，[5]所以將「詩腸鼓吹」放在我們所熟知的「吹
響詩號，鼓動詩潮」之前，要以正確的認知引領青年學子進入學詩的
環境，要以「去俗思」激發青年學子發揮不同凡響之創意。因此，作
為臺灣新詩壇的「鼓吹」，蘇紹連不僅努力於「鼓動詩潮，吹響詩
號」之行動「鼓吹」而已，更在於要以黃鸝之雅音「鼓吹」詩腸，鼓
而吹之，砭去俗思，如此，才能再造臺灣新詩的光華。

第二節　蘇紹連：不輸的少年

　　蘇紹連以「米羅・卡索」之名，經營以下三個個人部落格：

4　〔唐〕馮贄：《雲仙雜記》，《四部叢刊續編・子部》，上海涵芬樓景印常熟瞿氏鐵琴
　　銅劍樓藏明刊本。

5　蘇紹連：〈臺灣詩學吹鼓吹詩人叢書出版緣起〉，黃羊川：《血比蜜甜》，臺北市：秀
　　威資訊科技公司，2009，頁6。按：此文為「吹鼓吹詩人叢書」之總序，叢書中各
　　冊詩集均置於書前。

一、現代詩的島嶼（http://residence.educities.edu.tw/purism/）

二、Flash　超文學　（http://myweb.hinet.net/home2/poetry/flashpoem/index.html）

三、臺灣春風少年兄（http://blog.sina.com.tw/weblog.php?blog_id=3187）

這三個部落格形象突出，走在時代的前端，早已成為網路上為人所敬仰的、永不服輸的少年兄。不過，浸淫網路時間既久，蘇紹連深知網路上的文字數量龐大，傳播力強，但薰蕕同器，玉石難分，巨浪撲擊而來時，再好的作品也會被淹沒、甚至於泯滅其中。所以，二〇〇三年六月十一日設置「臺灣詩學·吹鼓吹詩論壇」網站，以年輕人所喜歡的工具吸引年輕人親近詩文學之後，蘇紹連所努力的是如何將這些網路上閃現的智慧之光，有效且長期保留下來。

二〇〇五年九月紙本《吹鼓吹詩論壇》在蘇紹連主導下隆重出版，這是將半年來論壇上所發表的詩作，披沙揀金，選出傑異作品刊登於《吹鼓吹詩論壇》雜誌上，臺灣網路詩作不僅可以快速在網路上流傳，還可以以紙本的面貌與傳統性質的現代詩刊一較短長，網界盛事，也是詩壇新聞，「臺灣詩學」因而成為臺灣新詩史上同時發行嚴正高規格的「學刊」與充滿青春活力「吹鼓吹」的雙刊同仁集團。

二〇〇九年蘇紹連仍以個人力量訂立「臺灣詩學吹鼓吹詩人叢書」方案，獲得「秀威資訊科技有限公司」贊襄，每半年甄選一至三位臺灣優秀新世代詩人，協助出版詩集，截至二〇一二年春天，已出版網路新世代詩人作品集十五冊，衝擊當代詩集出版的模式與行銷，直接而有力地鼓舞創作新詩的青年學子。

蘇紹連，平日訥訥寡言的國小退休老師，網路上永不退卻的創作型詩人，如今更是數位新世界赫赫有名的領袖型人物。

蘇紹連創意無限，從超現實主義散文詩高手，到翻陳出新、出奇

的古典詩改造者，一躍而為網路傳輸銳意精進的不輸少年兄，本文試圖以他所主編的「吹鼓吹詩人叢書」為範疇，選取具有代表性的詩集，論述其殊異之特質，檢驗出網路新世代的共同趨勢與可能輝煌。

第三節　黃羊川：悖反的秩序

黃羊川（吳亦偉，1979-），暨南國際大學經濟系畢業，中正大學勞工研究所碩士，政治大學社會學系博士候選人，著有詩集《血比蜜甜》（臺北市：秀威資訊科技公司，2009）與《博愛，座不站》（臺北市：唐山出版社，2010）。

在《血比蜜甜》輯一「大人不在家」的前置詞中，他引用克羅齊（Benedetto Croce, 1866-1952）的話：「人是天生的詩人」，強調每個人都有自己的創意、自己的傳達方式，延續這種理念，所以他說：「我寫詩，並且偷偷許下每個詩人都是新人的願望，免得每個詩人都告訴我，我寫的不是詩。我寫詩，希望在詩世界裡，大人都不在家。」[6]這是溫婉的叛逆，對照他的求學經歷，刻意或無意地經歷著完全不相類屬的高等教育系所，黃羊川有著屈原（西元前340-277年）求索精神的天生的詩人性格，彷彿當年白萩（何錦榮，1937-）所常言：今日之我不惜殺死昨日之我。如果以此做為「吹鼓吹詩人叢書」第一號的宣言，似乎也象徵性地表達了網路新世代的普遍心聲：天上天下，唯我獨尊。

因此，黃羊川的詩觀是「我需要眼淚時就弄哭別人；我需要文字時就自己走路。」[7]前一句表達的是詩中應有真情披露，後一句則是

6　黃羊川：《血比蜜甜》，臺北市：秀威資訊科技公司，2009，頁23。

7　黃羊川：〈詩觀〉，蘇紹連：《世紀吹鼓吹——網路世代詩人選》，臺北市：爾雅出版社，2012，頁191。

技巧語言的銳意創新。「需要眼淚時就弄哭別人」的「弄哭」，其實也傳達了新世代的戲謔本質，這樣的特質隨時會在他們的詩作中不期而遇，讓讀者目瞪口呆，慘然一笑。

做為黃羊川朋友的 Lesley 認為《血比蜜甜》整部詩集的情調在於詩人的「羞澀」，因為這樣的羞澀，導致語言上的「焦慮」：「詩人在語言的焦慮上，所採取的是覆蓋這一層羞澀，乃至於焦慮成為一種拉攏的欲迎還拒。」[8]將 Lesley 之所見與黃羊川之所思對照來看，弄哭他人不正是羞澀自己？大人不在家未嘗不是另一種語言或思慮上的焦慮！

為《血比蜜甜》寫〈跋〉的另一位朋友 Sam 則認為黃羊川的空間設計，善於構築城市場景，而在條理分明的秩序裡「側寫人際關係的侷促忸怩，膠著迷離的曖昧空間被拉長，抽離成詩的形狀，有時像肥厚的的錦蛇纏繞著難以呼吸，有時則直入內裡鋒利得讓人直滲出血來。」於是，「在嘈雜的都市場景裡，連橫亙在對話間的沉默都是如此刺耳。令人無法排遣的疏離感受，正從四面八方逸散、填補著狂歡後的短暫空白。」[9]這樣見血的論說，把黃羊川所選「血比蜜甜」四個字所代表的詩集之悚慄意涵，傳述得十分清楚。選擇〈恐怖母親節〉[10]為例，足以看出黃羊川詩集內的焦慮、疏離，甚至於滲血之痛、窒息之苦。

> 未滿三歲的小孩都拼命地咬住媽媽的乳頭
> 未滿十八的小孩都張開鼻孔貼緊女朋友的髮絲

8　Lesley：〈虛構與對位——來去詩界博膜包裏的節奏進退〉，黃羊川：《血比蜜甜》，頁8-9。

9　Sam：〈黃羊川的詩／人（代跋）〉，黃羊川：《血比蜜甜》，頁169-170。

10　黃羊川：〈恐怖母親節〉，《血比蜜甜》，頁43。

未滿二十五的小孩都睜大眼撥弄影片裡護士的雙峰
未滿三十六的小孩都將頭埋進太太的雙腿間呼喊另一個小孩
未滿八十歲的女人一個人，而成群的小孩嘻嘻哈哈地
吸舔逗弄流淚的冰淇淋或伸張五指抓癢豢養的狗貓
卻聽不見她說：

　　此詩最後「卻聽不見她說」的標點符號不是句點，如以句點作
結，此句成為說明性的句子，黃羊川不使用句點而使用冒號「：」，
冒號之後還留下一大片空白，讓讀者也參與探索，也隨之焦慮：那空
白會是什麼、該是什麼？一大片空白所暗示的會是多大的苦難與疏
離？其實，往前探究，前面的四句，代表四個階段的孩子，又有什麼
樣的情愛與恩義？黃羊川整首詩句句都以「身體意象」加以刻、削：
咬住乳頭、鼻孔貼緊髮絲、撥弄雙峰、將頭埋進雙腿間、吸舔逗弄、
伸張五指抓癢，熱切使用「身體意象」而且不往優雅、秀麗、親和、
仁慈的方向伸展，黃羊川所代表的網路詩人群正加緊戲弄、挑逗中。
　　母親節，應該是傳統倫理的美好抒情之作，黃羊川反骨操作，悚
然一驚，慘然一笑，或許就如鯨向海（林志光，1976-）所說，黃羊
川詩中的抒情性極低，動作（詞）頻頻，形式與口氣多變，悖反現有
某些熟極而流的詩歌秩序。結論是：他是不合群的詩人，他天生反
骨。[11]這種反骨詩人也幾乎是網路世代的特色，每一個新世代詩人幾
乎就是一座孤立的島嶼，黃羊川更是拉長他與最鄰近島嶼的距離。

---

11 鯨向海：〈暴露冥想的體質，撫摸星空的肌理〉，蘇紹連：《世紀吹鼓吹——網路世
　　代詩人選》，頁204。

第四節　陳牧宏：島嶼的沉思

　　陳牧宏（1982-），陽明大學醫學系畢業，喜愛文字、閱讀、古典音樂，現為臺北榮民總醫院精神部住院醫師。

　　陳牧宏所出版的第一部詩集：《水手日誌》，[12]是「吹鼓吹詩人叢書」第三號，最重要的篇章與書名同名〈水手日誌〉，長達九十六頁（頁29-125），最主要的意象就是十六座不相類近的孤立島嶼，不均勻地散置在不相類近的海洋中，印卡認為作者有意無意地採取了西洋文學水手、航海的龐大象徵系統，[13]這一座座的島嶼是詩人為身體、疾病的探尋所想像的深情之島，每首詩中都有深情呼喚的人名「ES」，可以印證這點；其中間雜的十二首〈海洋〉詩篇則為抒情小詩，可作證物之二，如：

　　　　究竟我能用什麼來擁有你？／／一艘獨木舟、一座孤島、一片汪洋／暴風　雨、火山爆發、寧靜的黑夜、或僅僅／／死亡[14]

　　作為「代序」的〈悲傷的自由探戈〉以詩句如此結束，可以作為第三個證據：

　　　　我是用愛情作的男孩／需要溫暖的擁抱和激烈的吻／我有和太陽一樣發燙的身體／和海豚一樣靈巧的舌頭／還有一顆會綻放紅色玫瑰的心臟

12　陳牧宏：《水手日誌》，臺北市：秀威資訊科技公司，2009。
13　印卡：〈海上不知名的疾病〉，《水手日誌》，頁9。
14　陳牧宏：〈海洋〉，《水手日誌》，頁81。

　　強調「詩：是末日，也是創世」的陳牧宏在書寫自己的「創作理念」時，列出自己創作的「關鍵字」：愛情、記憶、誓言、遺忘、城市、聲音、孤獨、寂寞、繆思……，[15]其實更清楚地標舉出陳牧宏詩作的抒情傾向。對於書寫工具的掌握，他認為：「文字，像一把瓜奈里琴，擁有自己的聲音、腔調、語氣、姿態，透過詩人的手：書寫和斷句，它歌唱，它詮釋自己。」[16]瓜奈里（Giuseppe Guamen del Jesu）與史特拉底瓦里（Stradivari）是世界小提琴兩大製造家，史特拉底瓦里製作的小提琴音色偏向甜美明亮，委婉流利，透露出祥和的感覺，是天鵝絨般溫暖的窈窕淑女，瓜奈里製作的則為粗獷、高亢的義大利男高音，具有一種難以抵抗的穿透力，因此，在抒情的傾向上，陳牧宏想傳達的不是男歡女愛的溫婉「情意」，而是可以震撼身、心、靈的「情義」：

　　　　像一陣聽不到的聲音／可能是祝福、祈禱、或者詛咒／滲入你
　　　　的頭髮、肉體、思想、睡眠、記憶／與無時無刻／薄薄覆著你
　　　　緊實麥色的肌膚[17]

　　印卡根據帕斯（奧克塔維奧・帕斯〔Octavio Paz, 1914-1998〕）[18]

---

15 陳牧宏：〈創作理念〉，蘇紹連：《世紀吹鼓吹──網路世代詩人選》，頁253。

16 同前注，頁253。

17 陳牧宏：〈島嶼△〉，《水手日誌》，頁47。

18 〔墨西哥〕奧克塔維奧・帕斯（Octavio Paz），墨西哥詩人，一九九〇年諾貝爾文學獎得主，臺灣翻譯的帕斯詩作集依序為陳黎、張芬齡編譯：《帕斯詩選》，臺北市：書林出版公司，1991。朱景冬等人譯，林盛彬導讀：《太陽石》，臺北市：桂冠圖書公司，1994。歐塔維歐・帕茲著，蔡憫生譯：《在印度的微光中：諾貝爾桂冠詩人帕茲的心靈之旅》，臺北市：馬可孛羅文化、城邦文化，2000。李魁賢譯：《帕斯／博普羅夫斯基》，新北市：桂冠圖書公司，2002。蔣顯璟、真漫亞譯：《雙重火焰：愛情與愛欲的幾何學》，臺北市：邊城出版社，2004。陳黎、張芬齡譯：《拉丁美洲詩雙璧：帕斯《帕斯詩選》、聶魯達《疑問集》》，花蓮縣：花蓮縣文化局，2005。

的看法，認為現代詩游移在幻術色彩與革命色彩的兩極之間。幻術色彩往往包含著回歸自然的慾望，我們會像動物般純真，從歷史之中被解放出來；革命般的企圖則需要征服歷史、征服自然。這兩者都是通往世界之外因痛苦而感受到的那些被孤立意識的途徑。他將陳牧宏的詩語言歸之於幻術色彩的這一類，[19]陳牧宏回歸自然（例如海洋、島嶼）、回歸身體（包括疾病、療癒）、回歸抒情傳統（小詩、連作），在網路世代詩人群中，代表著一種溫和、溫馨的綿綿不絕的力勁。

　　甚至於在臺灣醫師系譜的詩人群中，從日制時期「臺灣的孫中山」、蔣渭水（1891-1931）、「臺灣新文學之父」賴和（1894-1943）開始，吳新榮（1907-1967）、王昶雄（1916-2000）、賴欣（賴義雄，1943-）、沙白（涂秀田，1944-）、曾貴海（1946-）、江自得（1948-）、鄭烱明（1948-）、莊裕安（1959-）、拓拔斯‧塔瑪匹瑪（漢名田雅各，1960-）、王浩威（1960-）、陳克華（1961-）、謝昭華（謝春福，1971-）、鯨向海（林志光，1976-），一直到陳牧宏（1982-），他會在這一系譜中展現何種殊異於前賢的色光，會在海洋島嶼系列之後綴連出何種沉思成果，會如何看待人類生命與疾病所形成的光與凸透鏡的關係，及其所聚焦的焦點，都值得詩壇高度期待。

第五節　然靈：變調的唇舌

　　然靈（張葦菱，1979-），別號小烏鴉，臺灣臺中人，出生於雨城基隆，成長於中部濱海的清水小鎮，靜宜大學中國文學系臺灣文學組碩士，現為文字工作者和教師。著有臺灣第一本女性散文詩集《解散

---

19 印卡：〈柔石之術〉，蘇紹連：《世紀吹鼓吹——網路世代詩人選》，頁266。

練習》[20]、個人詩集《鳥可以證明我很鳥》[21]，個人部落格「鳥可以證明我很鳥」（http://www. wretch.cc/blog/bluecrow）榮獲第一屆臺灣文學部落格獎優選（2007）。

　　然靈自述小烏鴉的別號在讀大一還沒開始寫詩時即啟用，但現在她想讓不祥之兆的烏鴉，能比神性更人性。大三時她在詩裡找到靈魂的出口，那時的陰鬱多舛難癒，彷彿詩可以代替她死亡。現在她更希望以詩在臺灣這塊土地上辯證一切生命之源，試著將龐雜記憶或難言之隱的種種思維，都交給詩。[22]

　　在「吹鼓吹詩人叢書」出版序列上，然靈是第一位女詩人，她所出版的《解散練習》特別標榜為「臺灣第一本女性散文詩集」，在眾多男性為主的散文詩系譜上，[23]為什麼然靈選擇散文詩作為出擊的第一招，然靈自己的講法是：剛開始寫詩，對於詩的語言節奏不能掌握，往往寫成詩不像詩、散文不像散文的樣子，但這樣的寫作方式卻是剛開始寫作時最得心應手的寫法。[24]卑之無甚高論的說詞，或許跌破大家的眼鏡，卻是網路世代一種最起碼的真誠，基本上，將散文詩的外在形當作是寫詩的「練習」，期待未來「解散」後，我們得以無限交集，這種真實、隨興的寫作態度，不以繼往開來作為自己的責任，不以救亡圖存作為時代的目標，卻真實表露網路世代的率性作風。

　　不過，就新詩觀察者而言，作者自以為隨興的書寫方式卻可能是一種傑出的表現手法，嚴忠政（1966-）即持這種觀點，認為然靈「寫下時空中的某一點，但意象奔跑著，拉長，也拉出了審美距

---

20 然靈：《解散練習》，臺北市：秀威資訊科技公司，2010。

21 然靈：《鳥可以證明我很鳥》，新北市：角立有限公司，2011。

22 然靈：〈詩觀〉，蘇紹連：《世紀吹鼓吹──網路世代詩人選》，頁175-176。

23 陳巍仁：《臺灣現代散文詩新論》，臺北市：萬卷樓圖書公司，2001。

24 然靈：〈解散後，我們才得以無限交集〉，《解散練習》，頁128。

離。」他舉「故鄉下雨了，母親撐傘，怕我在電話那頭被淋濕」[25]為例，說然靈一鏡到底，利用特殊的辨位方式，將〈傘〉一詩中，那把母親撐起的傘，從故鄉拉長到電話那頭。因為「如果詩人敘事的手法，可直接，又毫無轉圜地帶出戲劇性，那麼又何須以切斷的語法來懸宕種種驚異。」[26]點出然靈的詩思之所在，就在凡常的語言、凡常的生活中，轉折或皺褶之處，藏存著詩意。

〈傘〉之全詩如下：

> 故鄉下雨了，母親撐傘，怕我在電話那頭被淋濕
>
> 黃昏的天空剛停經，時間需要抹片檢查。我仍記得母親偷偷訴說初戀時，暈上臉的那片晚霞，不需要化妝就很好看；那時父親只是課本裡老師還沒教的生字。
>
> 電話這頭是晴朗的，而我正淋著雨，衝出去買傘。[27]

這首詩表達母女情深，以現實中的撐傘對映感情上深情之淚，首尾二段相互呼應，虛實交疊，形成張力。首段母親撐傘為實，怕我淋濕（電話那頭）是虛，卻更見親情之深；末段我正淋雨為虛，衝出去買傘亦虛，言外之意（淚雨不停）卻是思親之切。中間一段，所謂停經、所謂抹片檢查，都是母親今日私密的現實，初戀的回憶則是過去母女私密的話題，二者都以黃昏、晚霞的柔美意象為底襯。今時與昔時的時間轉換，故鄉與異鄉的空間易位，都在瞬間完成，黃昏、雨的

25　然靈：〈傘〉，《解散練習》，頁34。
26　嚴忠政：〈說好解散，再用霧扶正〉，《解散練習》，頁10。
27　然靈：〈傘〉，《解散練習》，頁34。

場景卻又穩住了讀者心中的驚慌。黃智溶（1956-）說「她有時借用文字上形、音、義的相近，有時誤用圖象中顏色或形狀相仿，產生一種遊戲與隨興之外又富於稚氣與理趣的意外效果，乍看很無厘頭，仔細一想又有些道理，就是所謂——既解構又結構的詩趣。」[28]解構舊式的聯結，卻又「無厘頭」地締造新結構，網路世代的新詩人如然靈者，一方面保留著念舊情懷，一方面以「無厘頭」的方式在變調演出，矛盾之中又有著另類的和諧。

矛盾中顯現和諧，錯誤裡也看見真理，然靈的〈烏龜和烏鴉〉，因為一個「烏」字，將不可能繫連的烏龜和烏鴉繫連在一起；因為一個「烏」字，誤引讀者想到「烏名」：「——同樣的烏名，充塞在天地之間。」因為一個「烏」字，讓石頭無厘頭地想到「烏雲」。

> 烏龜問烏鴉說：「你是一種夜嗎，用身上的黑，為光明點睛？」
> 烏鴉也問烏龜：「你也是一種葉嗎，用背上的綠，規畫季節？」
>
> 石頭聽見了，以為自己是一種烏雲，用堅硬抵抗世界太多的悲傷和軟弱。[29]

以語言使用來看，前兩行，我們看見的是現代主義時代盛行的語彙，加上童詩的對話趣味，已令人驚艷；最後一行轉為哲理的體悟，卻又是「後現代主義」式的溫暖轉折，童趣依然存在，境界卻已高昇。以

---

28 黃智溶：〈靈巧與古怪的詩人——然靈〉，《解散練習》，頁13。
29 然靈：〈烏龜和烏鴉〉，《解散練習》，頁71。

結構設計來看，最後這一行呼應首行的「烏名」，卻又間雜著洗刷烏名的反作用。前兩行，烏龜問烏鴉是起，烏鴉問烏龜是承，最後這一行卻又是轉與合的完整應用。

　　然靈的散文詩從寫作動機到形式、語言，都有著濃厚的網路詩人的戲謔本質，戲謔是途徑，詩，仍然是最後的目的。

第六節　葉子鳥：中間的狀態

　　葉子鳥（1961-），世新廣播電視畢業。曾參與「差事劇團」市民劇場「看不見的村落」及「眷鳥返巢」演出，二〇一〇年出版詩集《中間狀態》。[30]在《中間狀態》詩集摺頁上的作者簡介，提及少年時對國文老師崇敬，青年時在耕莘文教院跟朱西甯（朱青海，1927-1998）學小說，中年後的詩學教養受朵思（周翠卿，1939-）啟蒙，二〇〇四年後持續優遊在各個網站：詩路、喜菡文學網、楓情萬種文學網站、吹鼓吹詩論壇網站等。[31]在蘇紹連所編《世紀吹鼓吹──網路世代詩人選》說自己「隨便走走晃晃，有機無機任長，偶爾剪裁。長出什麼是什麼，流動在任何容器裡，眨著眼跟自己面面相覷。」詩觀則是：「該融化的時候，就單純地融化／該凝結的時候，就單純地凝結／溫度總有它的時序，樣態的自生／我們都是時空與當下的產物／語言亦然。」[32]自我認知與詩之認知，如此隨興隨機、自生自長、該融則融、當凝則凝，甚至於「葉子鳥」的筆名，都會讓人以為她是一位自然派詩人，純任心靈與天地相互會通，純任語言、詩思自由滋長。

　　實則不然。

30　葉子鳥：《中間狀態》，臺北市：秀威資訊科技公司，2010。

31　葉子鳥：《中間狀態》，封面摺頁。

32　葉子鳥：〈詩觀〉，蘇紹連：《世紀吹鼓吹──網路世代詩人選》，頁41-42。

　　其一，《中間狀態》詩集附有英譯書名 *Living In Limbo*，此為叢書中其他詩集所無，可見這是作者個人有意的設計，limbo 一詞，除中間狀態（位置）的中性意義以外，其實更是放置廢棄物的場所、監獄或地獄邊界。葉子鳥不以純情抒發為重，她的空間安排，顯然傾向負面情緒居多。

　　其二，朵思在序文中指稱，葉子鳥的思維裡充滿跳躍式的不同旋律，從書名的定調，可知其反轉傳統的前衛企圖。原來根據朵思的觀察，書名《中間狀態》四個字是取自四輯的輯名：中場、間際、狀貌、Ｘ態。[33]若是，中間狀態此一成詞，就有著異乎常人的思考邏輯存在，「不斷越界、穿越虛實」，[34]成為葉子鳥詩題材、詩表現之所以異於常人的關鍵。

　　其三，此書中葉子鳥的〈自序〉以圖代文，是一幅如下的圖：[35]

---

33 朵思：〈心靈投宿的定格或超定格記憶〉，《中間狀態》，頁5。
34 鄭美里：〈愛智的女靈——我所認識的葉子鳥〉，《中間狀態》，頁11。
35 葉子鳥：〈自序〉，《中間狀態》，頁15。

　　在這幅圖中，落盡葉子的雜多細枝上，棲息著一隻孤鳥，可以視為「葉子鳥」三字的如實具象圖繪，但飄墜的無數細字如落葉紛飛，誰會去審視、辨識、連綴或深思？「序」之寫作用意在於說明著作旨趣，葉子鳥的圖文卻有著反序之序的企圖。

　　選取〈各式各樣的房間〉之三、四兩節，可以見出葉子鳥以女性的敏感去敏銳感應女性保有自己空間的艱難，詩中的房間既指女性的身體，也指女性所進出或服務的空間，甚至於是一本書的想像空間，彷彿都有許多禁忌。在門與門之間迴旋又迴旋，似乎也暗喻著暈旋又暈眩。

　　第三節：

　　　　　微弱的床頭燈，緩緩地呼吸
　　　　　怕吵醒夜。打開一本書，猶如
　　　　　開啟一個私密的房間，你進入
　　　　　像自願被愛，意象被挑逗成
　　　　　一身的顫慄，高潮是個鬼
　　　　　壓床的是一個房間的
　　　　　重量，你無法帶走
　　　　　卻揮之不去的情節，迴旋又迴旋
　　　　　一扇門又一扇門，你被進入
　　　　　一個房間又一個房間……

　　第四節：

　　　　　日復一日的床子被褥，有汗的酸，溼的霉
　　　　　淚的漬，激情過後的氣味……

再也沒有單人床，擁擠不？
裝聾作啞裝作不在房間，吳爾芙說：自己的房間，
女人，時時刻刻意識流的暈眩，迴旋再迴旋
一個房間，人的。[36]

第七節　結語：可能的輝煌

　　文學與文化，隨著時代的腳步與工具的轉變，隨時會有新視野出現，創作者不能忽略新工具的發現與應用，觀察者不能忽略新景觀的出現及其出現的文化格局與氣勢。新詩語言的革命，由文言放鬆為白話，又進而放鬆為格律的泯除，三進為社區（如網路社區）、社團（如流行樂團）、甚至於個人語言的成形，此時同時進行書寫工具、傳播媒介的革命，廢棄毛筆，換用硬筆，轉而應用網路傳輸，雲端閱讀，新的網路世代，必然會造就新詩的另一種輝煌。

　　本文僅以蘇紹連所鼓吹／主催的「吹鼓吹詩人叢書」為範疇，先行選擇四書黃羊川的《血比蜜甜》、陳牧宏的《水手日誌》、然靈的《解散練習》、葉子鳥的《中間狀態》，作為觀察對象，至少已可獲得以下三項可能的輝煌：

一　獨尊的特質

　　網路新世代的普遍心聲是「天上天下，唯我獨尊」，個人主義盛行，每位詩人都有自己的不落之格，就藝術的創意推展而言，我們持

---

36 葉子鳥：〈各式各樣的房間〉，《中間狀態》，頁105-106。

正面而肯定的態度，但也不能不憐惜，每個人所承受的苦難也因為無法分擔而超重。

二　身體的審視

個人主義盛行的時代，或自憐自愛，或自怨自艾，都以審視自我的身體為第一要務，身體書寫在醫師詩人的帶動下，普遍成為網路新世代極為自然的觀察對象或情意象徵，美體不再是歌頌的唯一方向，病體、缺憾、醜陋、汙穢，很有可能成為最新的美學。

三　戲謔的苦樂

自憐自愛或自怨自艾的出口，網路世代詩人都選擇了戲謔作為發洩的孔道，或自我調侃，或遊戲人間，不僅成為生活的原則，更是藝術的大道。搞怪的手法永遠出乎意料之外，詩人、讀詩人，謔人、受謔人，都能自得其樂，至少稍微緩和緊張或對峙。

時間之流不會間斷，網路世代詩人仍將繼續遊戲網路，顛覆人間。新詩觀察者的工作亦將持續，持續發現新的輝煌。

參考文獻

一　吹鼓吹詩人叢書（依出版序）

黃羊川　《血比蜜甜》　臺北市　秀威資訊科技公司　2009

陳牧宏　《水手日誌》　臺北市　秀威資訊科技公司　2009

然　靈　《解散練習》　臺北市　秀威資訊科技公司　2010

葉子鳥　《中間狀態》　臺北市　秀威資訊科技公司　2010

二　中文書目（依作者姓氏筆畫排列）

李瑞騰　《在中央》　臺北市　唐山出版社　2007

馮　贄　《雲仙雜記》　《四部叢刊續編・子部》　上海涵芬樓景印
　　　　常熟瞿氏鐵琴銅劍樓藏明刊本

陳巍仁　《臺灣現代散文詩新論》　臺北市　萬卷樓圖書公司　2001

然　靈　《鳥可以證明我很鳥》　新北市　角立有限公司　2011

蘇紹連　《世紀吹鼓吹——網路世代詩人選》　臺北市　爾雅出版社
　　　　2012

第十章
結論：
心靈多方觸探的可能高度

　　原始、浪漫、清幽、高雅、踏實、魅惑、無瑕、純真，或者胸襟坦蕩、急人所急、赤子之心、俠肝義膽……，甚至於卑鄙、齷齪，都可以放在「心靈」之前、用來形容「心靈」，心靈的開展面比海還寬，比山還高，藏得住千萬人海平面以下的冰山。「心靈」，雖然與肉體相對，卻也可以啟動身體、啟動慾望，使靈肉合一。如果不幸蒙烏、蒙塵、蒙羞，需要遮陽、遮羞、遮醜，卻仍在心靈所盤桓的天地間、終始間。

　　《說文解字》作者許慎說：「靈，巫也。」這時候的「靈」字寫法，「霝」下面是「玉」，因為「巫者」能以「玉」事神。接下來的「靈」字則是我們習用的「靈」（「霝」下面是「巫」），很清楚地註明「靈，或从巫。」段玉裁的〔注〕引述前人之說：「楚人名巫為靈。」「諡法曰極知鬼事曰靈。」「好祭鬼神曰靈。」「曾子曰：陽之精氣曰神，陰之精氣曰靈。」「毛公曰：神之精明者稱靈。」依據這些說詞，可以確知「心靈」是靈妙、靈動、玄妙不可知的心智活動，心靈的活動歷程有些或許可以用理智思辨，有些則無法以理性推論或揣測，對於無法以理性推論的，往往歸之於鬼神。

　　如《文心雕龍・神思篇》所言，詩可以說是「神與物遊」的結晶，這是我所信奉的詩的教義，「神」是人類的心靈，「物」是萬有的物質，《物質新詩學》所分析的物質，是外在的存在，自然的萬有，

其數無可限量，其形在人類出生之前就已存在於地球表面，在地球形成之前就已存在於宇宙氣層之間，在宇宙生成之前就該有它運行的準則，可以稱之為「道」的非實體之實有，雖然「道」是崇高至上的生存原理，「物」是普遍存在的具體實物，但在人類心靈尚未發現、觸通、感應、交會之前，「道」是道，「物」是物，它們不是「詩」。《空間新詩學》的空間、《物質新詩學》的物質，都必須等待《心靈新詩學》的心靈，交互感通，才能成就「詩」。

《物質新詩學》所研究的是新詩中物質的選用、布列、設置所呈現的意義，它不是「唯物論」者所主張的「世界的本質是物質的，心靈是附屬於物質，不能離物質而存在」的闡釋。所以《心靈新詩學》所研究的當然是新詩中的心靈所作用於物的現象與回饋，它不是「唯心論」者所主張的「以精神為宇宙的本體，萬物皆備於我（心），萬法唯心」的擴大延伸；也不是「心物合一論」者所深信的「心與物實乃一體之兩面，不可分割」的觀念。亦即《心靈新詩學》所研究的「心靈」是能與「物質」相互感通、相互助長的「心靈」，如果以《詩經》創作方法論來說，是能模仿物象的「賦」的寫真逼真心靈，是能比擬物象的「比」的辨真識假心靈，是能超脫物象的「興」的通假為真心靈。心靈與物質，相對而不敵對，求其相通而不求其相合。

以這樣的認知，回顧《心靈新詩學》，藏得住千萬人海平面以下的冰山的詩人心靈，我們所邁出的步履，從一九一七到二〇一七的一百年間，從東北亞的日本到東南亞的馬來西亞的海平面，而以臺灣作為主軸、核心的這些論述，其實仍只是新詩研究的一小部分，心靈多方觸探的可能高度之基本面。

層出不窮的新詩創作、心靈湧動，仍然繼續在推進，《心靈新詩學》的觸探亦將繼續延展它的面度、高度、深度。《心靈新詩學》這世界，我一方來，萬眾或將八方離去。

附錄

「蕭蕭與現代詩」書目（一九七七年四月至二〇一七年六月）

1.鏡中鏡（評論）
　臺北市　幼獅文化公司　1977年4月
2.舉目（詩集）
　彰化縣　大昇出版社　1978年6月
3.現代名詩品賞集（編選）
　臺北市　聯亞出版社　1979年5月
4.現代詩導讀——導讀篇1（編選）
　臺北市　故鄉出版社　1979年11月
5.現代詩導讀——導讀篇2（編選）
　臺北市　故鄉出版社　1979年11月
6.現代詩導讀——導讀篇3（編選）
　臺北市　故鄉出版社　1979年11月
7.現代詩導讀——理論篇（編選）
　臺北市　故鄉出版社　1979年11月
8.現代詩導讀——批評篇（編選）
　臺北市　故鄉出版社　1979年11月
9.中學白話詩選（編選）
　臺北市　故鄉出版社　1980年4月

10.燈下燈（評論）

　　臺北市　東大圖書公司　1980年4月

11.中國當代新詩大展（編選）

　　臺北市　德華出版社　1981年3月

12.現代詩入門（評論）

　　臺北市　故鄉出版社　1982年11月

13.悲涼（詩集）

　　臺北市　爾雅出版社　1982年11月

14.七十二年詩選（編選）

　　臺北市　爾雅出版社　1984年3月

15.感人的詩（編選）

　　臺北市　希代出版公司　1984年12月

16.現代詩學（評論）

　　臺北市　東大圖書公司　1987年4月

17.青少年詩話（評論）

　　臺北市　爾雅出版社　1989年1月

18.毫末天地（詩集）

　　臺北市　漢光文化公司　1989年7月

19.詩魔的蛻變──洛夫詩作評論集（編選）

　　臺北市　詩之華出版社　1990年2月

20.七十八年詩選（編選）

　　臺北市　爾雅出版社　1990年4月

21.現代詩縱橫觀（評論）

　　臺北市　文史哲出版社　1991年6月

22.現代詩創作演練（評論）

　　臺北市　爾雅出版社　1991年7月

23.從鍾嶸詩品到司空詩品（評論）

　　臺北市　文史哲出版社　1993年2月

24.現代詩廊廡（評論）

　　彰化縣　彰化縣立文化中心　1993年6月

25.半流質的太陽（編選）

　　臺北市　幼獅文化公司　1994年3月

26.詩儒的創造——痘弦詩作評論集（編選）

　　臺北市　文史哲出版社　1994年6月

27.詩癡的刻痕——張默詩作評論集（編選）

　　臺北市　文史哲出版社　1994年10月

28.永遠的青鳥——蓉子詩作評論集（編選）

　　臺北市　文史哲出版社　1995年3月

29.新詩三百首（上）（編選）

　　臺北市　九歌出版社　1995年9月

30.新詩三百首（下）（編選）

　　臺北市　九歌出版社　1995年9月

31.緣無緣（詩集）

　　臺北市　爾雅出版社　1996年3月

32.八十五年詩選（編選）

　　臺北市　現代詩季刊社　1997年3月

33.雲端之美・人間之真（評論）

　　臺北市　駱駝出版社　1997年6月

34.現代詩遊戲（評論）

　　臺北市　爾雅出版社　1997年11月

35.雲邊書（詩集）

　　臺北市　九歌出版社　1998年7月

36.詩從趣味始（評論）

　　臺北市　幼獅文化公司　1998年7月

37.中學生現代詩手冊（編選）

　　臺南市　翰林文化公司　1999年9月

38.皈依風皈依松（詩集）

　　臺北市　文史哲出版社　2000年2月

39.現代詩縱橫觀（評論）

　　臺北市　文史哲出版社　2000年2月

40.凝神（詩集）

　　臺北市　文史哲出版社　2000年4月

41.蕭蕭・世紀詩選（詩集）

　　臺北市　爾雅出版社　2000年5月

42.我是西瓜爸爸（詩集）

　　臺北市　三民書局　2000年9月

43.八十九年詩選（編選）

　　臺北市　臺灣詩學季刊社　2001年4月

44.八十九年詩選（編選）

　　臺北市　爾雅出版社　2001年5月

45.蕭蕭短詩選（詩集）

　　香港　銀河出版社　2002年6月

46.新詩讀本（編選）

　　臺北市　二魚文化公司　2002年8月

47.臺灣新詩美學（評論）

　　臺北市　爾雅出版社　2004年9月

48.新詩體操十四招（評論）

　　臺北市　二魚文化公司　2005年3月

49.現代詩學（評論）

　　臺北市　東大圖書公司　2006年6月

50.揮動想像翅膀（編選）

　　臺北市　聯合文學出版社　2006年6月

51.2005臺灣詩選（編選）

　　臺北市　二魚文化公司　2006年7月

52.優游意象世界（編選）

　　臺北市　聯合文學出版社　2006年10月

53.土地哲學與彰化詩學（評論）

　　臺中市　晨星出版有限公司　2007年7月

54.現代新詩美學（評論）

　　臺北市　爾雅出版社　2007年7月

55.後更年期的白色憂傷（詩集）

　　臺北市　爾雅出版社　2007年12月

56.儒家美學的躬行者（編選）

　　臺北市　萬卷樓圖書公司　2007年12月

57.草葉隨意書（詩集）

　　臺北市　萬卷樓圖書公司　2008年10月

58.錦連的時代──錦連新詩研究（編選）

　　臺中市　晨星出版有限公司　2008年12月

59.林亨泰的天地（編選）

　　臺中市　晨星出版有限公司　2009年10月

60.現代詩壇的孫行者（編選）

　　臺北市　萬卷樓圖書公司　2009年12月

61.翁鬧的世界（編選）

　　臺中市　晨星出版有限公司　2009年12月

62.蕭蕭教你寫詩、為你解詩（評論）

臺北市　九歌出版社　2010年6月

63.雪中取火且鑄火為雪（編選）

臺北市　萬卷樓圖書公司　2010年12月

64.情無限・思無邪（詩集）

臺北市　秀威資訊科技公司　2011年3月

65.生命意象的霍霍湧動（編選）

臺北市　萬卷樓圖書公司　2011年5月

66.都市心靈工程師・隱地的文學心田（編選）

臺北市　爾雅出版社　2011年6月

67.後現代新詩美學（評論）

臺北市　爾雅出版社　2012年2月

68.臺灣生態詩（編選）

臺北市　爾雅出版社　2012年12月

69.雲水依依──蕭蕭茶詩集（詩集）

臺北市　秀威資訊科技公司　2012年12月

70.天下詩選全集（共二冊）（編選）

臺北市　天下文化公司　2013年5月

71.錯誤的驚喜：鄭愁予詩學論集1（編選）

臺北市　萬卷樓圖書公司　2013年5月

72.無常的覺知：鄭愁予詩學論集2（編選）

臺北市　萬卷樓圖書公司　2013年5月

73.愁予的傳奇：鄭愁予詩學論集3（編選）

臺北市　萬卷樓圖書公司　2013年6月

74.我夢周公周公夢蝶（評論）

臺北市　萬卷樓圖書公司　2013年11月

75.衣缽的傳遞：鄭愁予詩學論集4（編選）

　　臺北市　萬卷樓圖書公司　2013年12月

76.月白風清（詩集）

　　臺北市　秀威資訊科技公司　2015年3

77.松下聽濤（詩集）

　　臺北市　秀威資訊科技公司　2015年7月

78.草原的迴聲：席慕蓉詩學論集（編選）

　　臺北市　萬卷樓圖書公司　2015.09

79.踏破荊棘，締造桂冠：王白淵文學研究論集（編選）

　　臺北市　萬卷樓圖書公司　2016年6月

80.江河的奔向：席慕蓉詩學論集II（編選）

　　臺北市　萬卷樓圖書公司　2016年7月

81.島與半島的新詩浪潮（編選）

　　臺北市　萬卷樓圖書公司　2016年9月

82.天風落款的地方（詩集）

　　臺北市　新世紀美學出版社　2017年1月

83.新詩三百首百年新編・五四時期・域外篇（編選）

　　臺北市　九歌出版社　2017年2月

84.新詩三百首百年新編・臺灣篇I（編選）

　　臺北市　九歌出版社　2017年2月

85.新詩三百首百年新編・臺灣篇II（編選）

　　臺北市　九歌出版社　2017年2月

86.亂中有序：詩人與詩人的第一類接觸（評論）

　　臺北市　新世紀美學　2017年2月

87.空間新詩學（評論）

　　臺北市　萬卷樓圖書公司　2017年6月

88.物質新詩學（評論）

　　臺北市　萬卷樓圖書公司　2017年6月

89.心靈新詩學（評論）

　　臺北市　萬卷樓圖書公司　2017年6月

文學研究叢書·現代詩學叢刊 0807015

心靈新詩學——新詩學三重奏之三

作　　　者	蕭　蕭
責任編輯	邱詩倫
特約校稿	林秋芬

發 行 人	陳滿銘
總 經 理	梁錦興
總 編 輯	陳滿銘
副總編輯	張晏瑞
編 輯 所	萬卷樓圖書股份有限公司
排　　版	林曉敏
印　　刷	維中科技有限公司
封面設計	斐類設計工作室

發　　行　萬卷樓圖書股份有限公司
　　臺北市羅斯福路二段 41 號 6 樓之 3
　　電話　(02)23216565
　　傳真　(02)23218698
　　電郵　SERVICE@WANJUAN.COM.TW
香港經銷　香港聯合書刊物流有限公司
　　電話　(852)21502100
　　傳真　(852)23560735

ISBN 978-986-478-092-1
2019 年 8 月初版二刷
2017 年 6 月初版一刷
定價：新臺幣 420 元

如何購買本書：

1. 劃撥購書，請透過以下郵政劃撥帳號：
　　帳號：15624015
　　戶名：萬卷樓圖書股份有限公司

2. 轉帳購書，請透過以下帳戶
　　合作金庫銀行 古亭分行
　　戶名：萬卷樓圖書股份有限公司
　　帳號：0877717092596

3. 網路購書，請透過萬卷樓網站
　　網址 WWW.WANJUAN.COM.TW

大量購書，請直接聯繫我們，將有專人為您服務。客服：(02)23216565 分機 10

如有缺頁、破損或裝訂錯誤，請寄回更換

版權所有·翻印必究
Copyright©2017 by WanJuanLou Books CO., Ltd.
All Right Reserved　　　　Printed in Taiwan

國家圖書館出版品預行編目資料

心靈新詩學——新詩學三重奏之三 / 蕭蕭著.
-- 初版.-- 臺北市 ：萬卷樓, 2017.06
　面 ；　公分
ISBN 978-986-478-092-1(平裝)
1.新詩　2.詩評
820.9108　　　　　　　　　　106008723